古典文學研究輯刊

二九編

第 **6** 冊

浩盧舟律賦研究

江道一 著

國家圖書館出版品預行編目資料

浩虛舟律賦研究／江道一 著 -- 初版 -- 新北市：花木蘭文化
事業有限公司，2024〔民113〕
目 4+180 面；19×26 公分
（古典文學研究輯刊 二九編；第 6 冊）
ISBN 978-626-344-556-7（精裝）
1.CST：（唐）浩虛舟 2.CST：律賦 3.CST：文學評論
4.CST：唐代
820.8   112022455

ISBN-978-626-344-556-7

古典文學研究輯刊
二九編 第六冊   ISBN：978-626-344-556-7

浩虛舟律賦研究

作 者 江道一
總 編 輯 杜潔祥
副總編輯 楊嘉樂
編輯主任 許郁翎
編 輯 潘玟靜、蔡正宣 美術編輯 陳逸婷
出 版 花木蘭文化事業有限公司
發 行 人 高小娟
聯絡地址 235 新北市中和區中安街七二號十三樓
　　　　　電話：02-2923-1455／傳真：02-2923-1452
網 址 http://www.huamulan.tw 信箱 service@huamulans.com
印 刷 普羅文化出版廣告事業
初 版 2024 年 3 月
定 價 二九編 21 冊（精裝）新台幣 56,000 元

浩虛舟律賦研究

江道一 著

作者簡介

江道一，一九九〇年生，臺中人，政治大學中文系學士，中央大學中文系碩士，現為國立中央大學中文系博士班學生，專攻賦學與唐宋文學研究，並曾發表學術論文〈唐代盆的物質書寫〉。

提　　要

　　元代祝堯提出「祖騷宗漢」的賦學宗尚，而明代李夢陽嘗言「唐無賦」，倘祝堯與李夢陽兩人所言屬實，則唐代辭賦應當不具備討論的空間。然而宋代李昉《文苑英華》卻以「精加銓擇，以類編次」為編纂標準，收錄大量唐人辭賦，可知唐代辭賦或因元明的文化思潮而招致批評，並非真如李祝二人所稱之一無是處，顯見唐代律賦的研究空間與價值。據簡宗梧先生之研究，律賦實為唐代賦體之典範，唯唐代律賦的價值，在後世文壇仍引發激烈的辯論，因此本文將以律賦作為典範標準，進行後設性思考與研究，並抉發浩虛舟在律賦正典化的過程中，扮演關鍵性的角色。

　　本文以《賦譜》為參據，考察浩虛舟律賦之典律化傾向。浩虛舟律賦今存八篇，題材思想均出於儒道，偶有摻雜佛家思想；和同時期的作家相比，在思想考察與賦題出典上，都能看出浩虛舟處在中晚唐律賦文學思想的重要交界。同時本文以統計數據之方式，考察浩虛舟用韻、句式，和同時期作家相比，浩虛舟在用韻上技術已相當純熟，無出韻之現象；至於句式，和中唐諸家相比，其結果相當接近《賦譜》所提出的作賦法式。綜合以上，浩虛舟律賦可說是目前研究中最接近「典律」之作品，同時可知律賦大約於浩虛舟的文壇活動時期，完成典律化。

目

次

第一章 緒 論

第一節 研究動機與目的

一、律賦文學價值的再評定

自明初復古之說興起，「漢賦唐詩」之定位即在文學史中扮演掌舵的角色，李夢陽《空同集・潛虬山人記》中說：

> 山人商宋梁時，猶學宋人詩。會李子客梁，謂之曰：「宋無詩」，山人於是遂棄宋而學唐矣，已問唐所無，曰：「唐無賦哉！」問漢，曰：「無騷哉！」山人於是則又究心賦、騷於漢唐之上。〔註1〕

然而站在今人的角度而言，所謂「正體」本是一種後設思考，恰如所謂二十五史之為「正史」，卻是歷史勝者的詮釋話語，這樣的思考理路恰是明代遺民黃宗羲間接參與《明史》編輯的原因〔註2〕，也印證了洪承疇在《明史》列入〈貳臣傳〉的無奈〔註3〕。在李夢陽的復古集團中，基於「內團體偏私」與「外團體同質性」〔註4〕，加之李夢陽等前後七子掌握的文壇話語權，使「唐無賦」

〔註 1〕〔明〕李夢陽：《空同集》（臺北：臺灣商務印書館影四庫全書，冊 1262），卷 48。

〔註 2〕王成勉：〈明末士人的抉擇：論近年明清轉接時期之研究〉，《食貨月刊》，第 15 卷第 9／10 期（1986 年 4 月），頁 65～75。

〔註 3〕王成勉：〈清史中的洪承疇〉，收於王成勉：《明清文化新論》（臺北：文津出版社），2000 年，頁 477～499。

〔註 4〕P. G. Zimbardo 原著，游恆山編譯，黃榮村校訂：《心理學》（臺北：五南書局，1990 年），頁 1186～1188。

形成基本歸因謬誤〔註5〕，進而讓這樣的觀點成為主流。馬積高曾在《歷代辭賦研究史料概述》中談及「賦體源流」的龐雜難解〔註6〕，因此以單一觀點或視野，審查「漢無騷」、「唐無賦」的觀點並不盡正確，只能說是一種「個人評價」，而非「完整認識」。誠如史學方法中對「大歷史」的價值重新評估，並開始重視非傳統的「小歷史」〔註7〕，進而使歷史不侷限於公侯將相的運途，更能貼近販夫走卒的人生。近現代文學史研究中許多的「主流論述」也如同新興史學方法一般，重新蠡測過去的「經常」，而律賦便是其一，一如姜子龍與詹杭倫所說：

> 近年來，唐代律賦已成為賦學研究的重鎮之一。但唐代律賦的宏觀評價體系目前仍存在一些問題。許結先生在《中國賦學的歷史與批評》中認為，賦學批評仍然受「以詩代賦」方法的羈絆，因而依舊處在一種「不自覺」的境地。以此來觀照現今的唐代律賦研究，不難發現類似的「以古代律」、「以駢代律」傾向，這就難免導致律賦批評的文體特色褪化。〔註8〕

即使李調元於《賦話》中提出「律賦宗唐」，並蔚為風潮，「唐無賦」之說卻並未消弭，章炳麟《國故論衡》即有類似之觀點：

> 自屈、宋以至鮑、謝，賦道既極，至於江淹、沈約，稍近凡俗。庾信之作，去古逾遠，世多慕〈小園〉、〈哀江南〉輩，若以上擬〈登樓〉、〈閒居〉、〈秋興〉、〈蕪城〉之儔，其靡已甚。賦亡蓋先於詩。繼隋而後，李白賦〈明堂〉，杜甫賦〈三大禮〉，誠欲為揚雄臺隸，猶幾弗及，世無作者，二家亦足以為殿。自是賦遂泯滅。〔註9〕

「賦遂泯滅」對律賦形成嚴重的指控，同時期王國維也提出類似的說法：

> 凡一代有一代之文學：楚之騷、漢之賦、六代之駢語、唐之詩、宋之詞、元之曲，皆所謂一代之文學，而後世莫能繼焉者也。〔註10〕

「後世莫能繼焉者」一句，更成為近現代古典文學領域研究中，於緒論中引用

〔註5〕P. G. Zimbardo 原著，游恆山編譯，黃榮村校訂：《心理學》，頁 1140～1144。

〔註6〕馬積高：《歷代辭賦研究史料概述》（北京：中華書局，2005 年），頁 8～21。

〔註7〕林富士：《小歷史——歷史的邊陲》，臺北：三民書局，2018 年。

〔註8〕姜子龍、詹杭倫：〈唐代律賦的「雅」與「麗」〉，《中州學刊》，2009 年第 1 期，頁 200。

〔註9〕徐志嘯：《歷代賦論輯要》（上海：復旦大學出版社，1991 年），頁 118。

〔註10〕王國維：《宋元戲曲考》（臺北：藝文印書館，1975 年），頁 1。

次數最高之文獻。這樣的思考觀點有其理路，卻恐怕與事實相去甚遠，「莫能繼焉」的原因並非缺乏秀異，而是對經典代表性的過分堅持。

　　然而所謂「恆常性」的經典，卻也不過是假名，《大乘起信論》中說：「一切言說，假名無實。」〔註11〕亦即經典作為假名，不論是「經典」二字乃至於其所包羅的內涵，都脫離不了成住壞空的命運。Thomas Kuhn 首先觀察到自然科學史中「典範的轉移」〔註12〕，而人文科學學者亦將此概念引用至自身研究之中。至於像律賦這種「文學史上的異例」，洽是在特定的時空背景之下〔註13〕，因《賦譜》、《賦門》等作文津梁在唐代學術社群被廣為接受，進而使律賦取代漢大賦、六朝駢賦，形成新典範的原因。

　　或者可以說，幾乎所有的研究都只能基於一種「特例假設」，至少不論是李夢陽、李調元、章炳麟或王國維，都必須在特定的思考範圍中方有成立的空間。是故本文以浩虛舟之律賦為研究對象，從律賦自身的角度切入，嘗試找出浩虛舟律賦之文學價值，在律賦專家研究的基礎上，找出更多文學史空缺填補的可能性。或者可以說，律賦研究正好符合後現代社會多元觀點的價值理念。

二、浩虛舟於文學史的缺席

　　有關浩虛舟現存資料並不多，相比同時期其他賦家，除了流傳的作品較少之外，關於浩虛舟的記載也並不全面。清人胡文英《吳下方言考》中引浩虛舟之〈盆池賦〉云：

> 浩虛舟〈盆池賦〉：「水汪汪而罷漲。」案：汪汪，水盈貌，吳中謂水光盈滿曰水汪汪。〔註14〕

或可推知浩虛舟可能有江東背景，《元和姓纂》中有浩氏條：「今隰州刺史浩聿，狀云郜氏，因避難改為浩氏，聿子虛舟。」〔註15〕所避之難為何並未詳

〔註11〕〔梁〕真諦譯，〔唐〕法藏等疏譯：《大乘起信論義記》（光緒戊戌年金陵經刻處本），卷10，頁15。

〔註12〕Kuhn, T. S. The Structure of Scientific Revolutions. Chicago: University of Chicago Press, 1996.

〔註13〕彭紅衛：〈論律賦的基本特徵〉，《湖北大學學報》，2016年第6期，頁85。

〔註14〕〔清〕胡文英著、徐復校議：《吳下方言考校議》（南京：鳳凰出版社，2012年），頁24。

〔註15〕〔唐〕林寶撰，岑仲勉校記：《元和姓纂四校記》（臺北：台聯國風，1975年），頁835。

述，而據《山西通志‧貢舉譜》列浩虛舟為永濟人〔註16〕，又據清人徐松《登科記考》，可知浩虛舟於穆宗長慶二年中進士〔註17〕，而改姓浩氏為父執輩之事，可推知當為玄宗天寶至憲宗元和年間，發生於華北地方的大型動亂。

關於浩虛舟的文學成就，則多散佚在群書之中，且流傳時相互輾轉，使資料大同小異。如《全唐詩》中有記：「浩虛舟，隰州刺史聿之子，中宏詞科。詩一首。」〔註18〕而《全唐文》除辭賦外，僅收〈為崔大夫賀破吐蕃表〉，可知除了辭賦之外，詩文散佚的狀況也相當嚴重。但據王定保《唐摭言》云：

> 李繆公貞元中試〈日有五色賦〉及第，最中的者賦頭八字曰：「德動天鑒，祥開日華」，後出鎮大梁，聞浩虛舟應宏詞復賦此題，頗慮浩賦逾以專馳。一介取本，既至啟緘，尚有憂色，及覩浩破題云：「日麗焜煌，中含瑞光。」程喜曰：「李程在裏。」〔註19〕

相比浩虛舟，李程所流傳至今辭賦篇目較浩虛舟為多，在文壇與政壇均具有相當的影響力，而尚且憂心浩虛舟才情過己。宋代孫光憲《北夢瑣言》有如是記載：

> 李程以〈日五色賦〉擢第，為河南尹日，試舉人，有浩虛舟卷中行〈日五色賦〉，程相大驚，慮掩其美，伸覽之次，服其才麗。至末韻「親晚水以芒動，俯寒山而秀發。」程相大哈曰：「李程賦且在，瑞日何為到夜秀發？」由是浩賦不能陵邁。〔註20〕

又同朝李匡乂《資暇集》中〈不拜單于〉條云：

> 近代浩虛舟作〈蘇武不拜單于賦〉，爾來童稚時便熟諷詠，至於垂白莫悟。賦題之誤，抑皆詮寫升在甲等，何不詳《史》、《漢》正傳不拜單于，是鄭眾非蘇武也。余宗人翰蒙求亦明言：「蘇武持節，鄭眾不拜。」況梁元帝亦著論曰：「漢世銜命，匈奴困而不辱者二人而已。」子卿手持旄節，臥伏冰霜，仲師固無下拜，隔絕區外。學者豈能尚

〔註16〕〔清〕覺羅石麟監修，儲大文編纂：《山西通志》（臺北：臺灣商務印書館影印四庫全書，冊544），卷65，頁295。

〔註17〕〔清〕徐松：《登科記考》（道光十八年刻本），卷14，頁2。

〔註18〕〔清〕彭定求等：《全唐詩》（北京：中華書局，2003年），頁5362。

〔註19〕〔五代〕王定保著，陽羨生校點：《唐摭言》（上海：上海古籍出版社，2012年），頁99。

〔註20〕〔宋〕孫光憲著，林艾園校點：《北夢瑣言》（上海：上海古籍出版社，2003年），頁52。

　　醉而不解醒耶！〔註21〕

李匡乂活動期間為唐昭宗時期，而稱浩虛舟為「近人」，可知浩虛舟的活動時間當略早於此，且兩人活動時間當有重疊，並且在此時浩虛舟已負文名。

　　值得注意的是，浩虛舟的相關文獻均與「試賦」有關，從「應宏辭」、「試舉人」、「升在甲等」，無一不是針對浩虛舟的仕途進行描述，而其仕途，又與其律賦作品息息相關，這在後世視詩文為主流的唐代文壇中，為一特殊的現象。因此可知浩虛舟應是當時律賦大家，且其律賦作品之重要性，或基於士人的需求，而遠超過浩虛舟其他體材類型的文學作品。由是可知，浩虛舟文采出眾，他的律賦頗能獲得考官青睞，這點對士人而言，無疑是攸關一生的事情。而宋代歐陽修《新唐書‧藝文志》中，賦格類著作亦記有「浩虛舟《賦門》一卷」〔註22〕，可知浩虛舟除了有作品產出，也有理論著作，且在當時具有一定的指標性。

　　可惜的是浩虛舟的賦作因後世文壇主流風向的轉變，而遭受冷落，更面臨散佚的處境。誠如清代譚宗浚《希古堂集‧甲集》中所說：

> 士始於唐人，當時馳稱場屋者，若王棨、黃滔、浩虛舟、林滋輩，《新》、《舊唐書》皆不列入〈文苑傳〉，誠以其格稍卑，不能與駢散文古近詩並稱也；若宋則任淵、李璧、施元之等之精於注釋，郭茂倩、陳起等之善於評選；黃伯思、陳振孫等之富於收藏；姜夔、吳文英、史達祖、高觀國等之工於詞曲，皆不入〈文苑傳〉。其體例嚴謹，如此今悉仿之，以示限斷。此外更有占驗家、術數家、繪畫家、篆刻家、骨董家、直技藝者流，亦非〈文苑〉比矣。至時文場屋之製，然明史有陳艾章、羅數人合傳，今特仿之，以熊、劉、方，儲數人合一傳外，此不能徧及也。應存應刪仍候總裁酌定。〔註23〕

據此觀之，所謂〈文苑傳〉即是一種以選擇作家以表現當時文學主流價值的一種方法，有別於選集的作品為主體，而是以人物為主體的文壇價值體現。在這樣的思考邏輯之下，浩虛舟因其律賦「其格稍卑」的評價而不能登〈文苑〉之雅堂，在現今的角度看來，不啻於是中國賦學史，乃至於文學史上的遺珠之憾。

〔註21〕　〔唐〕李匡乂：《資暇集》（北京：中華書局，1985年），卷上，頁1。
〔註22〕　〔宋〕歐陽修、宋祁：《新唐書》（臺北：臺灣商務印書館，2010年），頁424。
〔註23〕　〔清〕譚宗浚：《希古堂集》（光緒十六年刻本），卷1，頁5。

　　因此本文擬回歸律賦自身的文學藝術，藉此評論浩虛舟之律賦，並且給予其應有之評價。浩虛舟之律賦據文獻記載，除具有一定的水準之外，或因試賦而使其律賦具有「典範」〔註24〕的意義，也是浩虛舟在中國文學史上不應缺席的原因。

第二節　研究範圍與研究方法

一、研究範圍

　　浩虛舟僅存八篇完整之律賦作品，其餘兩篇則僅存殘句，僅能從他人著作中偶得一二之散句；律賦之外，又存表一篇，詩一首；據浩虛舟之軼事記載，從他在當時文壇之聲勢看來，浩虛舟的實際作品，尤其是律賦應不只如此。唯本文礙於現存之文獻，因此僅能就完整之八篇律賦為主要探討之對象。本文以《全唐文》〔註25〕為底本，並羅列收錄浩虛舟律賦之情形如下：

表 1-2-1　浩虛舟律賦研究範圍

《全唐文》卷六百二十四	《文苑英華》	《歷代賦彙》	《古今圖書集成》
〈解議圍賦〉	卷六十二儒學二	卷六十二文學	理學彙編學行典言語部藝文一第七十九卷
〈王者父事天兄事日賦〉	卷四十三帝德三	卷四十三治道	明倫彙編皇極典敬天部藝文第二百五卷
〈行不由徑賦〉	卷九十四人事五	卷六十七性道	理學彙編經籍典四書部藝文一第二百九十九卷

〔註24〕 T. Kuhn 認為：When scientists must choose between competing theories, two men fully committed to the same list of criteria for choice may nevertheless reach different conclusions. 若放在文學研究，則可以說是針對同一個文本，卻以不同思路進行文學批評，而形成截然不同的評價，這其中所根據的標準，即是本文所指的「典範」。舉例來說，李夢陽和李調元兩人不同的觀點，也造成了律賦在價值上的出入。Kuhn, Thomas, *The Essential Tension: Selected Studies in Scientific Tradition and Change* (Chicago: University of Chicago Press,1977), p. 320~39.

〔註25〕〔清〕董誥：《全唐文》（北京：中華書局，1983 年）。

〈陶母截髮賦〉	卷九十六 人事七	外集卷十九 人事	明倫彙編人事典 髮部藝文一 第十卷
〈盆池賦〉	卷三十五 水四	卷八十八 器用	經濟彙編考工典 池沼部藝文一 第一百二十六卷
〈舒姑泉賦〉	卷三十五 水五	卷二十八 地理	明倫彙編閨媛典 閨奇部藝文一 第三百四十五卷
〈射稚解顏賦〉	卷一百三十八 鳥獸八	卷一百四 巧藝	博物彙編禽蟲典 雉部選句 第十九卷
〈木雞賦〉	卷一百三十八 鳥獸八	卷一百三十二 鳥獸	博物彙編禽蟲典 雞部藝文一 第三十五卷

製表人：江道一

浩虛舟尚有兩篇〈日五色賦〉、〈蘇武不拜單于賦〉，唯僅存篇目或殘句，因此不列入本文的研究範圍。就上表觀之，浩虛舟律賦收錄大抵仍以《文苑英華》為本，唯在分類上有所不同，以《文苑英華》分類最少，而《歷代賦彙》分類最多，又《古今圖書集成》分類最精，大抵可見浩虛舟在律賦創作上，包含各種不同的題材，頗具「賦家之心，苞括宇宙，總覽人物」〔註26〕的特色。

　　除八篇律賦本身之外，在研究之範圍上也將觸及清代賦家李調元之《賦話》，以及王芑孫《讀賦卮言》等律賦相關之著作。其中《賦話》更對浩虛舟之律賦有直接的評論，亦當一併參看，以求對浩虛舟的律賦能持中正公允之評價。另外《賦譜》作為現存唯一之賦格類著作，其中對於律賦題材的說明與解析，除對唐代士人科舉作文上有所啟迪外，亦對現代律賦之研究有莫大裨益。

二、研究方法

（一）題材內容

　　辭賦題材多元，包羅萬象，早在漢代古賦盛行時，就是士人騁才強藝的場

〔註26〕〔漢〕葛洪著，成林、程章燦譯注：《西京雜記》（貴陽：貴州人民出版社，1997年），頁65。

域，《漢書‧司馬相如傳》中便談到：

> 上令襃與張子僑等並待詔，數從襃等放獵，所幸宮館，輒為歌頌，
> 第其高下，以差賜帛。議者多以為淫靡不急，上曰：「『不有博弈者
> 乎，為之猶賢乎已！』辭賦大者與古詩同義，小者辯麗可喜。辟如
> 女工有綺穀，音樂有鄭衛，今世俗猶皆以此虞說耳目，辭賦比之，
> 尚有仁義風諭，鳥獸草木多聞之觀，賢於倡優博弈遠矣。」頃之，
> 擢襃為諫大夫。〔註27〕

其中「多聞之觀」即描述了賦家應「多識博物，有可觀采」〔註28〕的才學涵
養。這樣的特質在漢大賦盛行的時代，或專指大賦之特色，但在後世辭賦的發
展史中，則從不同的題材面向，展現辭賦家「博物」的特質。《文心雕龍‧詮
賦》中說：

> 若夫京殿苑獵，述行序志，並體國經野，義尚光大。既履端於唱序，
> 亦歸餘於總亂。序以建言，首引情本，亂以理篇，寫送文勢。按《那》
> 之卒章，閔馬稱亂，故知殷人輯頌，楚人理賦，斯並鴻裁之寰域，
> 雅文之樞轄也。至於草區禽族，庶品雜類，則觸興致情，因變取會，
> 擬諸形容，則言務纖密；象其物宜，則理貴側附；斯又小制之區畛，
> 奇巧之機要也。〔註29〕

這樣的特色，在律賦中亦無疑有所蹈襲。在浩虛舟律賦之題材方面，雖僅八
篇，題材卻不因此而有所限縮，反而在陳元龍《歷代賦彙》中列於八類之中。
辭賦這方面的特點，在唐代律賦的表現上，則於命題方面具體展現，曹明綱
《賦學論稿》，則將之分類為四：時事、古事、景物、事理〔註30〕。而唐代現
存的賦格類著作：《賦譜》，則針對賦題有如是描述：「凡賦題有虛、實、古、
今、比喻、雙關，當量其體勢，乃裁製之。」〔註31〕亦即士子應優先進行審
題，並針對各種不同的賦題，進行鋪陳。這在過去辭賦單純的「鋪采摛文，體

〔註27〕〔漢〕班固著，〔唐〕顏師古注，〔清〕王先謙校刊：《漢書補注》（清光緒二十
　　　　六年王氏虛受堂刻本），列傳卷 27 下，頁 1289B。

〔註28〕〔漢〕班固著，〔唐〕顏師古注，〔清〕王先謙校刊：《漢書補注》，敘傳卷 100
　　　　下，頁 1778A。

〔註29〕〔梁〕劉勰著，王更生注譯：《文心雕龍讀本》上篇（臺北：文史哲出版社，
　　　　1986 年），頁 133。

〔註30〕曹明綱：《賦學論稿》（上海：上海古籍出版社出版社，2012 年），頁 174。

〔註31〕〔唐〕佚名撰，張伯偉校考：《賦譜》，張伯偉：《全唐五代詩格彙考》（南京：
　　　　鳳凰出版社，2002 年），頁 565。

物寫志」〔註32〕的書寫手法有所不同，因應制作文的特色，因此具有一定的侷限性，這種侷限性較之魏晉南北朝「同題共詠」〔註33〕又更加嚴格。尹占華指出：

> 律賦命題以雅正為主，多半皆有出典。中又以《論》、《孟》、《老》、《莊》居多，六經居次，中又以《尚書》、《禮記》為主。〔註34〕

因此士子若僅有才情，仍不足以面對試賦；更需要在經學，乃至諸子學上有所著墨。

　　浩虛舟的文學活動約於穆宗長慶時期左右，按「四唐說」的分法則當屬中唐時期，該時期的律賦命題方面，則有如李調元所稱：「大約私試所作而播于行卷者」〔註35〕，私試猶如現今學校之模擬考，旨在求能面對考題時一舉中第。而馬寶蓮《唐律賦研究》則指出：

> 自玄宗以後至唐末，從所能考出之進士科題目看，或關治道、或關福瑞、或關祭祀、或關德性，大抵源於典籍，只有少數例外。〔註36〕

因此本文在題材研究上，則不論其為私試所作，抑或是國家命題，均考察其賦題源流，進而分析賦文運用之典故，以提出各篇賦作主要之思想與內涵。

（二）押韻分析

　　律賦除在命題上別於前朝辭賦，在「題下限韻」也展現其特殊的特色，清人王芑孫《讀賦卮言》中說：「官韻之設，所以注題目之解，示程式之意，杜抄襲之門，非以困人而束縛也。」〔註37〕或許官韻限制旨在杜絕抄襲，而非予士子之才學施加枷鎖。可知在實際操作上，官韻之設，唐人或不將之視為一種規範，而僅是一種防弊的工具。

　　官韻的功能或可從其由來觀察。最早初唐時期王勃的〈寒梧棲鳳賦〉，題下限「孤清夜月」為韻；及至中唐，元稹亦有〈郊天日五色祥雲賦〉，姑且「以題為韻」。可知律賦之「限韻」，毋寧稱之為「題韻」會更為妥適。至於題韻的

〔註32〕〔梁〕劉勰著，王更生注譯：《文心雕龍讀本》上篇，頁132。

〔註33〕祁立峰：《相似與差異：論南朝文學集團的書寫策略》，臺北：政大出版社，2014年。

〔註34〕尹占華：《律賦論稿》（成都：巴蜀書社，2001年），頁236。

〔註35〕〔清〕李調元：《賦話》（臺北：廣文書局，1971年），頁33。

〔註36〕馬寶蓮：《唐律賦研究》（臺北：中國文化大學中國文學研究所博士論文，1992年），頁224～225。

〔註37〕〔清〕王芑孫：《讀賦卮言‧官韻例》，載於韓泉欣、孫福軒編輯點校：《歷代賦論彙編》上編（北京：人民文學出版社，2016年），頁219。

演變，誠如律賦的演變一般，並非是「自始如此」的，《賦譜》云：「近來官韻多勒八字，而賦體八段，宜乎一韻管一段。」〔註38〕「近來」二字點出，「八字題韻」、「一韻管一段」均非始於試賦之初，而是在《賦譜》著成之前才普遍出現的現象，是故稱之「多勒八字」。洪邁《容齋續筆》中則稱：「自大和以後，始以八韻為常。」〔註39〕可知應於唐文宗之後，方以八字題韻為常態。值得注意的是，不論是《賦譜》抑或是《容齋續筆》，都沒有將「八韻」視為肯定之限制與絕對的要求，而多以保守的方式陳述。宋代吳曾則認為八字題韻始於開元二年：

> 賦家者流，由漢、晉歷隋、唐之初，專以取士。止命以題，初無定韻。至開元二年，王邱員外知貢舉，試旗賦，始有八字韻腳，所謂「風日雲野，軍國清肅」。（見偽蜀馮鑑所記《文體指要》）〔註40〕

鄺健行〈初唐題下限韻律賦形式的審察及引論〉一文中指出試賦之八字限韻不始於開元二年，而可溯及初唐。〔註41〕然而不論何者，均可以肯定八字題韻當於中唐時期風行。

律賦八字題韻之所以重要，主因在於「題韻」在律賦典律化的過程中扮演重要的角色，誠如簡宗梧先生〈賦體之典律作品及其因子〉中所談到的：

> 至於賦體，「用韻為主」應是它的必要條件，在典律化作品中沒有一篇是可以例外的。在早先賦體還是韻散雜用，駢賦的階段，韻文的比例更為提高，到律賦則已完全是韻文。……「限韻要求」和「先推題意」的作品比例雖然不高，卻應該是律賦的必要條件，因為這些都是所有律賦典律化作品所具備的。〔註42〕

如是若根據上文所述，八字題韻既大量出現在中唐時期，而題韻又扮演律賦典律化的重要角色，如是或可大膽推論「中唐當是律賦完成典律化的時期」。既

〔註38〕〔唐〕佚名撰，張伯偉校考：《賦譜》，張伯偉：《全唐五代詩格彙考》（南京：鳳凰出版社，2002年），頁564。

〔註39〕〔宋〕洪邁：《容齋續筆》，《全宋筆記》第五編三（鄭州：大象出版社，2012年），頁370～371。

〔註40〕〔宋〕吳曾：《能改齋漫錄》，收於朱易安、傅璇琮等主編：《全宋筆記》（鄭州：大象出版社，2012年），第五編三，頁33。

〔註41〕鄺健行：《科舉考試文體論稿：律賦與八股文》（臺北：臺灣書店，1999年），頁105～106。

〔註42〕簡宗梧：〈賦體之典律作品及其因子〉，《逢甲人文社會學報》第6期（2003年5月），頁22～23。

然如此，律賦在中唐完成了典律化，那麼著有《賦門》的浩虛舟身處於該時代之中，或在律賦典律化的過程中，扮演了最後一位砌石者的角色。

　　因此本文亦從浩虛舟八篇律賦押韻的情形，進行全面考察，以探求其是否一如後世諸家所言，八字題韻形成主流，而賦家莫不從之的情形。有鑑於此，中古音韻則於本文中成為不可或缺之要角。唐人求聲用韻因當以陸法言《切韻》為主，周祖謨《唐五代韻書集存》中談及有關唐代音韻作法：

> 到了唐代，南北語音又有了改變，科舉考試，作詩押韻，以《切韻》
> 為準，但文人苦其苛細，不得不略為變通。可是上層的讀書人仍然
> 以《切韻》作為論音的依據。所以唐人所修的韻書幾乎沒有脫離《切
> 韻》的成規，即使有人別創新裁，也很少流傳下來。〔註43〕

唯如今《切韻》多所缺佚，難見全貌。據王應麟《玉海》所云，《廣韻》即是依《切韻》校編而成者：

> 景德四年十一月戊寅，崇文院校定《切韻》五卷，依九經例頒行，
> 祥符元年六月五日改為《大宋重修廣韻》。〔註44〕

由此觀之，《廣韻》既為現存最完整依《切韻》編纂而成之韻書，故本文在用韻上，依《廣韻》提供之線索，並以統計方法探求浩虛舟八篇律賦之用韻情形。

（三）句型及句式結構分析

　　唐代律賦承六朝駢賦而來，其於句型與句式上亦有其特徵，徐師曾《文體明辯·序》稱：

> 至於律賦，其變愈下，始於沈約四聲八病之拘，中於徐庾隔句作對
> 之陋，終於隋唐床取士限韻之制。但以音律諧協，對偶精切，屬工
> 而情與辭皆置弗論。嗚呼極矣！數代之晉，乃令元人洗之豈不痛
> 哉。〔註45〕

徐師曾所指律賦是否「其變愈下」姑且不論，但他指出一個要點，亦即「始於沈約」、「中於徐庾」而「終於隋唐宋取士」，這或可視為律賦特殊句式結構的發展脈絡。徐師曾更對此論及：

> 六朝沈約輩出，有四聲八病之拘，而俳遂入於律。徐庾繼起，又復

〔註43〕周祖謨：《唐五代韻書集存》（臺北：臺灣學生書局，1994 年），頁 15。

〔註44〕〔宋〕王應麟撰，武秀成、趙庶洋校證：《玉海》（浙江：浙江書局光緒九年重刊本，1983 年），卷 45，頁 15。

〔註45〕〔明〕徐師曾：《文體明辯》（北京：人民文學出版社，1998 年），頁 100。

隔句對聯，以為四六，而律益細焉。隋進士科專用此體，至唐宋盛行。取士命題，限以八韻。要之以音律協調、對偶精切為工。〔註46〕

如是觀點，恰巧為律賦典律化之過程點出「句式」之為要，雖非徐師曾所鍾意，卻在無意中指出句型結構在律賦扮演的重要角色。彭紅衛亦稱「律賦最常見的是四六隔句對」〔註47〕，本論文乃藉此討論律賦與駢賦之間的關係。

回看《賦譜》關於句式的說明，也可印證徐師曾對律賦「對偶精切」的觀察：「凡賦句有壯、緊、長、隔、漫、發、送合織成，不可偏舍。」〔註48〕根據《賦譜》「不可偏舍」之對句形式，茲整理羅列如下：

表 1-2-2 《賦譜》句式結構〔註49〕

壯		3字句對3字句
緊		4字句對4字句
長		5字句對5字句；6字句對6字句；7字句對7字句；8字句對8字句；9字句對9字句
隔	輕隔	上4字、下6字句對上4字句、下6字句
	重隔	上6字、下4字句對上6字句、下4字句
	疏隔	上3字、下不限字句對上3字句、下不限字句
	密隔	上5字（以上）、下6字（以上）句對上5字（以上）、下6字（以上）句
	平隔	上4字、下4字句對上4字、下4字句 上5字、下5字句對上5字、下5字句
	雜隔	上4字、下5、7、8字句對上4字、下5、7、8字句 上5、7、8字、下4字句對上5、7、8字、下4字句
漫		上下句不對仗
發	原始	原夫、若夫、闕夫、稽其、伊昔、其始也
	提引	洎及、然則、矧夫、於是、已而、是故、借如、乃如
	起寓	嗟乎、至已哉、大已哉
送		句尾語助詞（也、哉、而已）

〔註46〕〔明〕徐師曾：《文體明辨》，頁100。
〔註47〕彭紅衛：《唐代律賦考》（北京：社會科學文獻出版社，2009年），頁13。
〔註48〕〔唐〕佚名撰，張伯偉校考：《賦譜》，張伯偉：《全唐五代詩格彙考》（南京：鳳凰出版社，2002年），頁555。
〔註49〕簡宗梧、游適宏：〈律賦在唐代「典律化」之考察〉，《逢甲人文社會學報》第1期（2000年11月），頁11。

清人浦銑在《復小齋賦話》中的觀點更貼近《賦譜》：

> 律賦句法，不可但用四六，或六四，或七四，或四七。試取王輔文
> 棨、黃文江滔、吳子華融、陸魯望龜蒙諸家觀之，思過半矣。〔註50〕

可知在駢四儷六的徐庾體之後，唐代律賦當是有所開展，雖求對偶之精工，聲律之切響，而《賦譜》卻是在歸結四六的基礎上更進一步，提供賦家法式，以及更多的可能性。

律賦之句式表現既有如此明確之指導方針，則如何運用則成為登科關鍵。《賦譜》將句式比作人身：

> 凡賦以隔為身體，緊為耳目，長為手足，發為唇舌，壯為粉黛，漫為
> 冠履。苟手足護其身，唇舌葉其度；身體在中而肥健，耳目在上而清
> 明；粉黛待其時而必施，冠履得其美而即用，則賦之神妙也。〔註51〕

「賦之神妙」則有賴六種句式的運用比重，據詹杭倫、李立信、廖國棟等人所言，這是「一個有機的整體」〔註52〕。句式為律賦之基石，而基石是否穩固，則成為一篇律賦是否神妙之關鍵。因此本文亦據《賦譜》，討論浩虛舟八篇律賦是否為「有機的整體」而無愧。

任何詩文均是由詞構句，再由句構段，律賦亦如是。唯其中律賦之構段不若散文自由，在登科法門的指導下，一切均有法度。《賦譜》云：

> 至今新體，分為四段：初三、四對，約三十字為頭；次三對，約四十
> 字為項；次二百餘字為腹；最末約四十字為尾。就腹中更分為五：初
> 約四十字為胸；次約四十字為上腹，次約四十字為中腹；次約四十字
> 為下腹；次約四十字為腰。都八段，段段轉韻發語為常體。〔註53〕

可知在律賦的範疇中，各段有其字數上的限制，這也是取士閱卷上的要求；及至今日國家考試，雖無字數限制，但卻以八頁為範疇，「並請撙節使用」〔註54〕。至於各段落的句式為何，《賦譜》亦云：

〔註50〕〔清〕浦銑：《復小齋賦話》，何沛雄編：《賦話六種》（香港：三聯書店，1982年），頁51。

〔註51〕〔唐〕佚名撰，張伯偉校考：《賦譜》，張伯偉：《全唐五代詩格彙考》（南京：鳳凰出版社，2002年），頁563。

〔註52〕詹杭倫、李立信、廖國棟著：《唐宋賦學新探》，頁42。

〔註53〕〔唐〕佚名撰，張伯偉校考：《賦譜》，張伯偉：《全唐五代詩格彙考》（南京：鳳凰出版社，2002年），頁563。

〔註54〕考試院考選部（2019年11月15日）。國家考試申論試卷範例試卷。資料引自：https://wwwc.moex.gov.tw/main/content/wHandMenuFile.ashx?file_id=1917。

> 約略一賦內用六、七緊，八、九長，八隔，一壯，一漫，六、七發；
> 或四、五、六緊，十二、三長，五、六、七隔，三、四、五發，二、
> 三漫、壯；或八、九緊，八、九長，七、八隔，四、五發，二、三
> 漫、壯、長；或八、九隔，三漫、壯，或無壯；皆通。計首尾三百六
> 十左右字。但官字有限，用意折衷耳。〔註55〕

可知以「緊、長、隔」依次運用的句型為律賦最核心的句式結構，而這也是律
賦相當重要的特徵之一，亦即在律賦中，「緊、長、隔」的句式結構，是促成
律賦典律化的原因之一。至於浩盧舟之律賦，能否依《賦譜》之規制觀察，美
人柏夷（S. Bokenkamp）針對《賦譜》有如是說明：

> 供場屋士子用的論賦之作，必須跟上時代，必須涉及考試的最新趨
> 勢與規程。從《賦譜》中可以看出這一點，即論及具體規誡時，常
> 有「近來」、「至今」等語。一旦過時，多少要按「考試指南」的要求
> 重寫一番。這一類「指南」，很有可能是中試不久士子所撰。〔註56〕

準此，在浩盧舟與《賦譜》著成年代極其接近的時空環境之下，本文亦以《賦
譜》進行說明，以此作為基礎，統計浩盧舟八篇律賦的段落結構，以試圖在最
後證成浩盧舟於中唐時期，扮演律賦典律化過程的重要角色。

第三節　文獻回顧

　　律賦研究於今已脫離過去大賦之束縛而「蔚為大國」〔註57〕，研究面向相
當多元，因此文獻回顧上，蒐羅現代研究者之研究成果，並借鑑 David Easten
《政治系統分析》〔註58〕，簡略區分作品為主體的「唐賦研究」、理論為主體
的「賦格研究」，以及作家為主體的「專家研究」等三方面。系統理論如下圖
所示：

〔註55〕〔唐〕佚名撰，張伯偉校考：《賦譜》，張伯偉：《全唐五代詩格彙考》（南京：
　　　　鳳凰出版社，2002 年），頁 564。

〔註56〕柏夷（S. Bokenkamp）：《賦譜略述》，《中華文史叢論》第 49 輯，1992 年，頁
　　　　149～161。

〔註57〕〔梁〕劉勰著，王更生注譯：《文心雕龍讀本》上篇，頁 132。

〔註58〕Easton, D., *A System Analysis of Political Life* (New York: John Wiley & Sons,
　　　　1965), p. 32.

圖 1-3-1

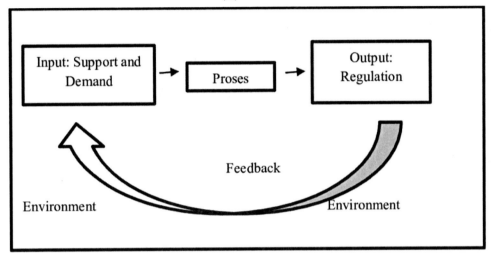

上圖顯示公共政策之產出，係從輸入經由黑箱（Black Box）後，得到產出，並在產出中給予輸入端回饋的一個系統。這樣的理論模型，若放在唐代律賦研究中，則無非是以專家為輸入端，經由闈場之後登科，並從中歸納致勝結論，並以此進行賦格創作。如是本節之分類除力求符合文獻歸納能合於系統理論，也避免分類流於如《歷代賦彙》一般之瑣碎〔註59〕；最後則依編年之方式進行順敘，以期能在本節中看出律賦研究之過去之動態與未來之發展。

　　綜合觀之，賦格研究最早開始，主要在日本及海外流行，或者這與《賦譜》係由日本保存並流傳有關；而以唐代律賦研究而言，早期研究主要集中在科舉與文學之互動關係上，而自馬寶蓮始，開始以律賦為主體深入探討；其後 2000 年簡宗梧以「典律化」的角度切入律賦，開啟律賦研究的新方向，著重在律賦之形式，此後開始出現大量的專家研究，研究重點圍繞在律賦典範與學術社群的接受。可知律賦研究進路與其他文類研究有相當大的區別，從回饋本身為起點，而非傳統的作家論或作品論，是相當特殊的現象。

一、唐代賦格研究

　　因唐人賦格作品現存僅《賦格》一卷，故賦格研究實際上乃是《賦譜》研究。最早在 1948 年日人小西甚一對空海和尚的《文鏡秘府論》著有《文鏡

〔註59〕「《歷代賦彙》常因其分類瑣細而受到後人批評。倘若用今天的眼光去要求它，這些批評當然有一定的道理。」踪凡：〈《歷代賦彙》的漢賦編錄與分類〉，《國學術史研究》，2004 年第 4 期，頁 138。

秘府論考》〔註60〕，本書針對唐人格律的探索進行研究，在律賦研究上可為
濫觴。其後中澤希男於 1967 年發表《賦譜校箋》〔註61〕，可說是讓《賦譜》
重上學術論壇的第一本專門著作；而美人柏夷在 1992 年以《《賦譜》略述》
〔註62〕作為其博士論文，方使《賦譜》在中文語境之學術圈引起重視。及至
1996 年張伯偉發表《《賦譜》校考》〔註63〕，有關《賦譜》一書的校訂大致到
此告一段落。

　　及至 1999 年開始，《賦譜》研究開始回歸「賦格自身」，陳萬成〈《賦譜》
與唐賦的演變〉〔註64〕從《賦譜》結合唐賦，並開啟律賦程式之研究。詹杭倫
於 2004 年發表〈唐抄本《賦譜》初探〉〔註65〕，為一篇以賦譜為單一研究客
體之文章，具體剖析諸如句式、結構、審題等賦文作法；並且隔年和李立信、
廖國棟等兩位學者，以《唐宋賦學新探》〔註66〕，從《賦譜》的著成時間蠡測，
到分析《賦譜》之內容，具有深刻的論述，並奠定律賦研究之重要基礎。

　　其後之李冰〈《賦譜》探微〉〔註67〕、張巍〈《賦譜》釋要〉〔註68〕均在
《賦譜》的內容上進行闡述與發想；及至近年 2017 年，程維則結合文章學，
發表〈從律賦格到文章學〉將重心放在文章作法，以及《賦譜》程式之運用，
相對前作而言，是《賦譜》研究中較為新穎的題材。

二、唐代律賦研究

　　有關唐賦研究最早除結合古賦之研究外，亦和唐代應制文章有相當的關
聯，諸如 1987 年張正體〈唐代的科試制度與試賦體制研究〉、1994 年鄺健行
〈唐代律賦對科舉考試的黏附與偏離〉以及 1999 年王兆鵬〈試論唐代科舉考

〔註60〕（日）小西甚一：《文鏡秘府論考》，東京：講談社，1952 年。
〔註61〕（日）中澤希男：《群馬大學教育學都紀要》第 17 輯，1968 年 3 月。
〔註62〕（美）柏夷（S. Bokenkamp）：《賦譜略述》，《中華文史叢論》第 49 輯，1992
　　　年，頁 149～161。
〔註63〕張伯偉：《全唐五代詩格彙考》，南京：鳳凰出版社，2002 年。
〔註64〕陳萬成：〈《賦譜》與唐賦的演變〉，收入南京大學中文系主編：《辭賦文學論
　　　集：第四屆國際辭賦學學術研討會論文集》（南京：江蘇教育出版社，1999 年），
　　　頁 559～573。
〔註65〕詹杭倫、李立信、廖國棟著：《唐宋賦學新探》，臺北：萬卷樓圖書公司，2005
　　　年。
〔註66〕詹杭倫、李立信、廖國棟著：《唐宋賦學新探》，2005 年。
〔註67〕李冰：〈《賦譜》探微〉，《安徽文學》，2008 年第 11 期，頁 189～190。
〔註68〕張巍：〈《賦譜》釋要〉（《南京大學學報》（哲學・人文科學・社會科學），2016
　　　年第 1 期，頁 127～160。

試的詩賦限韻與早期韻圖〉，研究重點均在於試賦之體制，然而王兆鵬雖以聲韻學為研究軸心，卻亦揭示律賦典律化重要的關鍵之一。另外此中 1993 年馬寶蓮《唐律賦研究》〔註69〕，也開始了以律賦作為研究主體的濫觴，該篇博士論文中，雖仍未脫離唐賦和科舉制度之關聯，卻對律賦進行歷時性的研究，同時在代表作家和作品等方面有所論述，亦論及題材、法式、表現技巧等部分，對於日後學者多所啟發。

及至千禧年，簡宗梧、游適宏發表〈律賦在唐代「典律化」之考察〉〔註70〕，首度以「典律」之觀點剖析律賦，也詳加闡述格律、句式作為律賦要角的重要性，奠定律賦為典律的論點，並且幾成日後研究之定論與方向。2001 年游適宏以《由拒唐到學唐——元明清賦論趨向之考察》〔註71〕一書取得博士學位，以律賦為典範，廣泛討論明清賦論的批評或接受。同年尹占華《律賦論稿》〔註72〕則從不同的面向展開律賦的研究，自「律賦與科舉」及「律賦發展史」等兩個層次，討論律賦發展情形與重要賦家，以斷代進行分類與歸納，並描述律賦發展之軌跡。2002 年王士祥〈唐代省試賦用韻考述〉〔註73〕，則以韻為基礎，從試賦觀點考定律賦之用韻；同年簡宗梧、游適宏以〈清人選唐律賦之考察〉〔註74〕一文，從文選學的角度，觀察律賦在清代的接受史，並再次確立律賦作為唐賦典範的論點，而簡宗梧〈賦體典律因子及其因子〉〔註75〕發表於2003 年，具體分析律賦作為典範的關鍵在於格律與句式，廣泛蒐羅文本，並從中歸納結論，確立律賦作為有唐一代的賦文典範；同年汪小洋、孔慶茂〈論律賦的文學性〉〔註76〕則以文學價值為主軸，討論律賦作為文學的價值與意

〔註69〕馬寶蓮：《唐律賦研究》，臺北：中國文化大學中國文學系博士論文，1993 年。

〔註70〕簡宗梧、游適宏：〈律賦在唐代「正典化」之考察〉，《逢甲人文社會學報》第 1 期，2000 年 11 月，頁 1～16。

〔註71〕游適宏：《由拒唐到學唐——元明清賦論趨向之考察》，臺北：政治大學中國文學系博士論文，2001 年。

〔註72〕尹占華：《律賦論稿》（成都：巴蜀書社，2001 年）。

〔註73〕士祥：〈唐代省試賦用韻考述〉，《中國古典文學與文獻學研究》第二輯，2002年，頁 111～123。

〔註74〕簡宗梧、游適宏：〈清人選唐律賦之考察〉，《逢甲人文社會學報》第 5 期，2002 年 11 月，頁 21～35。

〔註75〕簡宗梧：〈賦體正典因子及其因子〉，《逢甲人文社會學報》第 6 期，2003 年 5 月，頁 1～28。

〔註76〕汪小洋、孔慶茂：〈論律賦的文學性〉，《江蘇廣播電視大學學報》，2003 年 2 月，頁 45～49。

義；余恕誠〈唐代律賦與詩歌在押韻方面的相互影響〉〔註77〕則以詩韻進行對照研究。次年吳在慶〈科舉試賦及其對唐賦創作影響的幾個問題〉〔註78〕仍以試賦為主體討論唐賦。大抵自此可以看出，中國學者多針對律賦的形式制度為研究重點，而臺灣學者則致力於證成律賦為唐賦典範。

　　律賦為唐賦的典範大抵在 2003 年得以確立，而 2004 年開始，則開啟了另外一股新的律賦研究風尚，即律賦之文體論。趙俊波〈窺陳編以盜竊——論唐代律賦語言雅正特點的形成〉〔註79〕從語言結構的角度，討論律賦之何以雅正；同時開始注意到中晚唐賦具有相當的特色，足茲為研究典範，並以王起、元稹、白居易為律賦正楷，於同年發表了《中晚唐賦分體研究》〔註80〕、《中晚唐賦研究》〔註81〕等兩本著作。2005 年鄺健行所發表之〈律賦論體〉〔註82〕，游適宏則有〈一個賦體分類論述的形成——賦分為古賦、俳賦、律賦、文賦〉〔註83〕，而郭建勳，毛錦群則於 2007 年著有〈論律賦的文體特徵〉〔註84〕，此三篇論文均以律賦之文體論進行主軸，辨析律賦之為一體，以及有別於其他體式的重要性。

　　2007 年開始，簡宗梧先生〈試論唐賦在文學史上的地位〉〔註85〕一文，開始探討唐賦在文學史上的地位，指出律賦在修辭學和語言學上的研究價值，且提供唐代科舉研究相關之史料，並且重新審視律賦的文學史意義。彭紅衛以

〔註77〕余恕誠：〈唐代律賦與詩歌在押韻方面的相互影響〉，《江淮論壇》，2003 年第4 期，頁 105～112。

〔註78〕吳在慶：〈科舉試賦及其對唐賦創作影響的幾個問題〉，《廣西師範大學學報》第 46 卷第 2 期，2004 年，頁 34～39。

〔註79〕趙俊波：〈窺陳編以盜竊：論唐代律賦語言雅正特點的形成〉，《社會科學研究》，2004 年第 3 期，頁 146～149。

〔註80〕趙俊波：《中晚唐賦分體研究》，北京：華齡出版社，2004 年。

〔註81〕趙俊波：《中晚唐賦研究》，成都：四川大學文學與新聞學院博士論文，2004 年。

〔註82〕鄺健行：〈律賦論體〉，《四川師範大學學報》第 32 卷第 1 期，2005 年，頁 68～74。

〔註83〕游適宏：〈一個賦體分類論述的形成——賦分為古賦、俳賦、律賦、文賦〉，《國立臺灣科技大學人文社會學報》第 1 期，2005 年 3 月，頁 75～89。

〔註84〕郭建勳、毛錦群：〈論律賦的文體特徵〉，《中國文化研究》冬之卷，2007 年，頁 61～68。

〔註85〕簡宗梧：〈試論唐賦在文學史上的地位〉，唐代文化、文學研究及教學國際學術研討會論文，2007 年 5 月 19 日、20 日，後收錄於謝海平主編《唐代學術研討會論文集》，頁 1～9。

《唐代律賦的演進及其特徵考論》〔註86〕一書於 2008 年取得博士學位，同年游適宏也完成《試賦與識賦：從考試的賦到賦的教學》〔註87〕一書。前者在律賦之演進與特徵上著墨，進行細膩的深思；而後者則開始回歸現實層面之教學，將古代的律賦和現代的教育進行結合與批判，其中再次顯示律賦研究方面，中、臺學者不同的研究傾向。

及至 2009 年，彭紅衛《唐代律賦考》〔註88〕整理唐代律賦文本，並且詳加考訂、辨偽，同時彙整唐代試賦與律賦作家一覽表，提供相當重要的文獻基礎。而同年馬麗《唐代應試詩賦研究》〔註89〕至 2010 年付靜《初盛唐律賦格律研究》〔註90〕、呂海波《中唐試賦研究》〔註91〕，則以律賦和科舉應試、賦文格律等方面指出有關之史料價值與文體特徵，並且指出試賦和唐代賦體文學與辭賦批評的重要關聯性。

2012 年以後，則有吳儀鳳《賦寫帝國：唐賦創作的文化情境與書寫意涵》〔註92〕，開始注意到唐賦「環境」方面的問題，誠如系統理論顯示，環境亦為作家於場屋產出作品的影響因素之一。而曹明綱於同年則以〈唐代律賦的形成、發展和程式特點〉〔註93〕以律賦之形成為考察重點，並說明其特殊之作賦程式。於此之後，除 2015 年董就雄〈試論唐代八韻試賦的用韻〉〔註94〕以試韻為研究主題之外，律賦研究重點多以其書寫主題為關鍵，有 2014 年王賤琴《唐代典禮賦研究》〔註95〕，2015 年鄭真先《唐代治道賦研究》〔註96〕，2017

〔註86〕彭紅衛：《唐代律賦的演進及其特徵考論》，湖北：華中師範大學中國古典文獻學博士論文，2008 年。

〔註87〕游適宏：《試賦與識賦：從考試的賦到賦的教學》，臺北：秀威資訊科技，2008 年。

〔註88〕彭紅衛：《唐代律賦考》，北京：社會科學文獻出版社，2009 年。

〔註89〕馬麗：《唐代應試詩賦研究》，西安：陝西師範大學中國古代文學所碩士論文，2009 年。

〔註90〕付靜：《初盛唐律賦格律研究》，濟南：山東師範大學漢語言文字學碩士論文，2010 年 5 月。

〔註91〕呂海波：《中唐試賦研究》，呼和浩特：內蒙古師範大學古代文學碩士論文，2010 年。

〔註92〕吳儀鳳：《賦寫帝國：唐賦創作的文化情境與書寫意涵》，臺北：萬卷樓圖書公司，2012 年。

〔註93〕曹明綱：《賦學論稿》，上海：上海古籍出版社，2012 年。

〔註94〕董就雄：〈試論唐代八韻試賦的用韻〉，《饒宗頤國學院院刊》第 2 期，2015 年 5 月，頁 239～275。

〔註95〕王賤琴：《唐代典禮賦研究》，南昌：江西師範大學古代文學所碩士論文，2014 年。

〔註96〕鄭真先：《唐代治道賦研究》，桂林：廣西師範大學中國古典文獻學所碩士論文，2015 年。

年于亞飛《唐代軍旅賦研究》〔註97〕均針對辭賦創作之內容有深入探討，是目前唐代律賦研究中除賦家研究之外的另外一個新焦點。

三、唐代律賦賦家研究

　　律賦之賦家研究相對於唐賦研究乃至於賦格研究而言，起步相對較晚，然而賦家研究之重要對律賦而言，在於「異例與其學術社群之接受」。因此簡宗梧雖宣告律賦乃唐賦典範，且幾成定論，但仍有唐代學術社群接受研究之空間。是故於 2003 至 2018 年之間，開始出現大量以賦家為研究對象之論文出現。胡淑貞最早以白居易賦為研究對象，《白居易賦研究》〔註98〕，其中以白居易〈賦賦〉為理論基礎，考辨白居易作賦之特色及理論實踐；2005 年陳鈴美《王棨律賦研究》〔註99〕則開始以量化方法考察王棨律賦之用韻、句型、句式，奠定日後專家研究之基礎。其後於 2006 年開始到 2019 年，黃雅琴《王起律賦研究》〔註100〕、陳漢鄂《黃滔律賦研究》〔註101〕、方姵文《蔣防律賦研究》〔註102〕、林景梅《裴度律賦研究》〔註103〕、黃佳鳳《白行簡律賦研究》〔註104〕、吳怡靜《獨孤授律賦研究》〔註105〕則分別針對中唐各家進行上述之量化研究法，提供堅實的研究數據。而同一時期方靜瑛《徐寅律賦研究》〔註106〕、江之陵《蔣防辭賦之研究》〔註107〕，雖未以統計方法進行研究，但在題材思想上有細膩的著墨，亦具有相當的指標性。王良友《中唐五大家律

〔註97〕于亞飛：《唐代軍旅賦研究》，桂林：廣西師範大學中國古代文學所碩士論文，2017 年。

〔註98〕胡淑貞：《白居易賦研究》，臺中：逢甲大學中國文學研究所碩士論文，2003 年。

〔註99〕陳鈴美：《王棨律賦研究》，臺中：逢甲大學中國文學研究所碩士論文，2005 年。

〔註100〕黃雅琴：《王起律賦研究》，臺中：逢甲大學中國文學研究所碩士論文，2006 年。

〔註101〕陳漢鄂：《黃滔律賦研究》，臺中：逢甲大學中國文學研究所碩士論文，2009 年。

〔註102〕方姵文：《蔣防律賦研究》，臺北：國立政治大學國文教學碩士在職專班碩士論文，2018 年。

〔註103〕林景梅：《裴度律賦研究》，臺北：國立政治大學國文教學碩士在職專班碩士論文，2018 年。

〔註104〕黃佳鳳：《白行簡律賦研究》，臺北：國立政治大學國文教學碩士在職專班碩士論文，2018 年。

〔註105〕吳怡靜：《獨孤授律賦研究》，臺北：國立政治大學國文教學碩士在職專班碩士論文，2019 年。

〔註106〕方靜瑛：《徐寅律賦研究》，臺北：中國文化大學中國文學研究所碩士論文，2012 年。

〔註107〕江之陵：《蔣防辭賦之研究》，臺北：中國文化大學中文所碩士論文，2014 年。

賦研究》〔註108〕發表於 2008 年，專論王起、李程、白居易、白行簡、張仲素等五位賦家，計有一百四十篇律賦，並從中歸納五家之特色與影響。

　　同一時期，中國學者也開始注意到中晚唐律賦賦家研究的重要價值，張凱《晚唐律賦三大家用韻研究》〔註109〕、龐國雄《黃滔律賦研究》〔註110〕、鄭艷《李程律賦研究》〔註111〕、汪欣《蔣防律賦之研究》〔註112〕，其中或有和臺灣學者共同的研究對象之外，也開始將研究目光望向晚唐律賦，為律賦專家研究開展另外一個新起點。

〔註108〕王良友：《中唐五大家律賦研究》，臺北：文津出版社，2008 年。

〔註109〕張凱：《晚唐律賦三大家用韻研究》，濟南：山東師範大學漢語言文字學所碩士論文，2007 年。

〔註110〕龐國雄：《黃滔律賦研究》，桂林：廣西師範大學中國古代文學所碩士論文，2010 年。

〔註111〕鄭艷：《李程律賦研究》，武漢：華中科技大學中國古代文學所碩士論文，2012 年。

〔註112〕汪欣：《蔣防律賦之研究》，武漢：華中科技大學中國古代文學所碩士論文，2013 年。

第二章　浩虛舟律賦題材之研究

　　律賦因應國家取士之需要，因此代表性之創作多具有「義尚光大」〔註1〕的特色，亦即在創作上，命題旨趣多著眼於「雍容揄揚，著於後嗣」〔註2〕，而創作內容則多力求闡述「恆久之至道，不刊之鴻教」〔註3〕。亦即雖然唐代律賦係由六朝駢賦之形式演變而來，但在創作方面，卻非屬曹植所說：「辭賦小道，固未足以揄揚大義，彰示來世也。」〔註4〕

　　浩虛舟律賦一共八篇，均有收錄於陳元龍所編纂之《御定歷代賦彙》，且亦分入八類之中，分別是：文學、治道、性道、人事、器物、地理、巧藝、鳥獸等八類。如是可見浩虛舟作賦未嘗偏好某類，而多有涉獵，且均具有一定的文學成就，是以列入總集，甚至可在《賦譜》中見其章句。亦即在辭賦的創作上，雖然律賦以科考為目的，但進士科不若明經科，在寫作題材上更有彈性，同時也更具有博物學的性質，誠如孫何所說：

　　　　惟詩賦之制，非學優才高，不能當也。破巨題期於百中，壓強醒示
　　　　有餘地，驅駕典故，混然無跡，引用經籍，若已有之詠，輕近之物，
　　　　則託興雅；重命詞陵整，迷樸素之事，則立言道麗。〔註5〕

如是可見即便如應制科考之律賦，仍保有辭賦「感物造端，材知深美」〔註6〕

〔註1〕〔梁〕劉勰著，王更生注譯：《文心雕龍讀本》上篇，頁133。
〔註2〕鄭競編：《全漢賦》（臺北：之江出版社，1994年），頁95。
〔註3〕〔梁〕蕭統編，〔唐〕李善等注：《增補六臣註文選》（臺北：華正書局，1980年），頁965A。
〔註4〕〔梁〕蕭統編，〔唐〕李善等注：《增補六臣註文選》，頁788A。
〔註5〕〔清〕陳鴻墀：《全唐文紀事》（臺北：世界書局，1967年），頁1479。
〔註6〕〔漢〕班固著，〔唐〕顏師古注，〔清〕王先謙校刊：《漢書補注》，卷30，頁902B。

的特色。

　　以下則據賦題與賦文題旨、題源考究、內容訴求等三部分分別討論浩虛舟
八篇律賦,逐次說明賦題、題韻與內容三者之間的關係,並從中探討浩虛舟的
「賦家之心」。最後則綜合前人研究之成果,在三者的偏離與切合之間,嘗試
說明浩虛舟律賦在內容上所具備的典律化特徵。據曹明綱《賦學論稿》,唐代
律賦題才大致可分為:時事、古事、景物、事理等四類〔註7〕,而浩虛舟八篇
律賦,又依《文苑英華》,大抵可歸類為:德行、人事、水、鳥獸等四類。《賦
學論稿》以內容為繩準,而《文苑英華》則以賦題為根據,兩者各有道理,也
反映出賦題和內容有時未必能夠相應的狀況。因此本章僅以賦題取材為分目,
並藉此考察用典出處。

第一節　各賦賦題與賦文題旨

一、古事

（一）〈解議圍賦 以「詞理精通釋然自潰」為韻〉

1. 賦題來源

　　〈解議圍賦〉典出《晉書・王凝之妻謝氏傳》,講述謝道蘊解王獻之清談
之敗的過程:

> 凝之弟獻之嘗與賓客談議,詞理將屈,道韞遣婢白獻之曰:「欲為小
> 郎解圍。」乃施青綾步鄣自蔽,申獻之前議,客不能屈。〔註8〕

王獻之和賓客清談,言辭屈居下風,兄嫂謝道蘊卻能引王獻之之前論,據以駁
倒賓客,顯見王獻之並非學養不足,而是機智不如賓客,更不如謝道蘊。除了
機智之外,謝道蘊更能以他人論述詳加申辯,也突顯了謝道蘊才情過人。

　　題韻「詞理精通釋然自潰」,則是描述謝道蘊能言善道而座上賓言詞潰敗,
屬於賦題〈解議圍賦〉之延伸與說解。「精通」一詞本就有辯才無礙之意,如
《全上古三代秦漢三國六朝文・全晉文》卷五〈馬先生傳〉:「有裴子者,上國
之士也,精通見理,聞而哂之。乃難先生,先生口屈不能對。」〔註9〕這段故

〔註7〕 曹明綱:《賦學論稿》,頁174。

〔註8〕 〔唐〕房喬玄齡,王雲五主編:《晉書》(臺北:臺灣商務印書館影印廿四史百
　　　　衲本,2010年),頁686。

〔註9〕 〔清〕嚴可均:《全上古三代秦漢六朝文》(上海:上海古籍出版社,影印光緒
　　　　二十年黃岡王氏刻本),頁325A。

事和〈王凝之妻謝氏傳〉頗有雷同之處。而「釋然」一詞,則可見於《世說新語·言語》:「由是釋然,復無疑慮。」其中「復無疑慮」,洽如謝道蘊結束整段清談一般,讓賓客甘拜下風。而不論是「精通」或是「釋然」,其典本身都和言語一門有關,而〈解議圍賦〉一篇之描寫重點也放在謝道蘊的言辭上,切入賦題之外也切中題韻。

2. 賦文題旨

本賦以謝道蘊解王獻之與賓客的清談之危,敘述其謝道蘊能言善道,並且調理清晰,最終駁倒賓客,並將原因歸根於謝道蘊言詞掌握義理,以仁義服人。

第一段敘述事件緣起,從王獻之延賓清談開始,而王獻之對賓客言詞無能招架,呈現弱勢與疲態。第二段則由謝道蘊出場,探討雙方互相攻訐的內容,進而得知雙方剩敗的原因,由是靈光乍現,加入清談之局。第三段描寫謝道蘊辯論的風采,由於他能精準的掌握雙方論點,因此能正確的攻訐,這一點讓謝道蘊在面對賓客時,有如戰場上叱吒風雲的諸侯與將軍。第四段開使說明謝道蘊的言詞,其中謝道蘊辯議內容能掌握道德義理,因此賓客潰敗實屬自然,過程中可見謝道蘊和賓客之間言詞來回,激烈而精彩。第五段側重賓客潰敗的形象描述,賓客無法延續先前的氣勢,被謝道蘊的義理折服,甚至到了無可挽救的局面,只能啞口無言。第六段說明謝道蘊致勝關鍵,原來秉持忠信之道,仁義之理,才是挫敗賓客的關鍵,也突顯了謝道蘊自身的學術涵養與靈活機智。第七段說明謝道蘊與賓客議論的差別,在於謝道蘊能精通義理,能秉持宗經的立場,方能辯論無礙,舌戰群雄。第八段說明辯論之後的結果,以謝道蘊為勝,並且陳述謝道蘊精通經書與子書,而使望其項背者只能俯首稱臣。

（二）〈行不由徑賦以「處心行道有如此焉」為韻〉

1. 賦題來源

〈行不由徑賦〉典出《論語·雍也》:「有澹臺滅明者,行不由徑,非公事,未嘗至於偃之室也。」〔註10〕可知本賦題指在藉澹臺滅明之人格,稱頌君子行事應光明正大。其中有關澹臺滅明其人,《史記·列傳·七十二弟子列傳》中

〔註10〕〔魏〕何晏注,〔宋〕刑昺疏,李學勤主編:《論語注疏》(臺北:臺灣古籍出版社,2002 年),頁 77。

有如是描述:「澹臺滅明,武城人,字子羽。少孔子三十九歲。」〔註11〕《大戴禮記·衛將軍文子》也稱許澹臺滅明之人格:

> 貴之不喜,賤之不怒;苟於民利矣,廉於其事上也,以佐其下,是澹臺滅明之行也。孔子曰:「獨貴獨富,君子恥之,夫也中之矣。」
>
> 〔註12〕

綜上觀之,澹臺滅明在孔門七十二弟子中,因其秉公之人格而受人稱許,亦是君子之代表。

其次題韻「處心行道有如此焉」,「處心」語見《後漢書·鄧寇列傳》中說:「臣兄弟汙濊,無分可採,過以外戚,遭值明時,託日月之末光,被雲雨之渥澤,並統列位,光昭當世。不能宣贊風美,補助清化,誠慚誠懼,無以處心。」〔註13〕意指「修心」;「行道」出於《孝經·開宗明義》:「立身行道,揚名於後世,以顯父母,孝之終也。」〔註14〕可知行道和立身實為一體兩面,「處心行道」則有養心立身之意。「有如此」則語見《禮記·儒行》,其中一共列舉儒士行為舉措、道德修養等層次一共十六處〔註15〕。如是觀之,賦題和題韻實藉澹臺滅明之事蹟,闡述君子如何以德行養心立身,並作為論說。

2. 賦文題旨

本賦以澹臺滅明行不由徑的事跡為核心,帶出君子應有的風骨與行為,進而勉勵自己與讀者,應向澹臺滅明學習,進而創造君子之邦。第一段以描述澹臺滅明的背景與大致交代他的人格特質,說明他出身武城,感慨純樸風氣不再,而厭惡小人橫生的社會,因此寧可保全自身,擇僻而居,不與小人同流。第二段以澹臺滅明的事跡,說明他所處之環境雖然破落,卻依然能夠秉持公正,而不朋比為奸的人格精神。第三段強調澹臺滅明雖深居簡出,卻能有枕流漱石之志,強調「窮則獨善其身」的價值。第四段第四段說明澹臺滅明在山野中自得其樂,不屑與奸邪為伍的心志,這種思想和立場,從首段可見一斑,隱

〔註11〕 〔漢〕司馬遷著,(日)瀧川資言考證,楊海崢整理:《史記會注考證》(上海:上海古籍出版社,2015年),頁2816。

〔註12〕 〔漢〕戴德撰,〔清〕孔廣森補注:《大戴禮記補注》(北京:中華書局2013年),頁123。

〔註13〕 〔晉〕范曄:《新校後漢書注》(臺北:世界書局),頁613。

〔註14〕 〔清〕皮錫瑞撰,吳仰湘點校:《孝經鄭注疏》收於吳仰湘編:《皮錫瑞全集》(北京:中華書局,2015年),頁24。

〔註15〕 〔漢〕戴聖撰,〔唐〕孔穎達正義,李學勤主編:《禮記正義》(臺北:臺灣古籍出版社,2001年),頁1841~1858。

示澹臺滅明有孔子「在厄不窮」的君子風度。第五段以澹臺滅明在山林荒野中自得其樂的形象，點出境隨心轉，以及秉持公理正義的重要。而第六段強調澹臺滅明之孤高，以蕭瑟的場景，反襯澹臺滅明雖千萬人吾往矣的人格意象。第七段則以顏回和謝靈蘊比喻澹臺滅明，說明他秉持無私正直，讚譽他高潔的人格操守。第八段進行賦文總結，以楊朱和阮籍的對比，突顯澹臺滅明身困而人正的精神，並勉勵讀者應當效法這樣的君子之行。

（三）〈陶母截髮賦以「賓至情極無惜傷毀」為韻〉

1. 賦題來源

〈陶母截髮賦〉典出《晉書・列女傳》：

> 陶侃母湛氏，豫章新淦人也。初，侃父丹娉為妾，生侃，而陶氏貧賤，湛氏每紡績資給之，使交結勝己。侃少為尋陽縣吏，嘗監魚梁，以一坩鮓遺母。湛氏封鮓及書，責侃曰：「爾為吏，以官物遺我，非惟不能益吾，乃以增吾憂矣。」鄱陽孝廉範逵寓宿於侃，時大雪，湛氏乃徹所臥親薦，自剉給其馬，又密截髮賣與鄰人，供餚饌。逵聞之，歎息曰：「非此母不生此子！」侃竟以功名顯。〔註16〕

本賦亦是在這樣的故事背景下，加以舖陳為賦的。

其次題韻為「賓至情極無惜傷毀」，意在敷陳賦題。「賓至」語出《左傳・襄公三十一年》：「賓至如歸，無寧菑患，不畏寇盜，而亦不患燥濕。」〔註17〕崔國輔〈杭州北郭戴氏荷池送侯愉〉中云：「道存過北郭，情極望東菑。」〔註18〕「情極」或源出於此。「無惜」典出《越絕書》：「今夫吳王有伐齊之志，君無惜重器，以喜其心，毋惡卑辭，以尊其禮，則伐齊必矣。」〔註19〕以髮膚比為重器，點出本賦議論之重點。「毀傷」點出《孝經・開宗明義》：「身體髮膚，受之父母，不敢毀傷，孝之始也。」暗示本賦自當以孝為例論之起點，討論陶母湛氏「截髮貿賓」的行為。

2. 賦文題旨

本賦以陶侃母湛氏在面對大義、孝道之間的抉擇，點出經權的觀點，進而

〔註16〕〔唐〕房玄齡撰，王雲五主編：《晉書》，頁 685。

〔註17〕〔周〕左丘明傳，〔晉〕杜預注，〔唐〕孔穎達正義，李學勤主編：《春秋左傳正義》（臺北：臺灣古籍出版社，2002 年），頁 1298。

〔註18〕〔清〕彭定求等：《全唐詩》，頁 1202。

〔註19〕〔漢〕袁康：《越絕書》（龍溪精舍叢書本），卷 7，頁 15～16。

討論湛氏的賢名當為實至名歸。第一段簡述賦題出典，說明湛氏斷髮之緣由，以及他如何做出對陶侃最好的選擇。第二段講述故事的開端，以有德賓客拜訪，卻無可款代的窘境，進而想到變賣頭髮，換取佳餚的辦法。第三段面對孝道「身體髮膚不敢毀傷」的矛盾心理，通過湛氏行為上的描述，表現出抉擇的困難，最後終於毅然決然的揮刀斷髮。第四段著重斷髮後的心理描寫，從匕首折射的光線柔和與散亂的落髮如雲，描寫湛氏開始接受這個選擇，也反映內心的平靜。第五段描寫湛氏斷髮之後的形象，側重描寫髮型的散亂與整理，突顯湛氏心境上的轉折。第六段重回宴賓一事，從湛氏狼狽的外形描述上可知他極盡款待的誠意；而在結束之後回想方才的措舉，湛氏認為陶侃能親近賢士，一切便已值得。第七段描述湛氏重新打理之後的清新形象，並引《詩》言志，陳述對孝道的無愧。第八段則由浩虛舟評點整個故事，以義與慈稱許湛氏，並以孟母比之，認為陶侃能有所成就，當歸功於湛氏的教導。

（四）〈射雉解顏賦 以「藝極神驚愁顏變喜」為韻〉

1. 賦題來源

〈射雉解顏賦〉典出《左傳‧昭公二十八年》：

> 昔賈大夫惡，娶妻而美，三年不言不笑，御以如皋，射雉獲之，其妻始笑而言，賈大夫曰，才之不可以已，我不能射，女遂不言不笑夫，今子少不颺，子若無言，吾幾失子矣，言不可以已也如是，遂如故知，今女有力於王室，吾是以舉女，行乎敬之哉，毋墮乃力，仲尼聞魏子之舉也，以為義，曰，近不失親，遠不失舉，可謂義矣，又聞其命賈辛也，以為忠，詩曰，永言配命，自求多福，忠也，魏子之舉也，義其命也，忠其長有後於晉國乎。〔註20〕

其中賈大夫即賈辛，為祁大夫，《孔子家語‧正論解》中有關其人之描述：

> 晉魏獻子為政，分祁氏及羊舌氏之田，以賞諸大夫及其子成，皆以賢舉也。又謂賈辛曰：「今汝有力於王室，吾是以舉汝。行乎，敬之哉！毋墮乃力。」孔子聞之，曰：「魏子之舉也，近不失親，遠不失舉，可謂美矣。又聞其命賈辛，以為忠。《詩》云：『永言配命，自求多福。』忠也。魏子之舉也義，其命也忠，其長有後於晉國乎。」〔註21〕

〔註20〕〔周〕左丘明傳，〔晉〕杜預注，〔唐〕孔穎達正義，李學勤主編：《春秋左傳正義》，頁1724～1725。
〔註21〕〔魏〕王肅：《孔子家語》（光緒六年掃葉山房藏刻本），卷9，頁13。

可知賈辛其人正直，忠心愛國，且是國家大夫合適之人選。而《焦氏易林·晉之》即同書〈革之〉，對大畜和未濟兩卦均有語：「願望登虛，意常欲逃，賈辛醜惡，妻不安夫。」〔註22〕而其和妻子的互動，甚至可見於《水經注·汾水》：

> 即《爾雅》所謂昭餘祁矣，賈辛邑也。辛貌醜，妻不為言，與之如皋，射雉雙中之則笑也。〔註23〕

《水經注》所引該地之風俗趣聞，當是本賦賦題最佳之註解。

題韻則為本賦之說解，亦即加強說明該賦之典故，以其妻之笑顏，陳述賈辛射雉之極藝。「藝極」典出《左傳·文公六年》：

> 古之王者知命之不長，是以並建聖哲，樹之風聲，分之采物，著之話言，為之律度，陳之藝極，引之表儀，予之法制，告之訓典，教之防利，委之常秩，道之禮則，使毋失其土宜，眾隸賴之，而後即命。〔註24〕

原意指「準則」，此處題韻則以字義雙關作賈辛射藝造極。《黃帝內經·素問·本病論》中則有「心神驚悸」、「心神驚駭」等語，或可知「神驚」所指當為賈辛妻。而《焦氏易林·剝之》有云：「三婦同夫，忽不相思。志恆悲愁，顏色不怡。」〔註25〕「愁顏變喜」當引此典故，暗喻賈辛夫婦倫常有異，而能有前因轉而變喜。

2. 賦文題旨

本賦以賈辛射雉博取美人一笑的典故，援引《焦氏易林》重新解為君臣之和，說明倫常的重要。第一段先交代故事大綱，賈辛妻認為賈辛貌寢而無才，因而不與之言談，而後賈辛能獲雉見其妻子一笑。第二段說明賈辛妻如何以其貌美而倨傲，年紀尚輕，樣貌姣好，都使賈辛妻因夫婿之貌寢而不願與之親近。第三段開始反觀賈辛，卻是無力有心，這種鬱悶的情緒在心中無處宣洩；而賈辛雖無力改變自身相貌，但卻有辦法憑藉自身的才藝和決心換得妻子青睞。第四段先說明賈辛尋找獵物的過程，過成漫長而艱辛，卻不負苦心的找到

〔註22〕徐芹庭，徐耀環註解：《焦氏易林解譯》（新北：聖環圖書公司，2013年），頁1527、2047。

〔註23〕〔北魏〕酈道元著，陳橋驛校證：《水經注校證》，頁159。

〔註24〕〔周〕左丘明傳，〔晉〕杜預注，〔唐〕孔穎達正義，李學勤主編：《春秋左傳正義》，頁589～591。

〔註25〕〔漢〕焦延壽；徐芹庭、徐耀環註解：《焦氏易林解譯》，頁1081。

形色殊異的獵物。第五段描寫賈辛心神凝定的張弓射箭，彈道之起落，使賈辛終能一改陋容，神采飛揚。第六段則描寫射雉之後的歸途。從昏黃廣袤的背景中，凸顯賈辛孤身還征的身影；而從賈辛射箭的力道兇猛的模樣中，也使賈辛的妻子能以不同的眼光看待賈辛。第七段陳述賈辛及其妻子之重新認識彼此過程，也點出全賦之大旨。「兩心」雖明指夫妻同德，卻暗喻君臣之關係。第八段則以第三者的立場，評論整段故事，以「藝」優於「陋」作結，並藉射術之五嘉，陳述君子技藝高妙之是解憂愁良方。

（五）〈木雞賦 以「致此無敵故能先鳴」為韻〉

1. 賦題來源

〈木雞賦〉為長慶二年進士科之題〔註26〕，典出《莊子・外篇・達生》：

> 紀渻子為周宣王養鬥雞。十日而問：「雞可鬥乎？」曰：「未也，方虛驕而恃氣。」十日又問之，曰：「未也，猶疾視而盛氣。」十日又問之，曰：「幾矣。雞雖有鳴者，已無變，望之似木雞矣，其德全矣。」異雞無敢應者。〔註27〕

鬥雞之樂趣即在於觀賞兩雞廝殺之場面，亦或是養雞者勝出的成就感。而木雞卻背道而馳，以「異雞無敢應者」為最高境界，看似是鬥雞能不戰而勝，實際上卻是君王能不為而治，為黃老思想的最高境界。

題韻為本賦之解，旨在說明木雞之典。「無敵」典出《孟子・公孫丑上》：

> 孟子曰：「尊賢使能，俊傑在位，則天下之士皆悅而願立於其朝矣。市廛而不征，法而不廛，則天下之商皆悅而願藏於其市矣。關譏而不征，則天下之旅皆悅而願出於其路矣。耕者助而不稅，則天下之農皆悅而願耕於其野矣。廛無夫里之布，則天下之民皆悅而願為之氓矣。信能行此五者，則鄰國之民仰之若父母矣。率其子弟，攻其父母，自生民以來，未有能濟者也。如此，則無敵於天下。無敵於天下者，天吏也。然而不王者，未之有也。」〔註28〕

可知無敵當是「尊賢使能，俊傑在位」的結果，此中亦含有君王知人用事而

〔註26〕〔清〕徐松：《登科記考》，卷19，頁25。

〔註27〕〔漢〕班固著，〔唐〕顏師古注，〔清〕王先謙：《莊子集解》（宣統元年刻本），卷5，頁10。

〔註28〕〔宋〕朱熹：《四書集注》（臺北：頂淵文化事業有限公司，2005年），頁236～237。

能無所為卻無所不為的概念。「先鳴」則隱含用兵之道，《三國志・管輅傳》
中說：

> 季龍言：「世有軍事，則感雞雉先鳴，其道何由？復有他占，惟在
> 雞雉而已？」輅言：「貴人有事，其應在天，在天則日月星辰也。兵
> 動民憂，其應在物，在物則山林鳥獸也。夫雞者兌之畜，金者兵之
> 精，雉者離之鳥，獸者武之神，故太白揚輝則雞鳴，熒惑流行則雉
> 驚，各感數而動。又兵之神道，布在六甲，六甲推移，其占無常。
> 是以晉樞牛呴，果有西軍，鴻嘉石鼓，鳴則有兵，不專近在於雞雉
> 也。」〔註29〕

雞鳴意味著能洞察先機，於本賦則指君王能得賢臣，以達無為而治。

2. 賦文題旨

本賦藉紀渻子訓練木雞的故事，建立良好的環境，使木雞自然而然能成為
鬥雞中的王者，進而隱喻治理國家的要訣亦在建立適切的環境，使國家治理能
做最少的勞力，得到最大的效果。第一段以紀渻子精於馴雞破題。木雞的特質
本無殊勝之處，和尋常家禽無異，但通過紀渻子特殊的訓練，面對其他鬥雞時
卻能穩如泰山，挺拔自立。第二段先陳述其訓練之目的，在自然的引導下，以
「環境」為根本，開啟訓練的過程。第三段段則延續前文，繼續說明長久習染
的訓練過程。從飲食嬉戲的過程中，已可看見木雞有特殊之處。雖形神無彩卻
能自若泰然，蘊含「體貌雖似殘敗，精神實則豐盈」的對比。首先第四段說明
木雞之外貌，通過長久的訓練，木雞神色出現光彩，表現出紀渻子訓雞已大功
告成，木雞此時頭頸腳喙都表現出與眾不同。第五段則說明木雞的精神狀態，
木雞從容不迫的特質，能夠凝定心神，而其他尚欠此等心志者無以爭鋒。第
六段則以側面描寫木雞之強，木雞在動靜之中，能「靜如處子，動如脫兔」
〔註30〕，說明紀渻子馴雞之技藝，更勝郢工與郤氏的純熟。第七段，則開始進
行鋪陳的總結。紀渻子之馴雞之成功在於訓練中能使木雞不感到是訓練，並且
在習慣之中通感本性，頗具「得意忘言」之意，其中的根本實在心領神會。第
八段進行賦文評典。最後尾段則以第三者的角度評論全賦，並以起寓之「士有」
開啟全段，並呼應木雞之題。不偏不倚，自立自強是君子之德，亦是為政之道，

〔註29〕〔晉〕陳壽撰；〔南朝宋〕裴松之注；盧弼集解；錢劍夫整理：《三國志》（上
海：上海古籍出版社，2009年），頁2172～2173。

〔註30〕〔宋〕吉天保：《孫子集注》（江南圖書館藏明嘉靖乙卯刊本），卷11，頁51。

木雞雖形狀似木，而心神則是能不戰而勝的鬥雞，在靜物與動物之間，能得靜時的長處，並加以培養，則是本賦最核心的隱喻。

二、事理

〈王者父事天兄事日賦 以「子弟誠賢國家靡失」為韻〉

1. 賦題來源

〈王者父事天兄事日賦〉最早典出班固《漢書・郊祀志》：

> 平帝元始五年，大司馬王莽奏言：「王者父事天，故爵稱天子。孔子曰：『人之行莫大於孝，孝莫大於嚴父，嚴父莫大於配天。』」〔註31〕

上文中顏師古注王莽所引之孔子語，典出《孝經・聖治》：

> 曾子曰：「敢問聖人之德，無以加於孝乎？」子曰：「天地之性，人為貴。人之行，莫大於孝。孝莫大於嚴父。嚴父莫大於配天，則周公其人也。昔者，周公郊祀後稷以配天，宗祀文王於明堂，以配上帝。是以四海之內，各以其職來祭。夫聖人之德，又何以加於孝乎？故親生之膝下，以養父母日嚴。聖人因嚴以教敬，因親以教愛。聖人之教，不肅而成，其政不嚴而治，其所因者本也。父子之道，天性也，君臣之義也。父母生之，續莫大焉。君親臨之，厚莫重焉。故不愛其親而愛他人者，謂之悖德；不敬其親而敬他人者，謂之悖禮。以順則逆，民無則焉。不在於善，而皆在於凶德，雖得之，君子不貴也。君子則不然，言思可道，行思可樂，德義可尊，作事可法，容止可觀，進退可度，以臨其民。是以其民畏而愛之，則而象之。故能成其德教，而行其政令。《詩》云：『淑人君子，其儀不忒。』」〔註32〕

其後從「父事天」衍申「兄事日」之觀念，蔡邕《獨斷・卷上》中稱：

> 天子父事天，母事地，兄事日，姊事月。常以春分朝日於東門之外，示有所尊，訓人民事君之道也。〔註33〕

是故可知，本賦題旨在訓勉臣民謹守忠孝之道，以固國本。

〔註31〕〔漢〕班固著，〔唐〕顏師古注，〔清〕王先謙校刊：《漢書補注》，志卷25下，頁565A。

〔註32〕〔清〕皮錫瑞撰，吳仰湘點校：《孝經鄭注疏》，頁73～93。

〔註33〕〔漢〕蔡邕：《獨斷》（臺北：臺灣商務印書館，1981年），卷上，頁4。

其次題韻「子弟誠賢國家靡失」應延伸該賦題題義而來，並未有明確之出典，旨在訓示學子應以誠賢為本，如是安邦定國。

2. 賦文題旨

本賦以父天兄日的比附手法進行鋪陳，說明君王與臣民應扮演好倫常中的角色，方能使國家安定，長治久安的思維，最後將這種倫常歸結於孝道之中。第一段說明陰陽之中，以陽為德勝，而日月光之中又以日最為光明，而王者則是以父如天、兄如日一般謹守倫常本分，進而達到公正平和，太平順遂的境界。第二段陳述中國如欲成為天朝上國，自有將渾沌理清的責任，使父兄君臣各安其所，而非混沌不明，責任不清。第三段說明父兄君臣各安其所的好處，在於國家和平，氣象禎祥，關鍵的做法則在順天行事，從天時學習政通人和之理，而這也是封禪郊祀重要的原因。第四段以為人當謹守愛敬恪恭為旨，陳述如此方能使天地平和，向先賢之遺德致敬，並且說明尊長愛幼，本是恩德之舉，也是古今至理。第五段陳述尊長教導子弟應守的本分，除本應敬愛尊長，也應做到如《論語》所說「委婉勸諫」、「不遠遊」等要求，如是方為繼往開來，臻於至善的境界。第六段陳述尊長教導子弟應有的態度，除本應謙恭有德，應如魯衛文化一般，有禮守德，而非如管叔蔡叔霍亂綱常，並且說明人我間當同心同德，方為仁義之舉。第七段則開始陳述君王兄父扮演的角色，人倫應自尊長做起，而孝道則有賴誠心，從父為尊，兄為先的態度開始，則能夠使後嗣繁昌，天地光明。第八段表彰孝道的重要，倘能以孝道作為人倫的根本，則能國事太平，朝無奸臣。

三、景物

（一）〈盆池賦 以「積水盈器如望深池」為韻〉

1. 賦題來源

盆池原為一種發展於唐代的園藝造景技術，鑿土疏空，並置入盆器，積水為池。其中或養鱗蟲草木，或鑑日月星辰，均無不可。杜牧〈盆池〉對這樣的庭園藝術有具體的描述：「鑿破蒼苔地，偷他一片天。白雲生鏡裏，明月落堦前。」〔註34〕據本詩，可知「盆池」是唐代士人階層一種營造自然，以親近自然的方式。從鑿地置盆、注水偷天、含光鑑雲、竊日藏月等部分，可以看出從置盆到賞盆的雅趣。誠如謝琰所言：

〔註34〕〔清〕彭定求等：《全唐詩》，頁5989。

一方面，它只是個「盆」，包含了瑣細卑微但趣味盎然的新詩料；另一方面，它畢竟是「池」，以最簡樸的方式濃縮著文人的湖山情結，折射出他們精神深處的感悟與思考。〔註35〕

如是，〈盆池賦〉亦包含了這樣的理趣，通過對盆池的鋪陳，進而闡述藏天地於盈尺的感官享受。

題韻「積水盈器如望深池」，即是闡發題旨，也說明暸置盆到體驗袖珍山水的無窮樂趣。「盈器」頗有《孟子‧離婁下》中「盈科而後進」的味道。所謂的「如望深池」，則無非是「『涵泳』首先意味著入戲、陶醉，不能自拔，甚至想入非非。」〔註36〕

2. 賦文題旨

本賦藉盆池表達觀賞園藝藝術之樂趣，提出觀賞盆池的三個境界，說明盆池為生活所帶來的理趣，巧妙融合佛學思維，層層遞進，詠物言志。第一段先說明造池的緣起，從製盆、注水，開始帶出賞玩的樂趣。第二段則從製作之匠心切入，從盆池的外觀選擇，不論深淺方圓均無不可；而究其內涵，則不外乎是以方寸天地為概念，展現映月、生蓮、秋凝露、春結冰的四時景色。第三段從盆池的光影反射寫盆池之美，深望如井，捧飲回甘，而雲、鳥、月、桂照映其中更添樂趣，展現「花非花、霧非霧」的樂趣。第四段以盆池為湖海，用燈具反射水珠，以扇子搧風起浪，將蛛絲比做漁網，而落葉視為扁舟，此時盆池即是山水，而浩虛舟正遊覽其中。第五段則描寫盆池雨景，闡述盆池雖可為方圓天地，但終究不能脫離本質，而青蛙落雨，都會改變盆池景致。第六段寫雨過天青，盆池恢復原先的風采，能照月映竹，讓白日與青天都盡收池底。第七段說明盆池雖可為一方天地，但如若為不識者，卻會因此而受到迷惑，以為盆池即是天地。第八段總結全文，將盆池景致的描寫回到挺生水草、浮萍、沙石造景等具體事物，並說明真正的智者不會受到迷惑，而能夠以此為樂。

（二）〈舒姑泉賦 以「記云舒氏女化為泉」為韻〉

1. 賦題來源

〈舒姑泉賦〉典出《述異記‧卷上》：

〔註35〕謝琰，《盆池中的理，《文史知識》第 8 期（2012 年 8 月），頁 113。
〔註36〕謝琰，《盆池中的理，《文史知識》，頁 113。

> 宣城蓋山有舒姑泉，俗傳有舒氏女與父斫薪，女坐泉處，忽牽挽不
> 動。父遽告家，及再至其地，惟見清泉湛然，其母曰：「女好音樂。」
> 乃作弦歌，泉乃涌流。〔註37〕

宣城為今安徽省宣城市，而蓋山為九華山五十九峰之一，舒姑泉即為九華山名
勝之一。《九華山志・舒姑泉圖記》中亦有該典故之流傳紀錄：

> 今青陽縣北境，吳臨城縣也。臨城南有蓋山，高千丈，今九華翠蓋
> 峰也。峰旁有泉，舒姑所化也。曷見為舒姑所化？姑性好音，感絃
> 歌而朱鯉出聽也。事隔三千載，夫誰知之？有記之者也。記之者誰？
> 晉《宣城志》也。傳之者誰？宋劉孝標也。補其事於《九華志》者
> 誰？宛陵周贇也。翠蓋峰下有三潭，曰：上雪潭、下雪潭、瓔珞潭，
> 皆舒姑一泉所盈科而進也。三潭夜明，一月印也。舒潭非周贇所更
> 名，乃山泉之本姓也。〔註38〕

> 《宣城記》載臨城縣西北四十裡，蓋山，高百餘丈，有舒姑泉。昔
> 有舒氏女，與其父斫薪，倦坐，牽挽不動，乃還告家人。比往，唯
> 見清泉湛然。女母曰：「吾女性好音樂。」乃弦歌，而泉湧回流，有
> 朱鯉一雙湧出。〔註39〕

內容和《述異記》相去無許，但在地理描述上則更為精確。

題韻「記云舒氏女化為泉」意在描述賦題題旨，然而據《述異記》描述，
舒氏女當為化鯉，而非化泉。周誠明《唐人生命思想之多元探討》中描述：

> 人變形為魚之說，在唐以前志怪中，有「放生得福」、「吃魚遠禍」
> 之故事，創作出許多關於魚類變形的故事。〔註40〕

然而不論是《述異記》或《九華山志》中之描述，均未有類似的道德評價，而
屬較中性的陳述奇聞軼事。本賦在創作上亦以寫泉為主軸，而非化鯉作核心，
故陳元龍《歷代賦彙》亦將之歸入地理類而非鱗蟲類。

題韻「記云舒氏女化為泉」當同賦題，典故取自《述異記》，解釋賦題之
舒姑化泉一事，近似本賦之賦標題。

〔註37〕〔梁〕任昉：《述異記》（臺北：新文豐出版社影印叢書集成新編，1985年），
　　　　卷上，頁35B。
〔註38〕釋印光重修：《九華山志》（光緒二十年官修化城寺藏影印本），卷1，頁18。
〔註39〕釋印光重修：《九華山志》，卷10，頁26。
〔註40〕周誠明，《唐人生命思想之多元探討》（臺北：元華文創，2017年），頁343。

2. 賦文題旨

本賦以宣城地方的民間傳說為本，講述舒姑化泉的故事，同時藉由描寫舒姑泉的景色，闡發自身對舒姑際遇的感懷。第一段描述舒姑泉的背景、由來，從地方位置，到大略的故事，並大致描述了浩虛舟想像中的舒姑青春姣好的形象。第二段則遙想過去舒姑化鯉的場景，以及舒氏母弦歌的畫面，其中應注意本段談及舒姑化鯉，而非化泉。第三段則說明物是人非，遙遙相隔，描寫水色寧靜遲緩，卻暗似低語傾訴衷腸。第四段以湘水女神和和水女神為比喻雖有水族相伴，但與人世卻充滿阻礙，表達人神兩隔，無可奈何的哀戚。第五段描寫舒姑泉的景色，從波光溫柔到煙靄綠苔呈現一片祥和的景象，而水紋與岸草，彷彿是舒姑佇立在此的痕跡。第六段寫舒姑雖身形不在，神靈卻未嘗遠離，花景月色彷彿舒姑在此浣衣洗鏡，潺潺水聲就像舒姑徘徊的跫音。第七段懷想舒姑化鯉一事，以清、靜、柔、順為泉水之美，亦氏女子之德，進而藉浮萍與蒲草遙想舒姑孤獨遠離人事的哀愁。第八段總結全文，以現今破敗不堪的舒姑故鄉，對照無人理解舒姑心中悲苦，而故事的流傳，也只是茶餘飯後的話題而已了。

第二節　題源考究分析

《文心雕龍》對於典故有專論云：

> 事類者，蓋文章之外，據事以類義，援古以證今者也。昔文王繇《易》，剖判爻位。《既濟》九三，遠引高宗之伐，《明夷》六五，近書箕子之貞：斯略舉人事，以徵義者也。至若胤徵羲和，陳《政典》之訓；盤庚誥民，敘遲任之言：此全引成辭以明理者也。然則明理引乎成辭，徵義舉乎人事，迺聖賢之鴻謨，經籍之通矩也。《大畜》之象，「君子以多識前言往行」，亦有包於文矣。〔註41〕

事類指寫作運用運用相近之典故歷史，或運用典籍文句與詞彙，進而闡發己見，說明事理。其中一個關鍵即是「援古證今」，如是方為典故。因此本文所討論之「出典」，即奠基於此，因此如曹明綱所列之景物、時事等題，則不列入討論，蓋以古事、事理等兩類題材進行討論，以契合由題源考察思想的研究方向。

〔註41〕〔梁〕劉勰著，王更生注譯：《文心雕龍讀本》下篇（臺北：文史哲出版社，1986年），頁168～169。

一、命題及出典

　　考察浩虛舟律賦的出典情形，發現其命題多有明確之出處，茲將其八篇律賦之賦題、出典與原文，羅列表格，並以四部分類法進行歸類：

表 2-2-1　出典與四部類別

篇序	賦　題	出　典	原　文	類別
1	〈解議圍賦〉	《晉書・王凝之妻謝氏傳》	凝之弟獻之嘗與賓客談議，詞理將屈，道韞遣婢白獻之曰：「欲為小郎解圍。」乃施青綾步鄣自蔽，申獻之前議，客不能屈。	史
2	〈王者父事天兄事日賦〉	《獨斷・卷上》	天子父事天，母事地，兄事日，姊事月。	經
3	〈行不由徑賦〉	《論語・雍也》	貴之不喜，賤之不怒；苟於民利矣，廉於其事上也，以佐其下，是澹臺滅明之行也。	經
4	〈陶母截髮賦〉	《晉書・陶侃母湛氏傳》	鄱陽孝廉範逵寓宿於侃，時大雪，湛氏乃徹所臥親薦，自剉給其馬，又密截髮賣與鄰人，供餚饌。	史
5	〈舒姑泉賦〉	《述異記・卷上》	宣城蓋山有舒姑泉，俗傳有舒氏女與父斫薪，女坐泉處，忽牽挽不動。父遽告家，及再至其地，惟見清泉湛然，其母曰：「女好音樂。」乃作弦歌，泉乃涌流。	子
6	〈盆池賦〉	無	無	無
7	〈射稚解顏賦〉	《左傳・昭公二十八年》	昔賈大夫惡，娶妻而美，三年不言不笑，御以如皋，射雉獲之，其妻始笑而言。	經
8	〈木雞賦〉	《莊子・外篇・達生》	幾矣。雞雖有鳴者，已無變，望之似木雞矣，其德全矣。	子

製表人：江道一

　　依上表可見，除〈盆池賦以「積水盈器如望深池」為韻〉一篇之外，其餘各篇均出自典籍。而〈盆池賦以「積水盈器如望深池」為韻〉一篇無出典的原因，則應如前文所述，盆池乃是唐代時新的造景藝術，前代並無例可考，及中晚唐始出現以盆池為題材的詩，同一時期出現以盆池為題材之賦，其間是否交互影響，因而出現典故的徵引或再創作，本文無從定論，故僅能略而不談。

李調元對於命題有其見解：

> 《文苑英華》所載律賦，至多者莫如王起，其次則李程、謝觀。……
> 命題皆冠冕正大。……而《英華》所收，顧從其略，取捨自有定
> 則，固以雅正為宗也。元和、長慶以後，工麗密緻而又不詭於大
> 雅。〔註42〕

李調元從《文苑英華》的收錄標準，反思唐代律賦的創作宗旨，而得出「雅正為宗」的結論。又雅正之因，則實係於賦題「冠冕正大」，因此從命題到創作，都洽合於《文心雕龍・宗經》中所稱：「若稟經以製式，酌雅以富言，是即山而鑄銅，煮海而為鹽也。」〔註43〕而這部分也是浩虛舟律賦思想的特色與價值。

二、典源分布分析

浩虛舟八篇律賦中，出經部者三篇，出史部者兩篇，出子部者兩篇，至於集部則未見典源。當中又以經部最多，而史部和子部同。將前揭結果簡列表格如下：

表 2-2-2　賦篇四部分布

經	史	子	集
《論語》	《晉書》×2	《獨斷》	無典源分布
《左傳》		《述異記》	
		《莊子》	

製表人：江道一

從上表可知浩虛舟律賦中雖僅八篇，但史部全出於《晉書》，而經部不見行卷主流之《禮記》，在子部中則各有雜家、小說家、道家各一，可見浩虛舟律賦創作方面，並不在大宗的主流題材上著墨，而有往新領域探索的傾向。試繪製圖表如下：

〔註42〕〔清〕李調元：《賦話》，頁 33。
〔註43〕〔梁〕劉勰著；王更生注譯：《文心雕龍讀本》上篇，頁 35。

圖 2-2-1　浩虛舟律賦典源分布

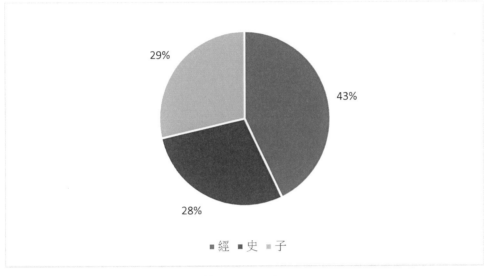

製圖人：江道一

根據上圖可見，經部仍佔進一半的比重，而史部和子部則各據約四分之一。如是觀之，或可發現浩虛舟律賦題材仍多從經學為出發，或者也能藉此得以印證唐代文學家同時身兼經學家的時代現象。

第三節　內容訴求

一、格物見理

詠物與言理兩者本為一體兩面之事，《文心雕龍・比興》中說：

> 附理者切類以指事，起情者依微以擬議。起情故興體以立，附理故比例以生。比則畜憤以斥言，興則環譬以托諷。蓋隨時之義不一，故詩人之志有二也。

若就比興傳統而論，可知廣義上的詠物幾是中國文學的開端。因此在唐代律賦中，詠物賦亦非少見，浩虛舟亦不乏此種藉物說理、以物傳情的題材。

其中盆池作為唐代新興的造景藝術，亦富含文人哲思，猶如南朝「曲水流觴」的雅興是哲思的起點。謝琰認為盆池詩在唐代是涵詠的題材，這點在〈盆池賦以「積水盈器如望深池」為韻〉中亦如是，藉由盆池抒發感悟，亦符合辭賦「體物寫志」之傳統。

其中值得注意的是，宋代禪宗談的開悟之境界，在浩虛舟本賦中亦「見山

是山，見山不是山，見山還是山」〔註44〕的表現。這樣的理路和〈盆池賦以「積水盈器如望深池」為韻〉中「先見盆池之為盆池，後見盆池為山水，再見盆池只見悠哉自適」的寫作理路如出一轍，而唐代佛教盛行，這樣的思考方式或有天台宗一心三觀之影響，而非單純僅是「寫志」，更有假觀、空觀、中道觀的概念蘊含其中：

> 真理本內在於人心之內，當心靈將其本有的真理的三個面向表現出來，這便是一心三觀。所以「一心三觀」不應理解為觀照或認識方面的意義，而當理解為一心（中道佛性）自身的實現（actualization）或實踐。如此，一心三觀的題旨自非認識論的（epistemological）意義，一心三觀乃心靈將本身所具足的真理的各個面向表現出來，當我們說道最深層的意義時，應作如此理解。所以我們說「一心三觀」的確義與外在的對象實在扯不上密切的關係。〔註45〕

所謂一心三觀，即是實踐中道佛性之一心，近似於心外無物，洽如「智者自適」，實是「悠哉之為心」本身之實現，並非好勇之徒與無厭之士拘於盆池幻景，而產生的怪誕奇想。

雖然唐代經學歸於統一，這一點在浩虛舟他篇賦作內容上或可窺見端倪，但同時唐代也是佛教盛行的時代，佛教思想滲透律賦作品，並不讓人意外；然而若僅是將盆池視為士人階層的娛樂，則侷限了盆池所表現的玄義。同理，律賦之特徵在於句式與用韻，但其內涵與思想，卻無礙展現唐代士人的思想與價值觀，這一方面或許私試之作又比應制之作表現得更為清楚。

〈舒姑泉賦以「記云舒氏女化為泉」為韻〉在寫作上多假寫景而記舒氏女，雖敘述舒姑泉之異色，卻在反面描寫舒氏女之神情，並從中帶出蕭瑟淒涼的離別之感。雖未盡相符《述異記》中化鯉之實，卻符合題韻「女化為泉」之要求。究其題韻之偏離古事，或有前文所述唐人生命思想的影響，然而在舒氏女未涉及因果報應、禍福輪轉的前提下，化為水族違背了整體文化語境，因此以「化泉」為替。而浩虛舟在本賦中，描寫了其情其景，同時有女有泉，為雙軸線應制作文之典範。舒氏女化泉之情，唐僧皎然有詩〈送僧遊宣州〉云：

> 楚山千里一僧行，念爾初緣道未成。莫向舒姑泉口泊，此中嗚咽為傷情。〔註46〕

〔註44〕〔宋〕釋普濟：《五燈會元》（臺北：新文豐出版社，1989 年），頁 423B。
〔註45〕吳汝鈞：《中國佛學的現代詮釋》（臺北：文津出版社，1995 年），頁 82。
〔註46〕〔清〕彭定求等：《全唐詩》，頁 9239。

其中舒姑泉口不只是泉聲嗚咽，觸動情腸，更是背後舒姑泉化鯉之事，引人傷感。浩虛舟在本賦中，亦以水色綠意描寫箇中情緒，兩者背後意義，實際上如出一轍，或可窺探唐人在面對人事地景時，所特有的人文眼光。

　　林天祥〈論北宋詠物賦的借物言理〉一文，論及北宋詠物賦借物言裡的文化現象：

> 南宋理學家包恢論詩，主張：「狀理則裡趣渾然，狀事則事情昭然，狀物則物態宛然。」說明宋人將「理」字應用於文學範圍，形成宋文學講禮義，求務實的風格，漸次成為其一代文學之面目。〔註47〕

然而這樣的文化氛圍，卻非一蹴可幾。以浩虛舟〈舒姑泉賦以「記云舒氏女化為泉」為韻〉的「體物緣情」，以及〈盆池賦以「積水盈器如望深池」為韻〉的「詠物言理」，均表現宋人所說「理趣」的一面。或者至少在中唐時期可以說律賦賦家並無意著力於此，但卻也無意中通過書寫，蘊釀新時代的文學風尚。

二、修身治國

　　〈行不由徑賦以「處心行道有如此焉」為韻〉用典多屬人事，其中有正用者，亦有反用者。其中反用者則用以反襯澹臺滅明君子之風：

> 貴之不喜，賤之不怒，苟利於民矣，廉於行己，其事上也，以佑其下，是澹臺滅明之行也。〔註48〕

通過用典上的映襯手法，突顯澹臺滅明之「行不由徑」，光明磊落的形象，可說躍然紙上。朱熹《四書章句集注》中說：

> 不由徑，則動必以正，而無見小欲速之意可知。非公事不見邑宰，則其有以自守，而無枉己殉人之私可見矣。楊氏曰：「為政以人才為先，故孔子以得人為問。如滅明者，觀其二事之小，而其正大之情可見矣。後世有不由徑者，人必以為迂；不至其室，人必以為簡。非孔氏之徒，其孰能知而取之？」愚謂持身以滅明為法，則無苟賤之羞；取人以子游為法，則無邪媚之惑。〔註49〕

這樣「動必以正」、「無苟賤」的評價，或可為本賦最佳之註腳；也是浩虛舟在稱美澹臺滅明的人格時，所鋪陳最多的地方。亦是這種白描的手法，讓君子的

〔註47〕林天祥：《論北宋詠物賦的借物言理》，《北京化工大學學報》（社會科學版），2004 年第 3 期，頁 33。
〔註48〕〔魏〕王肅：《孔子家語》（光緒六年掃葉山房藏刻本），卷 3，頁 15。
〔註49〕〔宋〕朱熹：《四書集注》，頁 88。

言行，有如《禮記‧儒行》一般，具體而又容易參考傚仿。

〈王者父事天兄事日賦以「子弟誠賢國家靡失」為韻〉為標準儒家思想體下之下的辭賦作品，其中用典繁多，唯均指向忠孝之理。文章前後讀來可說一氣呵成，用典精巧且連綴不休，為其精彩之處。其中本文以人事通天理，是漢代以來中國傳統思想的一脈，然而本文賦題既承自「父事天、兄事日」，則使全篇內容更具有陰陽家配數之色彩。實際上本文之主旨實不脫離《說苑‧辯物》：

> 至於大水及日蝕者，皆陰氣太盛而上減陽精，以賤乘貴，以卑陵尊，
> 大逆不義，故鳴鼓而懾之，朱絲縈而劫之。〔註50〕

即是力求父母兄姐各司其職、各安其所，雖未嘗明言「母事地」、「姐事月」的重要性，然就全文觀之，以父子兄弟為主體的行文方式，似以無聲的方式出席。

而就本賦引經據典之目的，則不外如《潛夫論‧讚學》中所稱道者：

> 先聖之智，心達神明，性直道德，又造經典以遺後人，試使賢人君
> 子，釋於學問，抱質而行，必弗具也，及使從師就學，按經而行，
> 聰達之明，德義之理，亦庶矣。是故聖人以其心來造經典，往合聖
> 心，故脩經之賢，德近於聖矣。〔註51〕

就本文之脈絡觀之，其中「聖人經典，往合聖心」，則便是孝道而已。賦體發展至唐，其內容自然會因時事變異而有不同的發展，以孝道作為論說主題者，在唐代以前賦作或以禮義為諷諫治道之旨，然本文卻以孝道為揄揚安定之本，為一特別的創作方向。這樣的立論方式，或許和御注《孝經》有關：

> 天下貢舉，考試科目中「正經有九……其《孝經》、《論語》並須兼
> 學」。唐代科舉中有童子科，規定十歲以下的兒童，能通一經及《孝
> 經》、《論語》者，給予獎勵。〔註52〕

唐玄宗御注《孝經》，不論其目的為何，卻因其童子科的考試，使得以《孝經》為主的孝悌之道得以深入人心，因此在過去並未特別突顯的論說主題，使之躍出檯面。御注《孝經》在律賦做為科考文體中扮演何種角色，本文雖難以提出深入的觀點，但就本賦觀之，浩虛舟的立論方式，確實和過去「揚百諷一」的鋪陳方式有明顯不同的。

〔註50〕〔漢〕劉向：《說苑》（文淵閣四庫全書影印本），卷18，頁6。
〔註51〕〔漢〕王符：《潛夫論》（文淵閣四庫全書影印本），卷1，頁4。
〔註52〕商愛玲：〈唐玄宗的孝治實踐及功能分析〉，《齊魯學刊》，2008年第4期，頁48。

〈陶母截髮賦以「賓至情極無惜傷毀」為韻〉雖頌揚陶母之賢，卻隱含對孝道思想的討論。陶母雖在最後能得到寬慰，卻在浩虛舟的筆下不乏內心掙扎，其不啻於是對「身體髮膚不敢毀傷」［註53］觀點的討論。其中關於「權變」，最早在《公羊傳》中有具體的討論：

> 古人之有權者，祭仲之權是也。權者何？權者反於經，然後有善者也。權之所設，舍死亡無所設。行權有道，自貶損以行權，不害人以行權。殺人以自生，亡人以自存，君子不為也。［註54］

張端穗於〈《春秋公羊傳》經權觀念的緣起〉中稱：「《公羊傳》認為權雖是反經的行為，但權反經然後有善，這當是指反經行為的結果有善而言」［註55］細思陶母截髮背後的動機，乃至於其教子的目的，和最後親仁是子的結果，毀傷倭墮，即是「反經得善」的結果，也是陶母最後能夠斷髮設宴的重要原因。

清人褚人穫《堅瓠集·餘集卷二》對此典故有如是評論：

> 陶侃母截髮事，古今稱艷。本傳云：「截髮得雙髮以易酒肴，宴飲極歡，雖僕從意過所望。」夫雙髮之值幾何，能堪如許供設乎？理之所不可信。此殆陶氏家壯美辭，傳者據以為實，遂成千古佳話耳。［註56］

其以為陶母之所以最後能夠「宴飲極歡」，實非髮髻所值千金，而是陶氏自有之「家壯美辭」，這樣的評價，恰如本賦中「重義者情莫違，厚慈者身可毀」對陶氏家風的讚譽，也點出陶母在經權之間，得到了平衡。

本賦典出《晉書》，其本為史書，記敘上卻非單純的故事描述，猶如賦題所稱「賓至情極無惜傷毀」，文意實已限定在討論「無惜傷毀」之原因。就本賦的敘事內容而言，將內容引導至《孝經》深意的探討，並援引《左傳》的思想做為論證，實際上在創作上仍未脫離經學思想的範疇。《文心雕龍·宗經》中說：

> 故文能宗經，體有六義：一則情深而不詭，二則風清而不雜，三則事信而不誕，四則義貞而不回，五則體約而不蕪，六則文麗而不淫。
>
> 揚子比雕玉以作器，謂五經之含文也。［註57］

在經學思想的指導之下，唐代雖在四聲八病之學上後出轉精，甚或招致後人非

［註53］〔清〕皮錫瑞撰，吳仰湘點校：《孝經鄭注疏》，頁24。
［註54］〔漢〕公羊壽傳，〔漢〕何休解詁，李學勤主編：《春秋公羊傳注疏》（臺北：臺灣古籍出版社，2002年），頁104。
［註55］張端穗：〈《春秋公羊傳》經權觀念的緣起〉，《東海中文學報》，1992年8月，頁74。
［註56］〔清〕褚人穫：《堅瓠集》（杭州：浙江人民出版社，1986年），餘集卷二，頁14。
［註57］〔梁〕劉勰著，王更生注譯：《文心雕龍讀本》上篇，頁35。

議，以為「不協律，義理雖足，無益也」〔註58〕，這樣的評價在混同形式與內容的狀況下無可後非，但若將律賦置於文體之順勢發展的脈絡來看，卻不公允。唐代處於「經學統一時代」〔註59〕，若以談議論說的立場而言，本賦仍本「宗經」立場，其義仍不失於雅正，甚或以「權變」為要旨，闡述孝道與大義衝突時的折衝，當不失為佳作。

〈射雉解顏賦以「藝極神驚愁顏變喜」為韻〉以賈辛夫妻之互動，及賈辛如何得芳心之事，暗喻君臣之道，《焦氏易林》〈小畜之〉、〈豐之〉、〈節之〉等篇，均有提到「夫妻反目」之事，如「日走月步，趣不同舍；夫妻反目，主君失居。」〔註60〕如是觀之，在五倫如君臣、父子、夫婦、兄弟、朋友等人倫關係，實際上即是互有類比，唯本賦以夫婦比做君臣而已。人倫關係互為比附自周秦以來即已深入知識分子的知識體系中，而〈射雉解顏賦以「藝極神驚愁顏變喜」為韻〉中以夫婦比擬君臣的方式，在《孟子·滕文公上》中即有具體的例示：

> 人之有道也，飽食暖衣，逸居而無教，則近於禽獸。聖人有憂之，
> 使契為司徒，教以人倫：父子有親，君臣有義，夫婦有別，長幼有
> 序，朋友有信。〔註61〕

而浩虛舟在賦中亦以此等關係，將原本賈辛的夫妻問題，提升至國家治理的層次，以其引用「夫妻反目」一語，即可窺見全賦隱而未見卻最核心的君臣思想，亦即人倫和諧乃是國家太平的重要關鍵。

〈解議圍賦以「詞理精通釋然自潰」為韻〉中解議圍者為謝道蘊，然則文中卻鮮少提及，而多著重在賓客反應之上，其次才是謝道蘊言辭的犀利；且在論及言辭時，多使用轉化的技巧，將不可見的，甚或不可考的談話內容，以形象化的方式呈現。賓客的潰敗即是謝道蘊言詞之勝，而謝道蘊言詞之勝，則從形象化的技巧中使不可見的對話躍然紙上，是本賦的傑出一筆。

〈解議圍賦以「詞理精通釋然自潰」為韻〉雖稱許女子言詞之犀利，卻莫不以禮義為根本。然則「禮」、「義」在周秦時期卻是基於兩條不同的傳統人性對立模式所發展出來的倫理思考：

> 正如之前所分析的，沿著《孟子》與《荀子》的文本脈絡，我們很

〔註58〕〔宋〕李薦：《詩友談記》（北京：中華書局，2002年），頁20。
〔註59〕〔清〕皮錫瑞撰，周予同注：《經學歷史》（臺北：漢京文化事業，1983年），頁193。
〔註60〕〔漢〕焦延壽，徐芹庭，徐耀環註解：《焦氏易林解譯》，頁2239。
〔註61〕〔宋〕朱熹：《四書集注》，頁259。

容易覺得他們在各自建立其政治論述時，都試圖通過給出一個凝聚
人群的共同性基礎，來構築政治共同體；在孟子那裏，是圍繞著體
認仁心的理想道德人格來推動四海為一的王政，在荀子那裏，則是
由聖王制定出禮義來安定社會整體秩序。〔註62〕

然而在本賦中，卻將《孟子》和《荀子》兩者的倫理觀點混同，這或者也突顯
出唐代經學定於一尊，而不分「求其放心」與「化性起偽」的區別有關。一如
〈陶母截髮賦以「賓至情極無惜傷毀」為韻〉，本賦同出於《晉書》，兩者也均是以
女性為書寫對象，卻均蘊含「宗經」的觀點；在清談盛行的東晉，卻以儒家教
化論理服人，突顯本賦之旨並非在還原歷史現場，而是通過詮釋歷史故事，表
達當時主流的觀點。

　　或者在律賦創作的同時，於中唐時期或多以史部與子部的典故進行命題，
但通過題韻，則又將寫作內容限定在經學的範圍之內。以前例「詞理精通釋然
自潰」的題韻為例，但實際上寫作實無法將焦點放在賓客「如何潰敗」，而應
是詞理「如何精通」，至於其中的精通法門，則有賴立論於「恆久之至道，不
刊之宏教」〔註63〕，否則賦作內容將空洞無比，聰慧如謝道蘊者，也將難以秉
甲冑，持干櫓。

　　陳弱水於〈中晚唐文人與經學〉一文中指出：

另一方面，唐代文學鼎盛，八世紀以後，文人已明顯成為士人社群
中的主流，地位最高，影響最大。所謂文人，可以了解為擅長詩文
寫作的人，在唐代，這些人又往往以文學進身入仕——照晚唐皮日
休（834？～883？）的說法，就是「以文為命士」。〔註64〕

「文人治經」是為唐代特殊的經學風尚，而文學創作亦受到治經者身分與背
景知識的影響，更何況在科舉掛帥的立場之下，賦題典故與內容產生出入，應
當也是相當自然的；唯此非本文主要討論之焦點，故僅能暫且表過不提。

三、黃老哲學

　　美國行為學家 J. B. Watson 以強調「環境」之重要勝過遺傳、成熟與學習：

〔註62〕李雨鍾：〈從人「性」論到共「同」體：孟子與荀子的方案〉，《臺大中文學報》
　　　　第 61 期（2018 年 6 月），頁 33。

〔註63〕〔梁〕劉勰著，王更生注譯：《文心雕龍讀本》上篇，頁 33。

〔註64〕陳弱水：〈中晚唐文人與經學〉，《中央研究院歷史語言研究所集刊》第 86 本
　　　　第 3 分（2015 年 9 月），頁 555。

Give me a dozen healthy infants, well-formed, and my own specified world to bring them up in and I'll guarantee to take any one at random and train him to become any type of specialist I might select – doctor, lawyer, artist, merchant-chief and, yes, even beggar-man and thief, regardless of his talents, penchants, tendencies, abilities, vocations, and race of his ancestors. I am going beyond my facts and I admit it, but so have the advocates of the contrary and they have been doing it for many thousands of years.〔註65〕

雖然〈木雞賦以「致此無敵故能先鳴」為韻〉並未以「環境」作為思考主軸，但木雞之養成卻有賴後天，亦如本賦並未特別強調木雞自身原有特質之殊異，而是有賴紀渻子提供適當的環境與訓練。和 Watson 不同的是，Watson 試圖以環境證明行為學派為真理，而浩虛舟卻是以環境為起點，說明如何能無為而治，並藉此警醒君王應循自然之治道。這樣的思考方式和辭賦本身「諷喻」的功能相當接近，一如《太平御覽》中談到：

> 《後漢書》：建武元年十月癸丑，車駕入洛陽，幸南宮卻非殿，遂定都。洛陽，宮闕名，有卻非殿。又曰：時京師修起宮室，浚繕城隍，而關中耆老猶望朝廷西顧。班固感前代相如、壽王、東方之徒，造構文辭，終以諷勸，乃上《兩都賦》，盛稱洛陽制度美，以折西賓淫侈之論。〔註66〕

雖然〈木雞賦以「致此無敵故能先鳴」為韻〉並非京都賦，但在「造構文辭，終以諷勸」的行文模式卻如出一轍。

另外本賦雖寫木雞，實則另有所託。全篇賦文即是喻依，而背後無為而治的思想則是喻體，並且隱而不見，及至賦文最後方輕巧點出。如是除了能夠符合賦題之外，同時也向考官展現賦家諷諫的能力，更合乎辭賦行文之傳統。而本賦典出《莊子·達生》，其中卻充斥黃老治術的影子，以道家之名呼應儒家之政治需求，或者也能夠顯示中唐時期的思想主流特色，而這種特色無異於是因科舉考試與時局而應運而生的：

> 嘻！昔之君子賢人，運與事並，得信其誌者寡矣。其餘屬雅道喪缺，黃鍾毀棄，若孟子轗軻，士安多病，亦何可勝論？惟斯文足以振當

〔註65〕Watson, J. B., *Behaviorism* (Chicago: University of Chicago Press,1930)., p. 28.
〔註66〕〔宋〕李昉等編：《太平御覽》（臺北：臺灣商務印書館，1983 年），頁 2～3。

世，餘烈足以遺後嗣，此之謂不朽。〔註67〕

梁肅〈補闕李君前集序〉指出士人自當以興雅振道為己任，這樣的立場在安史亂後幾已成為知識階層的主流價值觀：

> 從盛唐開始的詩賦取士重新變為以文章取士，而文章的內容，多需要表現出精士至用之才能，因此對儒家精典、歷史典輯等的學習重新為士人所重視。權德輿論輯自己所出的試題：「是以半年以來，參考對策，不訪問名物，不徵隱奧，求通理而已，求辨或而已。」從現存貞元十八年、十九年、二十一年的進士策問來看，既考儒家經典，也考歷史知識；既考對聖賢學說的理解，也考對現實政治、經濟問題的見解，中典在通曉事理和解決現實社會的能力的考察上。〔註68〕

或許在賦題上以《莊子》為出處，題韻亦未特別點出應以經學思想為根本，但在整體時代的氛圍下，對政治的關懷與知識份子自我的責任感，使〈木雞賦以「致此無敵故能先鳴」為韻〉在道家思想的基礎之上，以黃老治術作為經世之法；唯如何垂拱而治，則有賴人倫關係的維持，此即是如〈王者父事天兄事日賦以「子弟誠賢國家靡失」為韻〉以孝為本的思想。

第四節　浩虛舟律賦題材之典律化傾向

唐代律賦整體觀之，官試之賦題多源出於「九經」：

> 唐代試賦的命題，多數取材於前代典籍尤其是儒家經典，但這種取材也不是隨意的，它反映了各部典籍在唐代的地位。〔註69〕

趙俊波〈唐代試賦的命題研究——以試賦題目與九經的關係為中心〉以試賦為研究之核心，亦即在取材上限定於官試，對於模擬應做之私試並未列入研究範疇，這樣的研究內容反映了唐代官方在取才上的價值取向。然而若能夠將私試擬作一併列入研究範疇，在兩相對照之下，或者更能突顯出特定時空背景中，知識分子集體的價值轉變。以〈唐代試賦的命題研究——以試賦題目與九經的關係為中心〉一文為例，文中指出「33 個出自九經的題目中，出自《禮記》的

〔註67〕〔清〕董誥：《全唐文》，卷 518，頁 2～3。

〔註68〕何曉園：〈中唐文人的政治自覺與詩歌創作〉，《深圳大學學報》（社會科學版）第 24 卷第 3 期（2007 年 5 月），頁 103。

〔註69〕趙俊波：〈唐代試賦的命題研究——以試賦題目與九經的關係為中心〉，《四川師範大學學報》（社會科學版）第 38 卷第 1 期，2011 年 1 月，頁 127。

最多，達到 13 個」〔註70〕，並且以「對經典的認識」、「是否實用」、「科舉制度的影響」〔註71〕等方面說明九經「冷熱不均」〔註72〕的原因。因此若能統整中唐時期各家的題源分布與思想指要，或能夠通盤考察中唐諸家在律賦創作上的題材傾向與思想價值，進而觀察箇中的演變與獨特之處。因此本節考察現有中唐時期律賦研究之成果，以《賦譜》為標準，依《登科記考》各家中第之時間，推論中唐時期賦家活動之時間次序，依次比對獨孤授、裴度、李程、王起、張仲素、白居易、白行簡、蔣防等人，從文本分析，到以統計方式簡略比較有關思想與題材的狀況。

一、中唐各家與浩虛舟律賦思想同異——文本的分析

　　文學批評難以迴避的問題即是他的時代性意義，雖然前文已對於浩虛舟個人的律賦思想進行剖析，但建立浩虛舟在中唐時期的評價上，仍必須有所參照。因此本節以浩虛舟為核心，探討與中唐各家律賦思想上的差異何在。綜上所述，浩虛舟律賦整體表現出從觀物感知、道德訓勉至治國方略的一段具體過程；從整體觀察，浩虛舟律賦表現出一套「內聖外王」的思想體系，雖未嘗具體而明確的言說，或者亦非有意識的進行理論創作，但從存量不多的作品中，卻仍可見到端倪。

　　吳怡靜分析獨孤授律賦之內容訴求，轆列三點：一、闡揚國家治道；二、論述士人仕宦；三、闡釋道教思想：

　　　　獨孤授是中唐以賦進仕的代表作家，考察其二十二篇律賦的寫作內
　　　　容和思想，多與國家政治有關，從軍事武功、德治教化、尚賢納諫
　　　　等方面提出建言，闡釋對國家治道的見解，論述士子仕進的心態。
　　　　此外，獨孤授律賦中亦有道家思想的詮解，探討道教煉丹術。〔註73〕

雖然依其思想表達，可分列為三點，然其中多以國家政治為主，而非仕宦與釋道。裴度律賦的思想旨趣，依林景梅之分析，則列「治道」、「人道」、「天道」等三類，並指出「這些文章（按：指律賦及其他詩文），充分展現他『宗經』、『載道』等思想，對國家之自我期許與要求，展現著一股積極上進的企

〔註70〕趙俊波：〈唐代試賦的命題研究——以試賦題目與九經的關係為中心〉，頁128。
〔註71〕趙俊波：〈唐代試賦的命題研究——以試賦題目與九經的關係為中心〉，頁129～
　　　　131。
〔註72〕趙俊波：〈唐代試賦的命題研究——以試賦題目與九經的關係為中心〉，頁131。
〔註73〕吳怡靜：《獨孤授律賦研究》，頁52。

圖心」〔註74〕，林景梅認為：

> 觀裴度文章，前期特別強調「載道」之功能，而文章之所以載道，
> 乃因其有益於國家、君主與政事。裴度秉持這個理念，在文章中屢
> 屢掛心於國政，在展現文采的同時，也將其才能與抱負充分展現出
> 來。〔註75〕

綜合裴度的律賦內容，大可推知裴度律賦以闡述人臣義理為核心，唯通過不同
的面向與層次開展，而成一家之言。

　　而在李程、張仲素與白居易的部分，王良友認為「李程多典制之賦」、「張
仲素多天象地理」「白居易多文學類著作」〔註76〕，其中具體觀之，大抵不脫
「德治政論」、「儒道結合」、「求仕心態」〔註77〕等範疇。白居易《賦賦》中說：

> 今吾君網羅六藝，淘汰九流。微才無忽，片善是求。況賦者雅之列，
> 頌之儔。可以潤色鴻業，可以發揮皇猷，客有自謂握靈蛇之珠者，
> 豈可棄之而不收。〔註78〕

值得注意的是李程多典制、張仲素多天象地理，若依同一時期的賦家評賦的觀
點，或可斷言李程和張仲素的創作目的，是具有統治意義的。廖小東《政治儀
式與權力秩序——古代中國「國家祭祀」的分析》中指出：

> 在古代社會秩序裡，政治行為的規範「天命」、「出身」、「血統」以及
> 一些典籍，如《論語》、《禮記》等。因此，中國古代政權的合法性信
> 仰主要根源以下幾個方面：第一、符合天命。……第二、符合正統的
> 權力繼承（一般是嫡長繼承或禪讓）。……第三、符合道統。〔註79〕

從符合天命的觀點來說，張仲素多採天象地理為賦旨，似乎隱含「天人感應」
的意味，其中的政治意義，亦可以《文苑英華》與《歷代賦彙》目錄的編次方
式作為明證；而李程多論典章制度，和張仲素多論天象地理，兩者「感物造端，
材知深美，可以與國政事，故可以為列大夫也」〔註80〕的核心概念，亦是不證

〔註74〕林景梅：《裴度律賦研究》，頁74。
〔註75〕林景梅：《裴度律賦研究》，頁76。
〔註76〕王良友：《中唐五大家律賦研究》，頁119。
〔註77〕王良友：《中唐五大家律賦研究》，頁88～119。
〔註78〕〔唐〕白居易：《白氏長慶集》（臺北：藝文印書館，1971年），頁1001。
〔註79〕廖小東：《政治儀式與權力秩序——古代中國「國家祭祀」的分析》（北京：中國社會科學出版社，2014年），頁126。
〔註80〕〔清〕陳元龍編：《御定歷代賦彙》（臺北：臺灣商務印書館影印文淵閣四庫全書，冊1419，1986年），頁1。

自明。和張仲素同期的王起，據黃雅琴之研究，賦文內容方面的特點有二：一、創作題材的多樣化，但以國家典章制度內容為最；二、濃厚的儒家思想充斥其中。而上述這些特點，使王起律賦符合「雅正」風格。〔註81〕白行簡律賦以黃佳鳳之觀點，分為天文地理、治道性道、音樂器用等三類〔註82〕，撇除頗具個人特色的篇章（如〈望夫化為石賦以「望遠思深質隨神變」為韻〉極具小說家風采）〔註83〕，白行簡律賦大抵仍不脫仕宦與經世的內容範疇。

　　及至蔣防〈姮娥奔月賦以「一升天中永棄塵俗」為韻〉，以「姮娥奔月傳說，表達脫離現實的願望及無人欣賞的落寞」〔註84〕，藉此表達對神仙境界的嚮往；而〈政不忍欺賦以「愛養人為本」為韻〉中談到「政至的境界，是使全國上下相樂，而不知所由，無為而治的狀態」，闡述「鳴琴垂拱」的治理妙方。上述兩篇均具有道家色彩，但卻有別於稍早的其他諸家或以儒家思想為主軸，或致力調和儒道兩家〔註85〕，唯蔣防將調和的方向轉向黃老治術，或者單純就神仙境界感懷，而律賦內容開始出現黃老治術的這一方面浩虛舟亦如是。林俊宏〈成玄英的重玄思想與政治論述——以《南華真經注疏》為核心〉中談到：

> 簡單地說，成玄英以為「無為」由「君無為」與「臣有為」兩組概念組成，之所以造成這種組成的原因，一方面固然受到政治角色分工與尊卑本分的觀念影響，一方面則是有為仍屬「人倫之道」並不能免；不過，我們可以從這裡很清楚地知道成玄英論述了兩種無為，一種是黃老學的無為，另外一種則是各守其分的無為（這就是「尊卑有隔，勞逸不同，各守其分，則君臣咸無為也」的義蘊），這兩層無為是分析地組合在一起，就此，成玄英在〈天道第十三〉中討論了很多關於君道無為、臣道有為的主張，清楚地認為這種區分有著十足的必要性。〔註86〕

〔註81〕黃雅琴：《王起律賦研究》，《王起律賦研究》，臺中：逢甲大學中國文學研究所碩士論文，2006年，頁90。

〔註82〕黃佳鳳：《白行簡律賦研究》，臺北：國立政治大學國文教學碩士在職專班碩士論文，2018年，頁77～100。

〔註83〕黃佳鳳：《白行簡律賦研究》，臺北：國立政治大學國文教學碩士在職專班碩士論文，2018年，頁78。

〔註84〕方姵文：《蔣防律賦研究》，臺北：國立政治大學國文教學碩士在職專班碩士論文，2018年。

〔註85〕王良友：《中唐五大家律賦研究》，頁94～98。

〔註86〕林俊宏：〈成玄英的重玄思想與政治論述——以《南華真經注疏》為核心〉，

從這個角度看，恰好是蔣防談「德洽天下」〔註87〕的核心概念。

　　若從整體觀察，重玄派的政治思想亦可從浩虛舟律賦中窺探一二：從〈陶母截髮賦以「賓至情極無惜傷毀」為韻〉中對孝的辯證，以及〈王者父事天兄事日賦以「子弟誠賢國家靡失」為韻〉中以孝安邦的想法，或是〈射雉解顏賦以「藝極神驚愁顏變喜」為韻〉中討論「夫妻反目，主君失位」的人倫義理；唯不論何者，最後都指向〈木雞賦以「致此無敵故能先鳴」為韻〉垂拱而治的理想境界。這種從人倫到國家治理的概念，洽如成玄英《南華真經注疏・在宥第十一》中所稱「無事無為，尊高在位者，合自然天道也。……司職有為，事累煩擾者，人倫之道」〔註88〕的治術思想：

> 似乎可以樣說，成玄英以為統治角色中的臣明顯地要擔負較繁冗的執行功能，其目的正在於使另一個統治角色的君主，在無繁瑣之事的干擾下得以「至默無為，委之群下，塞聰閉智，歸之自然。」〈天道第十三〉進而成就「太平之君，至治之美也。」這樣一來，成玄英所謂的「無為」當是建立另一層「有為」之上，特別是統治角色中的臣子身上。〔註89〕

這有別金丹道教在唐代流行〔註90〕，而獨孤授作〈河上姹女賦以「陰陽變化靈而最神」為韻〉「追求舉形升仙」〔註91〕，「反映出道教外丹術講究外煉服食」〔註92〕的目的；在浩虛舟的律賦中，道家思想比起服食求仙，更重要的仍是回歸律賦「雅正」之宗。如是觀之，浩虛舟雖參雜大量道家思想，卻是運用重玄派調合儒道釋，強調人倫與治道的連結，進而使律賦原先稍有偏移至道家思想的主軸，整合之後回歸律賦「冠冕正大」之旨，也是「雅正為宗」的表現。

二、中唐各家與浩虛舟律賦思想同異──題源的考察

　　律賦題源並無一定之原則，洽如王芑孫《讀賦卮言》所云：「唐試試賦題，

　　　　《政治科學論叢》第 32 期（2007 年 6 月），頁 185。

〔註87〕方颯文：《蔣防律賦研究》，頁 213～214。

〔註88〕〔唐〕成玄英疏，嚴靈峯編輯：《南華真經注疏》（臺北：藝文印書館影印清光緒十年古逸叢書本，1972 年），頁 478。

〔註89〕林俊宏：〈成玄英的重玄思想與政治論述──以《南華真經注疏》為核心〉，頁 186。

〔註90〕廖芮茵：〈成仙與養生──唐代文士的服食分析〉，《國立台中技術學院人文社會學報》第 1 期（2002 年 12 月），頁 16。

〔註91〕吳怡靜：《獨孤授律賦研究》，頁 60。

〔註92〕吳怡靜：《獨孤授律賦研究》，頁 60。

皆主司所命，或用古事，或取今事，亦無定程。」〔註93〕該說法突顯試賦尚且古今通覽，不拘一套的命題方法，卻又具有反應官方思想的價值，因此若考察中唐各家律賦題源之分布，或可更進一步得知各部經籍在中唐時期的特殊地位與意義。

（一）經部

中唐九家律賦出典經部者如下表格：

表2-4-1　中唐九家出典經部表

賦　家	篇數	賦　題	出　典
獨孤授〔註94〕	6	〈師貞丈人賦〉	《易經・師卦》
		〈韞玉求價賦〉	《論語・子罕》
		〈白受采賦〉	《禮記・禮器》
		〈寅賓出日賦〉	《尚書・堯典》〔註95〕
		〈涇渭合流賦〉	《詩經・邶風・谷風》
		〈善師不陣賦〉	《穀梁傳・莊公八年》〔註96〕
裴度〔註97〕	8	〈鑄劍戟為農器賦〉	《韓詩外傳・卷九》
		〈黃目樽賦〉	《周禮・春官宗伯》
		〈三驅賦〉	《易經・比卦》
		〈簫韶九成賦〉	《尚書・益稷》
		〈古君子佩玉賦〉	《禮記・玉藻》
		〈歲寒知松柏後彫賦〉	《論語・子罕》
		〈二氣合景星賦〉	《易經・咸卦》
		〈神龜負圖出河賦〉	《尚書正義・洪範》〔註98〕
李程〔註99〕	14	〈揠苗賦〉	《孟子・公孫丑上》
		〈黃目樽賦〉	《禮記・明堂位》

〔註93〕〔清〕王芑孫：《讀賦卮言》，頁217。
〔註94〕吳怡靜：《獨孤授律賦研究》，頁48～50。下表徵引之資料來源亦同。
〔註95〕原文列於史部，本文據四部分類法列於經部。
〔註96〕原文列於史部，本文據四部分類法列於經部。
〔註97〕林景梅：《裴度律賦研究》，頁77～115。下表徵引之資料來源亦同。
〔註98〕本賦據林景梅之研究，有《尚書正義》〈顧命〉與〈洪範〉兩處典故，本文考量後者方有提及「神龜負文」，故僅採後者。
〔註99〕李程、張仲素、白居易等三家均引自王良友《中唐五大家律賦研究》。王良友：《中唐五大家律賦研究》，頁82～88。

		〈迎長日賦〉	《禮記・郊特牲》
		〈大合樂賦〉	《周禮・春官宗伯》
		〈金受礪賦〉	《尚書・說命上》
		〈蒙泉賦〉	《易經・蒙》
		〈眾星拱北賦〉	《論語・為政》
		〈眾星拱北賦〉其二	《論語・為政》
		〈攻堅木賦〉	《禮記・學記》
		〈鼓鐘于宮賦〉	《詩經・小雅・白華》
		〈匏賦〉	《周禮・春官宗伯》
		〈竹箭有筠賦〉	《禮記・禮器》
		〈衣錦褧衣賦〉	《詩經・國風・衛風》
		〈月照寒泉賦〉	《詩經・邶風・凱風》
王起〔註100〕	16	〈鑽燧改火賦〉	《論語・陽貨》
		〈取榆火賦〉	《論語・陽貨》〔註101〕
		〈虔禋六宗賦〉	《尚書・堯典》
		〈東郊迎春賦〉	《禮記・月令》
		〈北郊迎冬賦〉	《禮記・月令》
		〈庭燎賦〉	《詩經・小雅・庭燎》
		〈開冰賦〉	《禮記・月令》
		〈蟄蟲始振賦〉	《禮記・月令》
		〈寅月釁龜賦〉	《禮記・月令》
		〈書同文賦〉	《禮記・中庸》
		〈闢四門賦〉	《尚書・舜典》
		〈木從繩賦〉	《尚書・說命》
		〈振木鐸賦〉	《禮記・明堂位》
		〈履霜堅冰至賦〉	《易經・坤卦》
		〈弋不射宿賦〉	《論語・述而》
		〈洗乘石賦〉	《周禮・夏官》
張仲素	6	〈三復白圭賦〉	《論語・先進》
		〈信圭賦〉	《周禮・冬官》

〔註100〕黃雅琴:《王起律賦研究》,頁63～90。下表徵引之資料來源亦同。
〔註101〕本賦據黃雅琴之研究,以為〈鑽燧改火賦〉之續寫,故列為同一出典。

		〈鑒止水賦〉	《禮記‧經解》
		〈繪事後素賦〉	《論語‧八佾》
		〈玉磬賦〉	《禮記‧明堂位》
		〈泗濱浮磬賦〉	《尚書‧禹貢》
白居易	3	〈射中正鵠賦〉	《禮記‧射義》
		〈性相近習相遠賦〉	《論語‧陽貨》
		〈君子不器賦〉	《論語‧為政》
白行簡〔註102〕	8	〈車同軌賦〉	《禮記‧中庸》
		〈振木鐸賦〉	《周禮‧天官冢宰》
		〈以德為車賦〉	《禮記‧禮運》
		〈君臣同德賦〉	《尚書‧泰誓中》
		〈垂衣治天下賦〉	《易經‧繫辭下》
		〈狐死正丘首賦〉	《禮記‧檀弓上》
		〈石韞玉賦〉	《論語‧子罕》
		〈沽美玉賦〉	《論語‧子罕》
蔣防〔註103〕	4	〈不寶金玉賦〉	《禮記‧儒行》〔註104〕
		〈鎮圭賦〉	《周禮‧春官宗伯》
		〈草上枝風賦〉	《論語‧顏淵》
		〈呂望釣玉璜賦〉	《尚書大傳》〔註105〕
浩虛舟	2	〈行不由徑賦〉	《論語‧雍也》
		〈射稚解顏賦〉	《左傳‧昭公二十八年》

製表人：江道一

　　以下進行上表的相關統計結果，並繪製比例圖，據以說明中唐律賦的經部出典概況。首先以十三經出典的整體狀況而言，以《禮記》為最多，計20次；其次則是《論語》，計15次；再次則是《尚書》，計8次。唯本文為求次級資料更具有可靠性，先統整各家不同之名詞，如《尚書》、《書經》、《書》統一作

〔註102〕黃佳鳳：《白行簡律賦研究》，頁77～100。下表徵引之資料來源亦同。
〔註103〕方姵文：《蔣防律賦研究》，頁177～179。下表徵引之資料來源亦同。
〔註104〕依方姵文之研究，本賦出典《禮記‧儒行》與《孔子家語‧儒行解》，本文考量兩者在中唐時期的重要性不同，故僅採前者。
〔註105〕本賦據方姵文之研究，有《尚書大傳‧卷二》與《六韜‧文韜‧文師》兩處典故，本文考量兩者在中唐時期的重要性不同，故僅採前者。

《尚書》；復以四庫分類法將同類之書籍並為一項稱某類，如《尚書正義》與
《尚書大傳》同列《書》類，唯四書類改為論孟類，不與《禮記》〈中庸〉、〈大
學〉等篇重複記數。如是以期能夠更容易窺其梗概，下文亦同。具體經部之出
典狀況如下圖所示：

圖 2-4-1　中唐九家出典經部次類別比例圖

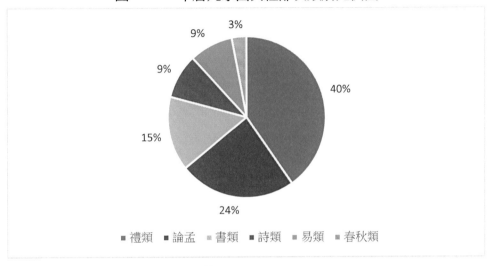

製圖人：江道一

占比最高者為禮類，約 40%；其次為論孟，約 24%；再次為書類，約 15%。
此三者即占全經部出典之 79%，近八成之數量，相當可觀。若就細項觀察，《禮
記》出典最高，而《春秋經》之出典最少，趙俊波〈唐代試賦的命題研究──
以試賦題目與九經的關係為中心〉中談到：

> 這與《禮記》的內容有觀。《禮記》雖然內容龐雜，不如《儀禮》、
> 《周禮》有系統，但涉及儒家的人生哲學、教育理論、音樂理論，
> 對國家和社會制度的設想、各種具體的禮節等……《禮記》被重視，
> 反映在試賦上，便是出現了大量與之相關的題目，而且一枝獨秀，
> 遠遠地與其他經書拉開了距離。……時隔數年，《公羊傳》等「四經
> 殆絕」以及習《左傳》者較少的情況並沒有改觀。〔註106〕

文中以官試作為考察中心，凸顯《禮記》的重要性，以即《春秋經》地位的下
滑，這一點在上述中唐九家的具體數據中亦可窺見端倪。唯本文考察範圍不拘

〔註106〕趙俊波：〈唐代試賦的命題研究──以試賦題目與九經的關係為中心〉，《四川
師範大學學報》（社會科學版）第 38 卷第 1 期 2011 年 1 月，頁 129～130。

於官試，發現九家中有出典《論語》不遑多讓的情況，這或許和中唐經學開始
出現文人重視《論語》的現象有關：

> 《論語》學的重興和《春秋》學不同，新《春秋》學起於經學圈，
> 《論語》學則主要為文人自發之事業，而且似乎與八、九世紀之交
> 的韓愈集團特別有關。〔註107〕

唐代文人治經是為主流，而陳弱水所謂「《論語》學則主要為文人自發之事業」
一說，同時輔以本文中唐九家律賦出典《論語》之具體數量，或可相互印證；
甚者可說，由於《春秋》學和《論語》學在不同的學術社群流行，因此造成進
士科出身的知識分子更偏好以《論語》出典並進行律賦創作，而《論語》學之
復興，陳弱水指出「就中唐知識人而言，經典之中，《論語》具有導養情性的
特性，有助於體會『至德要道』」〔註108〕，這樣的立場和浩盧舟作〈行不由徑
賦以「處心行道有如此焉」為韻〉似乎也是一樣的。

　　下圖以各家各類篇目之和，除以各家出典經部之篇目比為據，藉此呈現中
唐時代出典經部律賦之趨勢：

圖 2-4-2　中唐九家出典經部次類別比率折線圖

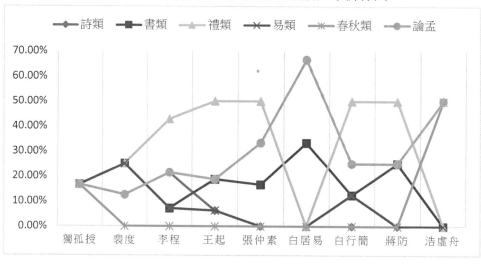

製圖人：江道一

上圖呈現《論孟》作為律賦經部出典呈現走高的趨勢，而當中僅一篇出自《孟
子》足見中唐時期在文學領域中開始重視《論語》，其程度不亞於《五經》；然

〔註107〕陳弱水：〈中晚唐文人與經學〉，頁576。
〔註108〕陳弱水：〈中晚唐文人與經學〉，頁580。

而若和趙俊波〈唐代試賦的命題研究──以試賦題目與九經的關係為中心〉一文兩相比較，便不難發現在官試之外，中唐律賦作家比起《禮記》，似乎更偏好出典《論語》的賦題。而《易》類不只賦題少，在中唐時期更有越來越少的趨勢。陳弱水曾論及易學與唐代文人的關係：

> 在安史之亂前，經學的確有明顯的專門學術的性質，文人兼治經學
> 的很少。前文曾說，安史亂前，唐代經學以易學、禮學為盛，以下
> 列出確知為此時易學、禮學、春秋學作者的名單……明顯具有文人
> 身分的僅有王勃（650～684？），他是王通的孫子，治經乃其家業。
> 就現有資料可知，其他諸人幾乎都與文學無關，唯有魏徵（580～643）
> 有文學見解，孔穎達（574～648）能文章，但事業到底是以政治、
> 經學為主。〔註109〕

可知安史亂前，經學既以《易》學《禮》學為盛，而又鮮少文人治經，文人和經學家的區隔，「這個情況到安史亂後的八世紀後期，似乎也沒有改變」〔註110〕，於是綜合陳弱水對中晚唐文人的看法，以及趙俊波對官試出典的考察，便能夠說明，《易》類出典偏少，《詩》類甚而消失的現象。

　　另外有幾個特殊的現象：一、白居易、浩虛舟均無《禮》類，但《論孟》比重均偏高；二、《易》類、《春秋》類均非律賦出典之主流；三、《春秋》類只在獨孤授、浩虛舟等兩家有所著墨。本文無力解決上述三個問題，或提出合理的解釋，僅能表過不提。最後陳弱水針對唐代文人文學與經學交互影響的問題有如是說解：

> 唐代文人雖然以經學造詣知名者寡，但他們自幼接受經典教育，科
> 舉多考帖經，進士科的試策與詩賦命題也常涉及經義，文人因而一
> 般對經典頗有認識，行文之際，亦有對經典或相關問題發為議論
> 者。〔註111〕

從律賦出典的狀況來說，或者可說中唐開始，出現了經部產生新經典的傾向，只是這種傾向暗藏在文學領域之中，不易發覺而已；而浩虛舟為數不多的律賦中，尚有以《論語》出典的現象，而無過去主流之《禮記》，恰好說明了這個現象。

〔註109〕陳弱水：〈中晚唐文人與經學〉，頁 569～570。
〔註110〕陳弱水：〈中晚唐文人與經學〉，頁 570。
〔註111〕陳弱水：〈中晚唐文人與經學〉，頁 555。

（二）史部

中唐九家律賦出典史部者如下表格：

表 2-4-2　中唐九家出典史部表

賦家	篇數	賦　題	出　典
獨孤授	8	〈靈旗賦〉	《史記·孝武本紀》
		〈藺相如全璧賦〉	《史記·廉頗藺相如列傳》
		〈燕昭王築黃金臺賦〉	《戰國策·燕策一》
		〈漢武帝射蛟賦〉	《漢書·武帝紀》
		〈江淮獻三脊茅賦〉	《史記·孝武本紀》
		〈竹如意賦〉	《南史·韋叡傳》
		〈太史奉靈旗指蔡賦〉	《史記·孝武本紀》
		〈碎琥珀枕賦〉	《宋書·武帝下》
裴度	3	〈漢宣帝冠帶單于賦〉	《後漢書·南匈奴列傳》
		〈鈞天樂賦〉	《史記·趙世家》
		〈白鳥呈瑞賦〉	《東觀漢記·王阜傳》〔註112〕
李程	6	〈漢章帝白虎殿觀諸儒講五經賦〉	《漢書·杜周列傳》
		〈鳳巢阿閣賦〉	《帝王世紀》
		〈漢文帝罷露臺賦〉	《史記·孝文本紀》
		〈太常釋奠觀古樂賦〉	《晉書·禮下》
		〈刻桐為魚扣石鼓賦〉	《晉書·張華列傳》
		〈日五色賦〉	《隋書·天文下》
王起	26	〈瞽者告協風賦〉	《國語·周語》
		〈律呂相生賦〉	《史記·律書》
		〈律呂相召賦〉	《史記·律書》
		〈葭灰應律賦〉	《續漢書·律曆志》
		〈懸土炭賦〉	《史記·天官書》
		〈雍畤舉燎火賦〉	《史記·封禪書》
		〈祠靈星賦〉	《後漢書·郊祀志》

〔註112〕本賦據林景梅之研究，有《東觀漢記·王阜傳》與《南史·范雲傳》兩處典故，本文考量時代之先後即可能的承襲關係，故僅採前者。

		〈南蠻北狄同日朝見賦〉	《史記·五帝本紀》
		〈浪井賦〉	《宋書·符瑞志》
		〈朔方獻千里馬賦〉	《漢書·賈捐之列傳》
		〈燕王市駿骨賦〉	《戰國策·燕策》
		〈萬年縣試金馬式賦〉	《東觀漢記·馬援傳》
		〈黿鼉為梁賦〉	《竹書紀年·穆王》
		〈蜃樓賦〉	《史記·天文書》
		〈結網求魚賦〉	《漢書·董仲舒傳》〔註113〕
		〈白玉琯賦〉	《宋書·符瑞志》
		〈漢武帝遊昆明池見魚銜珠賦〉	《三秦記》
		〈墨池賦〉	《後漢書·張奐傳》
		〈轅門射戟枝賦〉	《後漢書·呂布傳》
		〈佩刀出飛泉賦〉	《東觀漢記·耿恭傳》
		〈昆明池習水戰賦〉	《漢書·武帝紀》
		〈彈冠賦〉	《史記·屈原賈生傳》
		〈延陵季子掛劍賦〉	《史記·吳太伯世家》
		〈斗間見劍氣賦〉	《晉書·張華傳》
		〈蒲輪賦〉	《漢書·武帝紀》
		〈宣尼宅聞金石絲竹之聲賦〉	《漢書·魯恭王劉餘傳》
張仲素	4	〈公儀休焚機賦〉	《史記·循吏列傳》
		〈迴文錦賦〉	《晉書·竇滔妻蘇氏傳》
		〈山呼萬歲賦〉	《漢書·五帝本紀》
		〈千金市駿骨賦〉	《戰國策·燕策一》
白居易	1	〈叔孫通定朝儀賦〉	《史記·劉敬叔孫通列傳》
白行簡	2	〈斗為帝車賦〉	《史記·天官書》
		〈歐冶子鑄劍賦〉	《越絕書·外傳記寶劍》
蔣防	7	〈惜分陰賦〉	《晉書·陶侃傳》
		〈螢光照字賦〉	《晉書·車胤列傳》
		〈政不忍欺賦〉	《史記·滑稽列傳》

〔註113〕原文以本賦出典為揚雄〈幸河東賦〉，唯以班固生卒年早於揚雄之生卒年觀之，以《漢書·董仲舒傳》為出典似更為妥貼。

		〈聚米為山賦〉	《東觀漢記‧馬援傳》
		〈獸炭賦〉	《晉書‧外戚傳》
		〈轉蓬賦〉	《三國志‧陳思王植傳》
		〈夢捧日賦〉	《三國志‧程昱傳》
浩虛舟	2	〈解議圍賦〉	《晉書‧王凝之妻謝氏傳》
		〈陶母截髮賦〉	《晉書‧陶侃母湛氏傳》

製圖人：江道一

　　根據上表可知，出典史部者，以《史記》為最多，計 18 處；其次為《晉書》，計 9 處；再次為《漢書》，計 8 處。可知中唐律賦仍以《史記》、《漢書》為主要的命題參考；然而《晉書》卻略多於《漢書》，這或許和房玄齡修纂《晉書》一事有關，《晉書》的完成，形同出現新的出題材料，或者形成新的刺激，給予文人更多的創作題材和空間。

　　以下繪製比例圖，茲以說明中唐律賦出典史部的概況：

圖 2-4-3　九家出典史部次類別比例圖

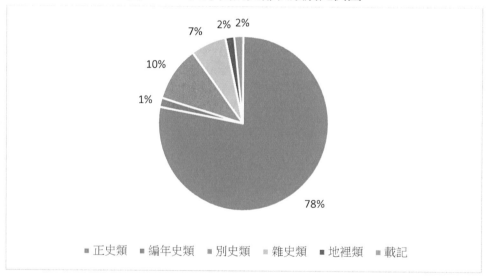

製圖人：江道一

根據上圖可知，中唐各家出典史部者仍以正史為主，占有近八成的比例，而別史類則有一成的比例，雜史占七成，可知中唐律賦出典，是以正史為主，別史和雜史為輔的傾向。其次在史部各體例中，出典概況大致如下：

圖 2-4-4　九家出典正史次類別比例圖

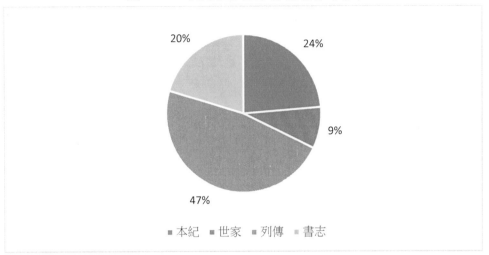

製圖人：江道一

本圖之統計，除具體可判斷者之外，其餘從史記體例分本紀、世家、列傳、書志等，如遇不可判斷者，則根據內容進行判斷。如王起〈瞽者告協風賦以「審音靜專修職知候」為韻〉出典《國語・周語》中記敘瞽者司天，故列書志。從上圖可知史部之出典以列傳為主，幾占五成，其次為本紀，而書志甚比世家為多，突顯中唐時期有推崇個人風采，或說解典章的傾向。而根據九家各自的偏重，則以類別篇數與各家總篇數之比值繪製折線圖如下：

圖 2-4-5　九家出典正史次類別折線圖

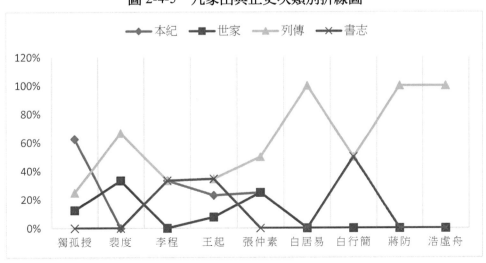

製圖人：江道一

整體觀之，本紀和書志類為出典的律賦逐漸下滑，出典列傳者卻相對提高。另外出典列女傳的律賦亦有增加的趨勢，如下圖所示：

圖 2-4-6　出典非列女傳與列女傳比例折線圖

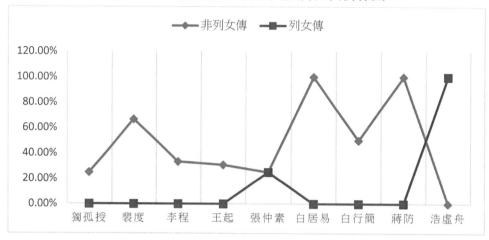

製圖人：江道一

從上圖可知，出典列傳與出典非列女傳占總出典史部之比例，大致上呈現此消彼長的趨勢，而在浩虛舟時則呈現均出典列女傳的特殊現象。本文無法提出具體的解釋，但可推知浩虛舟的律賦不論是作者或選者有意為之，這種有意都表現出在中晚唐之交，列女傳具有某些特定的時代意義。最後則觀察各家史部出典成書時代之狀況，同樣以比例呈現如下圖：

圖 2-4-7　九家史部出典成書時代比例圖

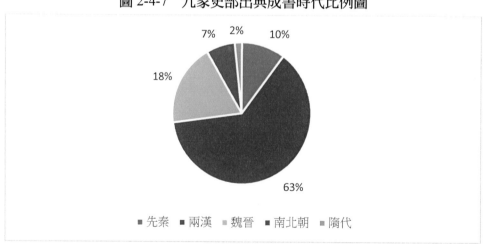

製圖人：江道一

其中兩漢成書之史料占近三分之二，以《史》、《漢》為大宗，這部分或許可以反映出在價值取捨上，中唐律賦有以兩漢為法的傾向。而魏晉成書之史料中，則以《晉書》為大宗，理由當如前揭所述。值得注意的是，成書於兩漢者，漢成書於魏晉者，兩者出典的狀況卻似乎有競爭關係，詳見下圖：

圖 2-4-8　九家史部出典成書時代折線圖

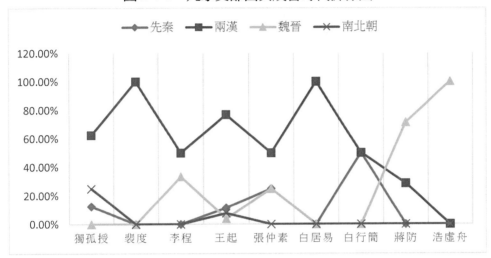

製圖人：江道一

從上圖來看，兩漢史料和魏晉史料兩者之間此消彼長，這一點或許和房玄齡重修《晉書》的背景有關，新材料的出現，進而出現新的寫作內容和取材範圍；同時這也反映出在此一時期中，或許對史書中價值取向的問題，有了新的接受與發揮。新意這一點在浩虛舟身上最為可見，除賦題出典《晉書》之外，浩虛舟亦有針對唐代方興的盆景藝術進行創作，可見浩虛舟律賦在創作上，除前述之雅正，同時也有新變的成分。

（三）子部

中唐九家出典子部者如下表格：

表 2-4-3　中唐九家出典子部表

賦　家	篇數	賦　題	出　典
獨孤授	7	〈斬蛟奪寶劍賦〉	《呂氏春秋・知分》
		〈河上姹女賦〉	《周易參同契・姹女黃芽》
		〈運斤賦〉	《莊子・雜篇・徐無鬼》

		〈蟠桃賦〉	《博物志・卷八》
		〈北溟有魚賦〉	《莊子・逍遙游》
		〈西域獻吉光裘賦〉	《海內十洲記》
		〈刜鐘無聲賦〉	《說苑・雜言》
裴度	1	〈律中黃鍾賦〉	《呂氏春秋・古樂》
李程	1	〈青出於藍賦〉	《荀子・勸學》
王起	17	〈披霧見青天賦〉	《世說新語・賞譽》
		〈五色露賦〉	《洞冥記・卷二》〔註114〕
		〈鍊石補天賦〉	《淮南子・覽冥訓》
		〈雨不破塊賦〉	《鹽鐵論・水旱》
		〈鄒子吹律賦〉	《論衡・寒溫》
		〈羨魚賦〉	《淮南子・說林》
		〈烹小鮮賦〉	《老子・第六十章》
		〈堯見姑射神人賦〉	《莊子・逍遙遊》
		〈重寸陰於尺璧賦〉	《淮南子・原道》
		〈下車泣罪人賦〉	《說苑・君道》
		〈披褐懷玉賦〉	《老子・第七十章》
		〈冰蠶賦〉	《拾遺記・員嶠山》
		〈切玉劍賦〉	《列子・湯問》
		〈焦桐入聽賦〉	《搜神記・第十三卷》
		〈諫鼓賦〉	《淮南子・主術訓》
		〈墨子迴車朝歌賦〉	《淮南子・說山訓》
		〈擲地金聲賦〉	《世說新語・文學》
張仲素	4	〈黃雀報白環賦〉	《續齊諧記》〔註115〕
		〈穆天子宴瑤池賦〉	《穆天子傳》〔註116〕
		〈反舌無聲論〉	《呂氏春秋・五月紀》
		〈管中窺天賦〉	《莊子・秋水》
白居易	4	〈求元珠賦〉	《莊子・天地》
		〈大巧若拙賦〉	《老子・大巧若拙》

〔註114〕原文以本賦出典為揚雄〈幸河東賦〉，唯以班固生卒年早於揚雄之生卒年觀
　　　　之，以《漢書・董仲舒傳》為出典似更為妥貼。為其賦題出典。
〔註115〕原文列於集部，本文據四部分類法列於子部。
〔註116〕原文列於集部，本文據四庫分類法列於子部。

		〈黑龍飲渭賦〉	《三秦記》〔註117〕
		〈感諫鼓賦〉	《淮南子·主術》
白行簡	5	〈望夫化石賦〉	《初學紀·卷五》
		〈五色露賦〉	《洞冥記·卷二》
		〈文王葬枯骨賦〉	《呂氏春秋·異用》
		〈金躍求為鏌鋣賦〉	《莊子·大宗師》
		〈澹臺滅明斬龍毀璧賦〉	《博物志·卷七》
蔣防	3	〈嫦娥奔月賦〉	《淮南子·覽冥訓》
		〈雪影透書帷賦〉	《藝文類聚·天部下·雪》〔註118〕
		〈黃雲捧日賦〉	《藝文類聚·天部下·慶雲》
浩虛舟	3	〈王者父事天兄事日賦〉	《獨斷·卷上》
		〈舒姑泉賦〉	《述異記·卷上》
		〈木雞賦〉	《莊子·達生》

製表人：江道一

子部思想據四部分類法分為：儒家、兵家、法家、農家、醫家、天文演算法、術數、藝術、譜錄、雜家、類書、小說家、釋家、道家等十四類，據上表約略可知九家之律賦子部出典仍多集中於儒家與道家，即便唐代佛教盛行，亦不見以經律論出典之律賦，這或許和佛教作為外來宗教，而與文以載道的時代思潮有悖，如浩虛舟雖有〈盆池賦〉蘊含三家合流之理趣，卻可推知佛學創作過程中的參與當是一種潛移默化，而非諸如前揭經史出典的有意為之。

　　首先出典子部中，又以小說家類最多，詳如圖2-4-9。

　　其次以道家類、儒家類分別居次及再次。由小說家中出典，或者可見在私試中，律賦於此一時期有一部分成為賦家進行創新的嘗試，若單純就浩虛舟〈舒姑泉賦〉來說，以原小說為題材，並融合自身感觸之後進行再創作，實具有現當代所謂「二次創作」的意義。其次在道家類的創作題材上並與小說家類不惶多讓，這部分或許和唐代奉道教為國教有所關聯，而以唐代文士雅好煉丹服食的風氣〔註119〕而言，道家思想作為創作主題，並非意料之外；而丹鼎

〔註117〕原文列於史部，本文據四部分類法列於子部。
〔註118〕原文列於史部，本文據四部分類法列於子部。
〔註119〕廖芮茵：〈成仙與養生──唐代文士的服食分析〉，國立台中技術學院《人文社會學報》第1期（2002年12月），頁16～32。

符籙的另外一端，以重玄派為代表，鑽研道家義理的路線上來說，亦滲透至「賦家之心」，這從浩虛舟〈木雞賦以「致此無敵故能先鳴」為韻〉中便可窺探一二。而針對儒家類而言，或者這是在經部之外闡述宗經觀點的另外一條途徑，其中並未脫離雅正之途。具體觀察各家在各類創作上的比例如圖 2-4-10。

圖 2-4-9　九家出典子部次分類比例圖

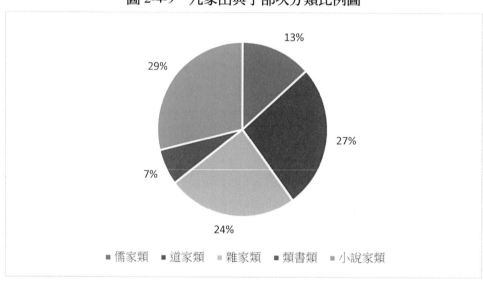

製圖人：江道一

圖 2-4-10　九家出典子部次分類折線圖

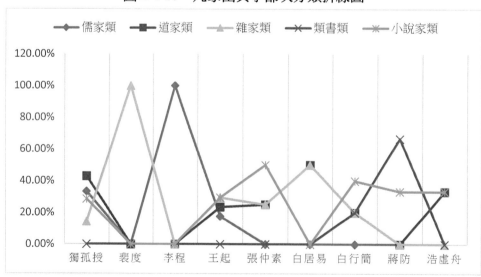

製圖人：江道一

其中以裴度和李程，因其出典集部者均僅一篇，故從整體觀察有偏離的現象，唯從整體觀察，兩家或可暫且表過。整體而言，小說家類有增長的趨勢，且和雜家類有此消彼長的現象，這部分或許可從兩者從內容界定上並非總是非黑即白的狀況推論，而後起之賦家則更傾向從小說家取材出典。同理，雜家類和類書類亦如是，這部分從出典《呂氏春秋》者減少，而出典唐代編纂類書者增多的情況或可得知一二。然而類書多保存不傳之古籍，其中的出典倘若流傳至今，則歸於何類亦未可知。

　　然而出典類書類的增加並非全無考察價值，這在子部之出典中，以成書時代進行分析卻有相當的幫助。下圖為出典子部中，以成書時代進行統計之比例圖：

圖 2-4-11　九家出典集部成書時代比例圖

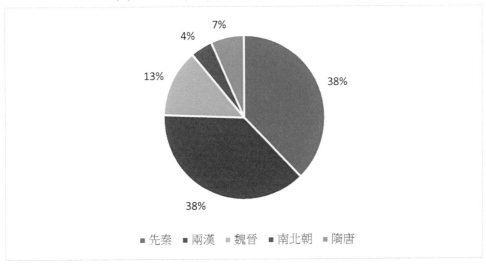

製圖人：江道一

從圖中可知出典先秦和兩漢者，同占近四成，幾包羅幾乎所有出典子部之律賦，其次方為魏晉、隋唐。這部分在一定程度上可反映出中唐時期，在先秦與兩漢的思想接受上，兩者仍是分庭抗禮。然而若將九家的活躍時序作為因素進行比較，則會有不同的發現，如下圖所示：

圖 2-4-12　九家出典子部成書時代折線圖

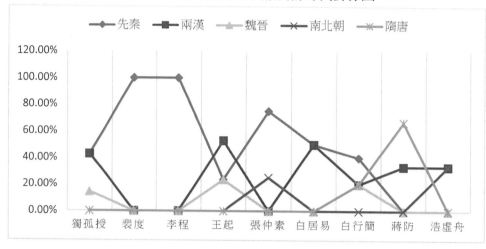

製圖人：江道一

從上圖中可發現，先秦思想呈現遞減的趨勢，相對的兩漢思想與南北朝思想則呈現增長的趨勢。其中若將圖 2-4-11 與圖 2-4-12 兩相比較，則能夠發現幾個有趣的狀況：一、類書類和成書於隋唐者折線重合，表示該九家以類書出典之律賦，其類書均成書於隋唐。二、出典先秦的趨勢減少，儒家類與雜家類的趨勢也同樣減少，道家類的趨勢反而增加，然而道家類出典卻主要出於《莊子》，這表示在出典子部的律賦中，道家思想扮演日益重要的角色，這部分如前揭所述，或與成玄英《南華真經注疏》開始發揮影響力有關。三、出典兩漢與南北朝的趨勢增加，小說家類趨勢增加，承前所述，這反映了越靠近晚唐，律賦越開始出現題材上的開放，在創作題材上的開放，或者同時也暗示了晚唐律賦破體的必然。

　　然而不論何者，處於中晚唐之交的浩盧舟都在其中扮演了相當特殊的角色。首先〈木雞賦以「致此無敵故能先鳴」為韻〉闡述黃老治術之根本，而〈舒姑泉賦以「記云舒氏女化為泉」為韻〉則以小說筆法揣想《述異記》中舒姑化泉的故事，同時〈王者父事天兄事日賦以「子弟誠賢國家靡失」為韻〉引《獨斷》，詳加說明以孝治天下的好處；是故可知，浩盧舟活躍於中晚唐之交，恰巧處於律賦發展的轉捩點，他同時具備雅正之宗，卻也包羅當時士人的流行思潮，而同時在創作上開始尋找新的可能性。

（四）集部、時事與無特定出處

　　中唐九家律賦以集部為出處者，或以時事、詠物為賦題者，如下表格：

表 2-4-4 九家出典集部、時事與無特定出處表

賦家	類別	賦 篇
獨孤授	時事	〈放馴象賦〉
裴度		
李程	時事	〈華清宮望幸賦〉〔註 120〕
	集部	〈披沙揀金賦〉(《詩品》) 〈破鏡上天賦〉(《玉臺新詠・古絕句》)〔註 121〕
	詠物	〈石鏡賦〉
王起	時事	〈元日觀上公獻壽賦〉
	詠物	〈登天壇山望海日初出賦〉、〈照寶鏡賦〉、〈秋潭賦〉、〈冰泮曲池賦〉、 〈獺皮書袋賦〉
張仲素	集部	〈窗中列遠岫賦〉(《昭明文選・郡內高齋閑望答呂法曹》)〔註 122〕
	詠物	〈稼如雲賦〉、〈漲昆明池賦〉、〈玉鉤賦〉、〈河橋竹索賦〉
白居易	集部	〈賦賦〉(《昭明文選・文賦》)〔註 123〕
	詠物	〈荷珠賦〉、〈雞距筆賦〉、〈落望情川賦〉
白行簡	時事	〈舞中成八卦賦〉
	詠物	〈新月誤驚魚賦〉、〈濾水羅賦〉
蔣防	詠物	〈隙塵賦〉、〈登天壇山望海日初出賦〉、〈白兔賦〉
浩虛舟	詠物	〈盆池賦〉

製表人：江道一

出典集部九家中僅四篇，時事僅四篇，詠物僅十九篇，基於資料不足，故無法進行系統化比較，本文暫略。

〔註 120〕 李程〈華清宮望幸賦以題為韻〉據王良友《中唐五大家律賦研究》，以其引《舊唐書・玄宗本紀》而歸類於史部，唯與本文對典故之定義略有出入，故至於時事，而不列入史部。王良友：《中唐五大家律賦研究》，頁 84。

〔註 121〕 原文出典為「漢・無名氏・古絕句」，此處依本文統一之體例調整。王良友：《中唐五大家律賦研究》，頁 85。

〔註 122〕 原文出典為「謝朓〈郡內高齋望答呂法曹〉」，此處依本文統一之體例調整。王良友：《中唐五大家律賦研究》，頁 88。

〔註 123〕 原文不列出典，本文據〈賦賦〉之文章概念取自陸機〈文賦〉，故列之出典為集部。

第三章　浩虛舟律賦之用韻研究

　　律賦最為重要的特徵乃是在於「題韻」之要求，並且以此為限，作為進士科的取士標準。通常律賦之題運多為八字，然亦不限於八字，如白行簡〈五色露賦以「率土康樂之應」為韻〉押六韻，〈振木鐸賦以「振文教而納規諫」為韻〉押七韻。所謂八字題韻之要求，如就目前現存之文獻資料可知，其法式當至少起於《賦譜》著成之時：

> 　　近來官韻多勒八字，而賦體八段，宜乎一韻管一段，則轉韻必待發
> 　　語，遞相牽綴，實得其便。〔註1〕

其中洪邁《容齋續筆》亦談到：「自太和以後，始以八韻為常。」〔註2〕而《賦譜》亦作於太和及開成年間，因此可知律賦題韻之發展，當是中唐以後所確定的。

　　其中《賦譜》引浩虛舟〈木雞賦〉，該賦據《唐詩紀事》所記：「周墀長慶二年以木雞賦及第。」〔註3〕浩虛舟亦於長慶二年及第，〈木雞賦〉即該年之試題。除此之外，浩虛舟律賦之題韻均為八字，無一例外，且在用韻上句句押韻，無一例外。因此浩虛舟在律賦用韻上或有形成典律化法式的可能，使其用韻在中唐律賦研究中具有不可或缺的價值。

　　有關中古音韻之研究莫不以《廣韻》為基礎，本文亦如是，唯其中或有《廣韻》未收之字，則考其本字、異體字；或以《集韻》、《分韻撮要》等韻書作為

〔註1〕〔唐〕佚名撰，張伯偉校考：《賦譜》，張伯偉：《全唐五代詩格彙考》（南京：鳳凰出版社，2002年），頁564。

〔註2〕〔宋〕洪邁：《容齋續筆》，頁370～371。

〔註3〕〔宋〕計有功：《唐詩紀事》卷55（上海涵芬樓藏明嘉靖錢塘洪氏刊本），頁1～2。

彌補，檢視浩虛舟律賦押韻或獨用或合用。同時分析浩虛舟八篇律賦之韻數與韻次，以及究其韻題平仄之比例和位置分配，討論是否浩虛舟律賦在用韻上是否符合所謂太和、開成時期的律賦特質。最後再對於其句式與韻腳分布之間的交互影響，以及考察其是否具有特殊用韻之情形。最後鑒於閱讀與行文之方便，將韻部考訂的部分置於文末「附錄一」，以清眉目，在此一併先予敘明。

第一節　用韻次序

題下有題韻既為律賦之特徵，則針對各篇用韻進行歸納與整理，則有其必要。以下便針對浩虛舟八篇律賦之用韻情形，進行歸納與整理，並分別列點於「依次用韻」與「未依次用韻」。其中浩虛舟八篇律賦均題下八韻，故非八韻者不在本章主要討論的範圍之內。

一、依次用韻

浩虛舟律賦中依次用韻者僅〈陶母截髮賦以「賓至情極無惜傷毀」為韻〉一篇，其用韻情形如下：

第一韻	第二韻	第三韻	第四韻	第五韻	第六韻	第七韻	第八韻
貧(真韻) 賓(真韻) 陳(真韻) 仁(真韻)	至(至韻) 愧(至韻) 棄(至韻)	生(庚韻) 成(清韻) 情(清韻) 鳴(庚韻)	極(職韻) 直(職韻) 色(職韻)	隅(虞韻) 紆(虞韻) 濡(虞韻) 無(虞韻)	積(昔韻) 易(昔韻) 客(陌韻) 惜(昔韻)	妝(陽韻) 行(唐韻) 傷(陽韻)	毀(紙韻) 徙(紙韻) 此(紙韻)
上平聲	入聲	下平聲	入聲	上平聲	入聲	上平聲	上聲
真韻	至韻	庚清同用	職韻	虞韻	陌昔同用	陽唐同用	紙韻

二、未依次用韻

浩虛舟其他七篇律賦，雖題限八韻，但未依次用韻，其用韻情形如下：

（一）〈解議圍賦以「詞理精通釋然自潰」為韻〉

第一韻	第二韻	第三韻	第四韻	第五韻	第六韻	第七韻	第八韻
時(之韻) 史(止韻) 詞(之韻) 持(之韻) 疑(之韻)	至(至韻) 自(至韻) 器(至韻)	爭(耕韻) 精(清韻) 情(清韻)	背(隊韻) 潰(隊韻) 內(隊韻)	懸(先韻) 前(先韻) 全(仙韻) 然(仙韻)	益(昔韻) 釋(昔韻) 席(昔韻) 積(昔韻)	同(東韻) 通(東韻) 中(東韻)	起(止韻) 理(止韻) 已(止韻)
之止韻	去聲	下平聲	去聲	下平聲	入聲	上平聲	上聲
平上通押	至韻	耕清同用	隊韻	先仙同用	昔韻	東韻獨用	止韻

（二）〈王者父事天兄事日賦 以「子弟誠賢國家靡失」為韻〉

第一韻	第二韻	第三韻	第四韻	第五韻	第六韻	第七韻	第八韻
日(質韻) 失(質韻) 質(質韻)	家(麻韻) 賒(麻韻) 華(麻韻)	國(德韻) 德(德韻) 力(職韻)	虔(仙韻) 賢(先韻) 年(先韻)	止(止韻) 旨(旨韻) 理(止韻) 美(旨韻) 嗣(止韻) 子(止韻)	悌(霽韻) 體(薺韻) 起(薺韻) 蒂(霽韻) 禮(薺韻) 弟(薺韻)	誠(清韻) 兄(庚韻) 明(庚韻)	靡(紙韻) 爾(紙韻) 此(紙韻)
入聲	下平聲	入聲	下平聲	上聲	薺霽韻	下平	上聲
質韻	麻韻獨用	職德同用	先仙同用	旨止同用	上去通押	庚清同用	紙韻

（三）〈行不由徑賦 以「處心行道有如此焉」為韻〉

第一韻	第二韻	第三韻	第四韻	第五韻	第六韻	第七韻	第八韻
城(清韻) 生(庚韻) 行(庚韻)	野(語韻) 處(語韻) 阻(語韻)	疏(魚韻) 如(魚韻) 盧(模韻)	畝(厚韻) 有(有韻) 後(厚韻)	尋(侵韻) 深(侵韻) 心(侵韻)	抱(晧韻) 道(晧韻) 老(晧韻)	弦(先韻) 年(先韻) 焉(仙韻)	迤(紙韻) 邐(紙韻) 此(紙韻) 靡(紙韻) 是(紙韻)
下平聲	上聲	上平聲	上聲	下平聲	上聲	下平聲	上聲
庚清同用	語韻獨用	魚模同用	有厚同用	侵韻獨用	晧韻獨用	先仙同用	紙韻

（四）〈盆池賦 以「積水盈器如望深池」為韻〉

第一韻	第二韻	第三韻	第四韻	第五韻	第六韻	第七韻	第八韻
奇(支韻) 羈(支韻) 池(支韻) 規(支韻)	器(至韻) 思(志韻) 地(至韻)	虛(魚韻) 如(魚韻) 疏(魚韻)	似(止韻) 水(旨韻) 起(止韻) 里(止韻)	清(清韻) 生(庚韻) 盈(清韻)	漲(漾韻) 狀(漾韻) 望(漾韻)	沉(侵韻) 侵(侵韻) 深(侵韻) 心(侵韻)	積(昔韻) 碧(昔韻) 石(昔韻) 適(昔韻)
上平	去聲	上平	上聲	下平聲	去聲	下平聲	入聲
支韻	至志同用	魚韻獨用	旨止同用	庚清同用	漾韻	侵韻獨用	昔韻

（五）〈舒姑泉賦 以「記云舒氏女化為泉」為韻〉

第一韻	第二韻	第三韻	第四韻	第五韻	第六韻	第七韻	第八韻
前(先韻) 泉(仙韻) 然(仙韻) 年(先韻) 捐(仙韻) 涓(先韻)	地(至韻) 異(志韻) 意(志韻) 記(志韻) 志(志韻)	分(文韻) 文(文韻) 云(文韻)	阻(語韻) 所(語韻) 女(語韻)	虛(魚韻) 如(魚韻) 舒(魚韻) 餘(魚韻)	謝(禡韻) 夜(禡韻) 化(禡韻)	為(支韻) 迤(支韻) 垂(支韻) 差(支韻)	毀(紙韻) 靡(紙韻) 氏(紙韻)
上平聲	去聲	上平聲	上聲	上平聲	去聲	上平聲	上聲
支韻	至志同用	文韻獨用	語韻獨用	魚韻獨用	禡韻獨用	支韻	紙韻

（六）〈射雉解顏賦 以「藝極神驚愁顏變喜」為韻〉

第一韻	第二韻	第三韻	第四韻	第五韻	第六韻	第七韻	第八韻
子（止韻） 鄙（旨韻） 喜（止韻） 恥（止韻） 齒（止韻）	春（諄韻） 親（真韻） 神（真韻）	計（霽韻） 藝（祭韻） 睇（霽韻）	平（庚韻） 鳴（庚韻） 驚（庚韻） 清（清韻）	極（職韻） 臆（職韻） 色（職韻） 息（職韻）	還（刪韻） 殷（山韻） 顏（刪韻）	箭（線韻） 見（霰韻） 變（線韻）	優（尤韻） 愁（尤韻） 酬（尤韻）
上聲	上平聲	去聲	下平聲	入聲	上平聲	去聲	下平聲
止旨同用	諄真同用	霽祭同用	庚清同用	職韻	山刪同用	線霰同用	尤韻

（七）〈木雞賦 以「致此無敵故能先鳴」為韻〉

第一韻	第二韻	第三韻	第四韻	第五韻	第六韻	第七韻	第八韻
情（清韻） 鳴（庚韻） 成（清韻）	懼（遇韻） 喻（遇韻） 故（暮韻）	殊（虞韻） 無（虞韻） 株（虞韻）	閉（霽韻） 致（至韻） 利（至韻）	全（仙韻） 穿（仙韻） 然（仙韻） 先（先韻）	寂（錫韻） 擊（錫韻） 敵（錫韻）	徵（蒸韻） 能（登韻） 稱（蒸韻）	倚（紙韻） 是（紙韻） 此（紙韻）
下平聲	去聲	上平聲	去聲	下平聲	入聲	下平聲	上聲
庚清同用	遇暮同用	虞韻	至霽同用	先仙同用	錫韻獨用	蒸登同用	紙韻

第二節　韻題平仄與位置

一、韻下限韻之平仄

韻題平仄攸關律賦安排韻腳如何「浮聲切響」，因此在闈場中考生亦多有意識的以平仄相協的方式安排韻腳，洪邁嘗言：

> 唐莊宗時嘗覆試進士，翰林學士承旨盧質，以〈後從諫則聖〉為賦
> 題，以「堯、舜、禹、湯傾心求過」為韻。舊例賦韻四平四側，質所
> 出韻乃五平三側，大力識者所誚，豈非是時已有定格乎？國朝太平
> 興國三年九月，始詔自今廣文館及諸州府、禮部試進士律賦，並以
> 平側次用韻，其後又有不依次者，至今循之。〔註4〕

可見「五平三側」的題韻已非當時士人所認同，而其原因便是難以「平側次用
韻」，造成賦家創作無法據以形成法式。因此為求下文研究之淺簡明確，故將
原題韻次序與實際題韻次序分別羅列如下表：

〔註4〕〔宋〕洪邁：《容齋續筆》，頁370～371。

表 3-2-1 題韻平仄次序表

序號	篇　名	原題韻	原題韻平仄次序	實押題韻	實押題韻平仄次序	平仄總數	依次入韻
1	〈解議圍賦〉	詞理精通釋然自潰	平仄平平仄平仄仄	詞自精潰然釋通理	平仄平仄平仄平仄	四平四仄	否
2	〈王者父事天兄事日賦〉	子弟誠賢國家靡失	仄仄平平仄平仄仄	失家國賢子弟誠靡	仄平仄平仄仄平仄	三平五仄	否
3	〈行不由徑賦〉	處心行道有如此焉	仄平平仄仄平仄平	行處如有心道焉此	平仄平仄平仄平仄	四平四仄	否
4	〈陶母截髮賦〉	賓至情極無惜傷毀	平仄平仄平仄平仄	賓至情極無惜傷毀	平仄平仄平仄平仄	四平四仄	是
5	〈盆池賦〉	積水盈器如望深池	仄仄平仄平仄平平	池器如水盈望深積	平仄平仄平仄平仄	四平四仄	否
6	〈舒姑泉賦〉	記云舒氏女化為泉	仄平平仄仄仄平平	泉記云女舒化為氏	平仄平仄平仄平仄	四平四仄	否
7	〈射雉解顏賦〉	藝極神驚愁顏變喜	仄仄平平平平仄仄	喜神藝驚極顏變愁	仄平仄平仄平仄平	四平四仄	否
8	〈木雞賦〉	致此無敵故能先鳴	仄仄平仄仄平平平	鳴故無致先敵能此	平仄平仄平仄平仄	四平四仄	否

製表人：江道一

　　根據上文，可知〈解議圍賦以「詞理精通釋然自潰」為韻〉原題韻為「詞理精通釋然自潰」，浩虛舟更改限韻之次第為「詞自精潰然釋通理」。由「平仄平平仄平仄仄」調整為「平仄平仄平仄平仄」，限韻為四平四仄。調整後更符合平仄相間之原則。

　　〈王者父事天兄事日賦以「子弟誠賢國家靡失」為韻〉原題韻為「子弟誠賢國家靡失」，浩虛舟更改限韻之次第為「失家國賢子弟誠靡」。由「仄仄平平仄平仄仄」調整為「仄平仄平仄仄平仄」，限韻為三平五仄。調整後更符合平仄相間之原則。

　　〈行不由徑賦以「處心行道有如此焉」為韻〉原題韻為「處心行道有如此焉」，浩虛舟更改限韻之次第為「行處如有心道焉此」。由「仄平平仄仄平仄平」調整為「平仄平仄平仄平仄」，限韻為四平四仄。調整後更符合平仄相間之原則。

　　〈陶母截髮賦以「賓至情極無惜傷毀」為韻〉以「賓至情極無惜傷毀」為韻，「平仄平仄平仄平仄」依次用韻，限韻為四平四仄。

　　〈盆池賦以「積水盈器如望深池」為韻〉原題韻為「積水盈器如望深池」，浩虛

舟更改限韻之次第為「池器如水盈望深積」。由「仄仄平仄平平平平」調整為「平仄平仄平仄平仄」，限韻為四平四仄。調整後更符合平仄相間之原則。

〈舒姑泉賦以「記云舒氏女化為泉」為韻〉原題韻為「記云舒氏女化為泉」，浩虛舟更改限韻之次第為「泉記云女舒化為氏」。由「仄平平仄仄仄平平」調整為「平仄平仄平仄平仄」，限韻為四平四仄。調整後更符合平仄相間之原則。

〈射雉解顏賦以「藝極神驚愁顏變喜」為韻〉原題韻為「藝極神驚愁顏變喜」，浩虛舟更改限韻之次第為「喜神藝驚極顏變愁」。由「仄仄平平平平仄仄」調整為「仄平仄平仄平仄平」，限韻為四平四仄。調整後更符合平仄相間之原則。

〈木雞賦以「致此無敵故能先鳴」為韻〉原題韻為「致此無敵故能先鳴」，浩虛舟更改限韻之次第為「鳴故無致先敵能此」。由「仄仄平仄仄平平平」調整為「平仄平仄平仄平仄」，限韻為四平四仄。調整後更符合平仄相間之原則。

二、韻下限題平仄之分析

李調元《賦話·卷二》：「唐八賦韻有云：次用韻者，始依次遞用，否則任以己意行之。」〔註5〕所謂的「任以己意」在浩虛舟律賦中，實際上卻是講求音節之協，以一平一仄相押。這樣的聲韻要求即符合了自齊梁以來所稱之「律」的含意，《新唐書·卷二○二·文藝列傳中·宋之問》中說：「魏建安後迄江左，詩律屢變，至沈約、庾信，以音韻相婉附，屬對精密。」〔註6〕亦即所謂的「四聲八病」之說，從詩體已過渡至賦體，而這一轉變即在於中唐時期完成。

浩虛舟律賦一共八篇，其中七篇為四平四仄，僅有一篇為三平五仄。且四平四仄者，其押韻均為平仄相間，無一例外，由此不難發現，在押韻方面，浩虛舟之律賦不止符合所謂「詞賦屬對，必須要切，或有犯韻，及諸雜違格，不得放及第」〔註7〕的基本要求，同時更進一步的力求平仄相協。由是可知，賦在文學史的發展中，於浩虛舟時，對於押韻的要求，幾已為法式，而成為有唐一代的賦體文學代表。

三、韻下限韻題之位置

前文提及洪邁《容齋隨筆》中提到「八字韻」的安排次第原則，可見在

〔註5〕〔清〕李調元：《賦話》，頁53。
〔註6〕〔宋〕歐陽修、宋祁等撰；王雲五主編：《新唐書》，頁1488。
〔註7〕〔清〕陸心源：《唐文拾遺》（北京：中華書局，1983年），冊11，卷58，頁11028。

律賦中，以平仄相間用韻為要，以求聲律之和諧，誠如董就雄〈試論唐代八韻試賦的用韻〉所言：

> 押韻作平仄交替安排，能有效提升八韻試賦聲律和諧之美。雖然官方限韻設定作四平四仄，已蘊含聲律和諧要求的意識，但由於限韻八字往往是成句或古語，故平仄分布未必能顧及，於是舉子就刻意將之調配成平仄交替。〔註8〕

浩虛舟八篇律賦中，僅〈王者父事天兄事日賦以「子弟誠賢國家靡失」為韻〉一篇題韻為三平五仄，其餘諸篇均為四平四仄，且平仄相間；即便如此，浩虛舟仍然將該篇之題韻次第自「仄仄平平仄平仄仄」調整為「仄平仄平仄仄平仄」，亦盡可能的符合平仄相間的原則。如是可知，浩虛舟在律賦之用韻上，仍是以平仄相間為首要考量，並以為圭臬。

第三節　韻部分析

一、韻部使用情形

以下表列浩虛舟律賦各段押韻之韻部，韻部後標明獨用、同用、合用或通押，並藉此呈現律賦「以韻生段」之情形：

表3-3-1　韻部整理表

序號	篇　名	第一韻	第二韻	第三韻	第四韻	第五韻	第六韻	第七韻	第八韻
1	〈解議圍賦〉	之韻	至韻	耕清同用	隊韻	先仙同用	昔韻	東韻獨用	止韻
2	〈王者父事天兄事日賦〉	質韻	麻韻獨用	職德同用	先仙同用	旨止同用	霽薺通押	庚清同用	紙韻
3	〈行不由徑賦〉	庚清同用	語韻獨用	魚模同用	有厚同用	侵韻同用	晧韻獨用	先仙同用	紙韻
4	〈陶母截髮賦〉	真韻	至韻	庚清同用	職韻	虞韻	陌昔同用	陽唐同用	紙韻
5	〈盆池賦〉	支韻	至志同用	魚韻獨用	旨止同用	庚清同用	漾韻	侵韻獨用	昔韻

〔註 8〕董就雄，〈試論唐代八韻試賦的用韻〉，頁 261。

6	〈舒姑泉賦〉	支韻	至志同用	文韻獨用	語韻獨用	魚韻獨用	禡韻獨用	支韻	紙韻
7	〈射雉解顏賦〉	止旨同用	諄真同用	霽祭同用	庚清同用	職韻	山刪同用	線霰同用	尤韻
8	〈木雞賦〉	庚清同用	遇暮同用	虞韻	至霽同用	先仙同用	錫韻獨用	蒸登同用	紙韻

製表人：江道一

根據上表可知浩虛舟之律賦均為八字題韻，其中又一韻為一段，可知「由韻分段」為浩虛舟律賦不破之原則。

二、用韻分析

以下則以《廣韻》為標準，就上表討論浩虛舟律賦各篇之用韻。

（一）符合《廣韻》規範：獨用與同用

〈陶母截髮賦〉共八韻，第一韻為真韻，第二韻為至韻，第三韻為庚清同用，第四韻為職韻，第五韻為虞韻，第六韻為陌昔同用，第七韻為陽唐同用，第八韻為紙韻。八韻中共三同用而無獨用，全篇皆符合《廣韻》規範。

〈盆池賦〉共八韻，第一韻為支韻，第二韻為至志同用，第三韻為魚韻獨用，第四韻為旨止同用，第五韻為庚清同用，第六韻為漾韻，第七韻為侵韻獨用，第八韻為昔韻。八韻中共三同用，二獨用，全篇皆符合《廣韻》規範。

〈舒姑泉賦〉共八韻，第一韻為支韻，第二韻為至志同用，第三韻為文韻獨用，第四韻為語韻獨用，第五韻為魚韻獨用，第六韻為禡韻獨用，第七韻為支韻，第八韻為紙韻。八韻中共一同用，四獨用，全篇皆符合《廣韻》規範。

〈射雉解顏賦〉共八韻，第一韻為止旨同用，第二韻為諄真同用，第三韻為霽祭同用，第四韻為庚清同用，第五韻為職韻，第六韻為山刪同用，第七韻為線霰同用，第八韻為尤韻。八韻中共六同用而無獨用，全篇皆符合《廣韻》規範。

〈木雞賦〉共八韻，第一韻為庚清同用，第二韻為遇暮同用，第三韻為虞韻，第四韻為至霽同用，第五韻為先仙同用，第六韻為錫韻獨用，第七韻為蒸登同用，第八韻為紙韻。八韻中共五同用，一獨用，全篇皆符合《廣韻》規範。

（二）逾越《廣韻》規範：合用與通押

浩虛舟律賦不合於《廣韻》同用、獨用之例共三處：

〈解議圍賦〉共八韻，第一韻為之止通押，第二韻為至韻，第三韻為庚清同用，第四韻為隊韻，第五韻為先仙同用，第六韻為昔韻，第七韻為東韻獨用，第八韻為止韻。其中第一韻以「時、史、詞、持、疑」為韻字，「時、詞、持、疑」為之韻上平聲；「史」為止韻上聲。依《廣韻》上平聲「之」韻，上聲「止韻」，二者同屬止攝唯不同聲調，應為通押。八韻中共二同用，一獨用；而一之止通押，為平上通押，可知用韻較一般官韻為寬。

〈王者父事天兄事日賦〉共八韻，第一韻為質韻，第二韻為麻韻獨用，第三韻為職德同用，第四韻為先仙同用，第五韻為旨止同用，第六韻為霽薺通押，第七韻為庚清同用，第八韻為紙韻。其中第六韻以「悌、體、啟、蒂、禮、弟」為韻字，「悌、蒂」為霽韻去聲；「體、啟、禮、弟」為薺韻上聲。依《廣韻》上聲「薺」韻獨用，去聲「霽祭」同用。八韻中共四同用，一獨用；而一霽薺通押，為上去通押，可知用韻較一般官韻為寬。

〈行不由徑賦〉共八韻，第一韻為庚清同用，第二韻為語韻獨用，第三韻為魚模合用，第四韻為有厚同用，第五韻為侵韻獨用，第六韻為晧韻獨用，第七韻為先仙同用，第八韻為紙韻。其中第三韻以「疏、如、盧」為韻字，「疏、如」為上平聲魚韻獨用，「盧」為上平聲模韻。依《廣韻》魚韻獨用、模韻單用。八韻中共三同用，三獨用；而一魚韻、模韻合用，可知用韻較一般官韻為寬。

三、用韻頻率

律賦乃賦體融合四六文體而成，因此多以對句成篇，又據《賦譜》之描述，其主要之對句型式為「緊、長、隔」等三種，因此一段至少押三次韻計。《賦譜》針對各段的字數有其大約之要求，且以八韻段為標準，計算頭 30 字、項 40 字、胸 40 字、上腹 40 字、中腹 40 字、下腹 40 字、腰 40 字、尾 40 字，則平均一段為 38.75 字，若一段又押三次韻，則平均之押韻頻率當為 12.91。試觀察浩虛舟律賦作品押韻頻率如下：

表 3-3-2　押韻頻率表

序　號	篇　　名	總字數	總韻數	押韻頻率
1	〈解議圍賦〉	358	28	12.79
2	〈王者父事天兄事日賦〉	412	31	13.2

3	〈行不由徑賦〉	364	26	14
4	〈陶母截髮賦〉	390	28	13.29
5	〈盆池賦〉	372	28	14.3
6	〈舒姑泉賦〉	379	31	12.23
7	〈射雉解顏賦〉	356	28	12.71
8	〈木雞賦〉	361	26	13.88

製表人：江道一

由上表可知，浩虛舟律賦之押韻頻律多高於《賦譜》之平均值 12.91，且其中有六篇押韻頻率多落於 12 至 13 左右，可知其律賦押韻頻率雖然不高，但仍然是句句押韻。此處和《賦譜》平均之落差，除浩虛舟當和浩虛舟喜用長對有關，此處於第四章當可得證明。如此除了表現浩虛舟自身才學過人，對於用韻嫻熟之外，也不難看出律賦一體在浩虛舟的創作時代已具有固定的押韻法式。

四、首句入韻

　　韻文發展自齊梁以來，即有「夫五色相宣，八音協暢，由乎玄黃律呂，各適物宜。欲使宮羽相變，低昂互節，若前有浮聲，則後須切響。」〔註9〕的說法，因此發展出重視音律和諧的永明體和齊梁體。這種詩律發展到了唐代終致「新詩改罷自長吟」〔註10〕，因此形成以吟詠為主的近體詩，而首句入韻與否，則不論絕句或律詩均無不可。然而律詩中有所謂的「律聯」：

> 所以近體詩聲調的規律化，其主要目的在聲調的美感效果。又為了平聲與仄聲的良好配合，而選擇五、七言的句法，而成為律句；為了使平行二句的聲調相互對稱，而有了律聯。〔註11〕

如是，律聯的概念亦過渡到了律賦中。並且也在律賦中產生了首句是否押韻的問題。唯若是要做為律對，則必須為律聯，若為律聯，則首句必須要押韻。然而律賦在創作上雖有首句押韻的概念，其要求卻不若近體詩一般嚴格。基本上就《賦譜》中之句法，首句不論對句或漫語，均可押韻。

　　以下就浩虛舟律賦首句押韻之情況，簡列表格，並觀察及說明：

〔註9〕 〔梁〕沈約撰，王雲五主編：《宋書》，頁 1024。
〔註10〕 〔清〕彭定求等：《全唐詩》，頁 2518。
〔註11〕 魏仲佑，〈近體詩律之一端〉，《東海中文學報》第 10 期，1992 年 8 月，頁 48。

表 3-3-3　首句押韻表

1	〈**解議圍賦**以「詞理精通釋然自潰」為韻〉		
段落	押韻情況	段落	押韻情況
（1）	時○詞○持○○○疑（之韻）	（5）	懸前○全○○○然（虞韻）
（2）	○至○自○○○器（至韻）	（6）	○益○釋○席○積（陌昔同用）
（3）	○爭○精○○○情（庚清同用）	（7）	○同○通○○○中（陽唐同用）
（4）	○背○潰○○○內（職韻）	（8）	○起○理○已（紙韻）
2	〈**王者父事天兄事日賦**以「子弟誠賢國家靡失」為韻〉		
段落	押韻情況	段落	押韻情況
（1）	○○○日○○○失○○○質（質韻）	（5）	○止○旨○○○理○嗣美子（旨止同用）
（2）	○家○賒○○○華（麻韻獨用）	（6）	○悌○體○○○啟○蒂禮弟（霽薺通押）
（3）	○國○德○○○力（職德同用）	（7）	○○誠○○○兄○○明（庚清同用）
（4）	○虔○賢○○○年（先仙同用）	（8）	○靡○爾○此（紙韻）
3	〈**行不由徑賦**以「處心行道有如此焉」為韻〉		
段落	押韻情況	段落	押韻情況
（1）	○城○生○○○行（庚清同用）	（5）	○尋○深○○○心（侵韻獨用）
（2）	○野○處○○○阻（至志同用）	（6）	○抱○道○○○老（晧韻獨用）
（3）	○疏○如○○○廬（魚韻獨用）	（7）	○弦○年○○○焉（先仙同用）
（4）	○畝○有○○○後（有厚同用）	（8）	○迤○邐○○○此○靡○是（紙韻）
4	〈**陶母截髮賦**以「賓至情極無惜傷毀」為韻〉		
段落	押韻情況	段落	押韻情況
（1）	○貧○賓○陳○○○仁（真韻）	（5）	○隅○紆○濡○無（虞韻）
（2）	○至○愧○○○棄（至韻）	（6）	○積○易○客○○○惜（莫惜同用）
（3）	○生○成○情○鳴（庚清同用）	（7）	○妝○行○○○傷（陽唐同用）
（4）	○極○直○○○色（職韻）	（8）	○毀○徙○此（紙韻）
5	〈**盆池賦**以「積水盈器如望深池」為韻〉		
段落	押韻情況	段落	押韻情況
（1）	羈奇○池○○○規（支韻）	（5）	○清○生○○○盈（庚清同用）

段落	押韻情況	段落	押韻情況
（2）	○器○思○○○地（至志同用）	（6）	○漲○狀○○○望（漾韻）
（3）	○虛○如○○○疏（魚韻獨用）	（7）	沉侵○深○○○心（侵韻獨用）
（4）	○似○水○起○○○里（旨止同用）	（8）	○積○碧○石○適（昔韻）

6	〈舒姑泉賦以「記云舒氏女化為泉」為韻〉		
段落	押韻情況	段落	押韻情況
（1）	○前○泉○然○年○捐○○○涓（支韻）	（5）	虛如○舒○○○餘（魚韻獨用）
（2）	○地○異○意○記○○○志（至志同用）	（6）	○謝○夜○○○化（禡韻獨用）
（3）	○分○文○○○云（文韻獨用）	（7）	○為○迤○垂○差（支韻）
（4）	○阻○所○○○女（語韻獨用）	（8）	○毀○靡○氏（紙韻）

7	〈射雉解顏賦以「藝極神驚愁顏變喜」為韻〉		
段落	押韻情況	段落	押韻情況
（1）	子鄙○喜○恥○○○齒（止旨同用）	（5）	○極○臆○色○○○息（職韻）
（2）	○春○親○○○神（諄真同用）	（6）	○還○殷○○○顏（山刪同用）
（3）	○計○藝○○○睇（霽祭同用）	（7）	○箭○見○○○變（線霰同用）
（4）	○平○鳴○驚○清（庚清同用）	（8）	○優○愁○酬（尤韻）

8	〈木雞賦以「致此無敵故能先鳴」為韻〉		
段落	押韻情況	段落	押韻情況
（1）	○○情○鳴○○○成（庚清同用）	（5）	○全○穿○然○○○先（先仙同用）
（2）	○懼○喻○○○故（遇暮同用）	（6）	○寂○擊○○○敵（錫韻獨用）
（3）	○殊○無○○○株（虞韻）	（7）	○徵○能○稱（蒸登同用）
（4）	○閉○致○○○利（至霽同用）	（8）	○倚○是○此（紙韻）

製表人：江道一

根據上表，浩盧舟〈解議圍賦〉八段中有二處使用首句入韻。第一韻段首句「王子猷之延賓暇時◎，偶切磋於經史◎，遂交戰於言詞◎」，其中「時、詞」為上平聲之韻，「史」為上聲止韻，此段限韻字「詞」為「上平聲之韻」，首句入韻。第五韻段首句「容勢相懸◎，抵摧莫前◎」，其中「懸、前」為「下平聲先韻」，此段限韻字「然」為「下平聲仙韻」，先仙同用，首句入韻。

〈盆池賦〉八段中有二處使用首句入韻。第一韻段首句「達士無羈◎，居閒創奇◎」，其中「羈、奇」為「上平聲支韻」，此段限韻字「池」為「上平聲支韻」，首句入韻。第七韻段首句「煙靄沉沉◎，莓苔四侵◎」，其中「沉、侵」為「下平聲侵韻」，此段限韻字「深」為「下平聲侵韻」，首句入韻。

〈舒姑泉賦〉八段中有一處使用首句入韻。第五韻段首句「淨色含虛◎，清輝皎如◎」，其中「虛、如」為「上平聲魚韻」，此段限韻字「舒」為「上平聲魚韻」，首句入韻。

〈射雉解顏賦〉八段中有一處使用首句入韻。第一韻段首句「昔賈氏子◎，其容似鄙◎」，其中「子」為「上聲止韻」，「鄙」為「上聲旨韻」，此段限韻字「喜」為「上聲止韻」，旨止同用，首句入韻。

〈木雞賦〉八段中有一處使用首句入韻。第一韻段首句「士有特立自持◎，端然不倚◎」，其中「持」為「上平聲之韻」，「倚」為「上聲紙韻」，此段限韻字「此」為「上聲紙韻」，平上通押，首句入韻。

第四節 浩虛舟律賦用韻之典律化傾向

律賦之用韻別於古賦，在於其用韻有題韻之要求而杜絕抄襲，又有格律之繩準而為法式，因此考察同時期之律賦用韻狀況，並以浩虛舟八篇律賦進行比較，則可更客觀的指出浩虛舟律賦在用韻上的典律化傾向。因此本節同前文，依次比對獨孤授、裴度、李程、王起、張仲素、白居易、白行簡、蔣防等人，以統計方式比較其與《賦譜》的趨迎與偏離。

一、題韻字數

據《賦譜》觀之，八字題韻當已成「至今新體」的普遍法式，當然這並非絕對硬性的規定，但「都八段，段段轉韻發語為常體」〔註12〕一句，則顯示出八字題韻為中唐時期的主要趨勢，由於因試賦命題限韻的要求，因此這樣的限韻形式為當時士人群體所廣泛接受，也間接構成律賦典律化中重要的一個形式特徵。

其中，題韻雖為固定者，但亦有賦家創作時有落韻之現象，基於本節以

〔註12〕〔唐〕佚名撰，張伯偉校考：《賦譜》，張伯偉：《全唐五代詩格彙考》（南京：鳳凰出版社，2002 年），頁 563。

產出之作品為典律化考察之對象，因此以實際作品為準，而非單純以題韻為標的。因此根據吳怡靜、林景梅、王良友、黃佳鳳、方姵文等人的研究成果〔註13〕，整理之結果如下表所示：

表 3-4-1　九家韻數比較表

	四韻	五韻	六韻	七韻	八韻	九韻	總篇數	八韻比例
獨孤授		1	4	2	15		22	68%
裴度					10	2	12	83%
李程		1	1		21		24	88%
王起		4	7	11	42		64	66%
張仲素		1	1		15		17	88%
白居易	1	1	2	1	7		11	64%
白行簡			1	1	16		18	89%
蔣防		2	1	1	12	1	17	71%
浩虛舟					8		8	100%

製表人：江道一

綜合觀之，浩虛舟律賦雖創作數量最少，但題韻八韻比例卻是最高者，合於《賦譜》所謂「近來官韻多勒八字，而賦體八段，宜乎一韻管一段，則轉韻必待發語，遞相牽綴，實得其便。」〔註14〕其中參酌上述各家登進士第的時間，可知浩虛舟律賦在八字題韻上具有相當的指標意義，亦即律賦發展至此，始有以八字題韻為標準範式的現象產生，也完成了律賦的典範。綜合上述結果，可製圖如下：

〔註13〕本文有關九家比較之表格均採吳怡靜《獨孤授律賦研究》、林景梅《裴度律賦研究》、王良友《中唐五大家律賦研究》、黃佳鳳《白行簡律賦研究》、方姵文《蔣防律賦研究》及本文之研究成果；其中白行簡之研究成果基於本文之需要，採黃佳鳳《白行簡律賦研究》而非王良友《中唐五大家律賦研究》，以期結果能更為準確反映中唐時期律賦發展之脈絡。下文亦同。

〔註14〕〔唐〕佚名撰，張伯偉校考：《賦譜》，張伯偉：《全唐五代詩格彙考》（南京：鳳凰出版社，2002年），頁564。

圖 3-4-1　九家八韻比例折線圖

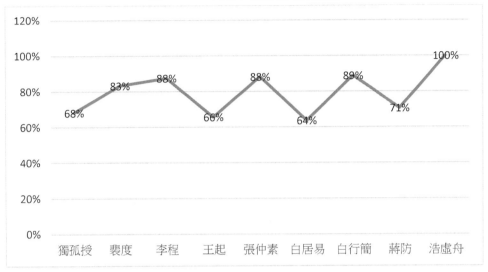

製圖人：江道一

從上圖可知，依中唐九位賦家的活動期間之先後次序所呈現之折線圖〔註15〕，可更清楚的看見八字題韻之趨勢，以及浩虛舟賦作賦以八字題韻的高比例並非偶然，而是唐代律賦典律化過程中自然且必然形成的一個現象，這種現象在晚唐時代似乎已成具體之範式，李調元《賦話·賦話四》中說：

> 又溫庭筠與李商隱齊名，時號溫李。才思豔麗于小賦，每入試押官
> 韻作賦凡八，叉手而八韻成。〔註16〕

可知八韻確實是律賦限韻的趨勢，而其具體完成則當自浩虛舟開始的。

二、用韻頻率

就《賦譜》而言，以一篇 310 字之律賦為準，應有 24 個韻腳，韻腳數對字數之比率應約為百分之八，因此同樣將獨孤授等九人，同與浩虛舟的用韻頻率進行比較，另為求數據的完整性，故闕文不計。得出如下表之結論：

〔註15〕本文以折線圖呈現自獨孤授到浩虛舟之律賦各項特徵之發展概況，以登科順
　　　　序排列，更能看出律賦如何趨於《賦譜》典範，下文亦同。
〔註16〕〔清〕李調元：《賦話》，頁 238。

表 3-4-2　九家用韻頻率比較表

賦　　家	平均字數／篇	平均韻腳／篇	比　　率
獨孤授	360	48	13.33%
裴度	371	32	8.63%
李程	356	30	8.43%
王起	369	30	8.13%
張仲素	363	30	8.26%
白居易	405	34	8.40%
白行簡	381	30	7.87%
蔣防	353	30	8.45%
浩虛舟	374	28	7.49%

製表人：江道一

大抵在白居易之後，韻腳數與字數之百分比均多維持在百分之八，該比值同時也是《賦譜》所建議之數字，可知用韻頻率方面，在浩虛舟以前便已具備相當的規範；或許這樣的情形，和律賦中律聯的行文方式有關，由於律詩的形式滲透律賦，使韻腳在運用上幾乎固定，這樣的情形，在白居易之後更為穩定。具體繪製成表則如下圖所示：

圖 3-4-2　平均篇字數與韻腳數比直條圖

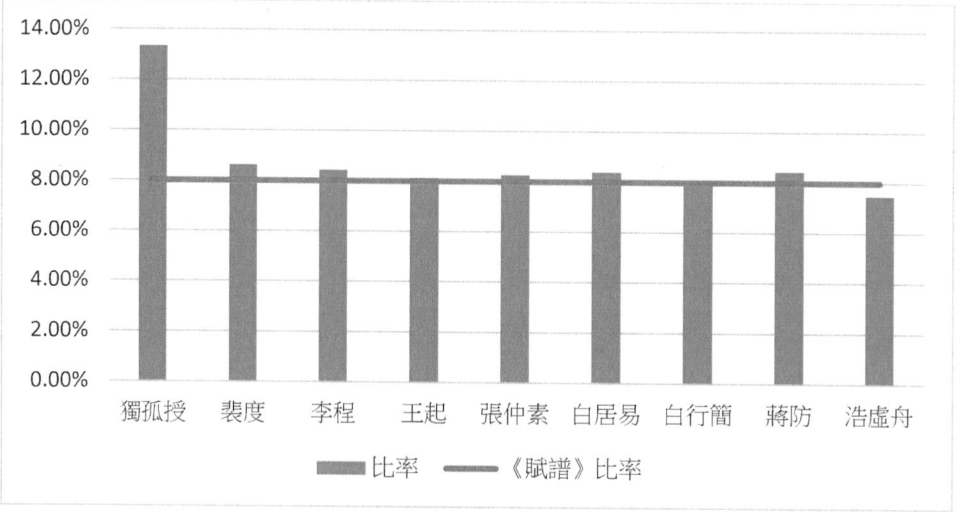

製圖人：江道一

或者可說，律賦的用韻體制，其成熟的時間可能不早於唐穆宗時期，而唐德宗貞元年間，律賦之用韻頻率便已開始逐漸趨向穩定。

三、題韻平仄

洪邁《容齋隨筆》卷十三「試賦用韻」有云：「唐以賦取士，而韻數多寡，平側次敘，元無定格。」〔註17〕所謂「元無定格」，有如王芑孫所謂「所限官字，任士子顛倒協之。」〔註18〕亦即「無定格」之因係出於韻腳平仄相協，而非任意。尤有甚者，韻腳之平仄相協，更是考官評選優劣的標準。〔註19〕以下表列中唐各家平仄相協篇數之比例：

表 3-4-3　九家平仄相協比較表

賦　　家	平仄相協篇數	總篇數	百分比
獨孤授	7	15	47%
裴度	5	10	50%
李程	18	25	72%
王起	32	65	49%
張仲素	12	19	63%
白居易	8	13	62%
白行簡	12	18	67%
蔣防	12	17	71%
浩虛舟	8	8	100%

製表人：江道一

綜合觀之，浩虛舟雖僅有八篇律賦，但極為要求平仄相協，上表中僅有一篇〈王者父事天兄事日賦〉一篇，平仄數為三平五仄，但據本文之研究，其以「仄平仄平仄仄平仄」之方式安排韻腳，仍不失平仄相協之旨，因此亦列入計算規範中。上表可繪製折線圖如下：

〔註17〕〔宋〕洪邁：《容齋隨筆》，頁 370。
〔註18〕〔宋〕王芑孫：《讀賦卮言》，頁 219。
〔註19〕王良友：《中唐五大家律賦研究》，頁 221。

圖 3-4-3　平仄相協百分比值折線圖

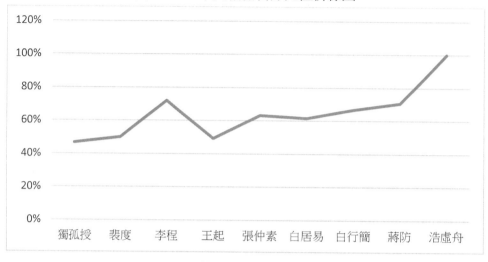

製圖人：江道一

具體觀之，律賦平仄相協趨於穩定當起於張仲素，即貞元年間；然而同期及第之王起，其用韻之平仄相協比例卻偏低。因此精確來說，當在元和初，律賦的用韻平仄相協開始出現典律化的傾向，應更具有指標性。至於浩虛舟的典律化，圖表呈現如斯，則當無疑義。

四、特殊用韻

　　用韻既為律賦重要的形式特徵，故在標準規範之外的用韻情形，亦有考察之必要，尤其以浩虛舟作為「八韻中作手」，其用韻恪守規範，並無出格之情形，尤其在本節一併考察中唐其餘諸家，更可完整窺探整體的用韻趨勢。然而就目前之研究成果，並未將各種特殊用韻的情況加以標準化，在結果的呈現方面不易梳理，因此本文綜合諸家學說，重新依標準之定義規範進行統整與歸納。

（一）犯韻及落韻

　　律賦限韻不論韻數多寡，均要求僅能以所列之韻為韻腳，倘誤壓他韻，如以鍾韻壓東韻即屬犯韻；而依王良友之見解，犯韻指「將其他韻部押於本韻」〔註20〕，本文亦將其說列於犯韻中。至於落韻，依王良友之理解，當屬「同一文字，但因聲調不同（即不同韻部）而有不同的意義，如果混淆其義而誤押，

〔註20〕王良友：《中唐五大家律賦研究》，頁230。

則稱為落韻」〔註21〕。犯韻及落韻在律賦中並不少見，而細究兩者均屬「誤押他韻」之例，故以下僅就九家犯韻與落韻之狀況，合併進行整理。

表 3-4-4　九家犯韻落韻表

賦家	篇　目	犯韻韻腳（韻目）	落韻韻腳（實押韻目）
獨孤授〔註22〕	〈藺相如全璧賦〉		易（昔韻）〔註23〕
	〈運斤賦〉	別（薛韻）	
	〈善師不陣賦〉	謈（獮韻）	
	〈刺鐘無聲賦〉	順（震韻）、韻（問韻）	
裴度〔註24〕	〈均樂天賦〉	鐸、石（昔韻）	
	〈歲寒之松柏後凋賦〉	屏（靜韻）	
李程〔註25〕			
王起	〈擲地金聲賦〉	可（可韻）	
	〈葭灰應律賦〉		不（有韻）
	〈披霧見青天賦〉		螢（勁韻）、不（有韻）
	〈瞽者告協風賦〉	淨（勁韻）	
張仲素			
白居易	〈君子不器賦〉		不（有韻）
白行簡〔註26〕			
蔣防〔註27〕			
浩虛舟			

製表人：江道一

〔註21〕王良友：《中唐五大家律賦研究》，頁229。
〔註22〕吳怡靜：《獨孤授律賦研究》，頁102～106。表3-4-5、表3-4-6亦同。
〔註23〕原文列於犯韻，本文依王良友之定義改為落韻。
〔註24〕林景梅：《裴度律賦研究》，頁143～144。表3-4-5、表3-4-6亦同。
〔註25〕李程、王起、張仲素、白居易等四家之研究成果，依王良友：《中唐五大家律賦研究》，頁227～231。
〔註26〕黃佳鳳：《白行簡律賦研究》，頁125～128。表3-4-5、表3-4-6亦同。
〔註27〕方颯文：《蔣防律賦研究》，國立政治大學國文教學碩士在職專班碩士論文，2018年，頁82～91。表3-4-5、表3-4-6亦同。

若單純就數量上而言，越往後期的律賦，越少出現犯韻與落韻的狀況，這部分和單一賦家現存律賦之數量應無關係，如獨孤授二十二篇中，有四篇出現犯韻或落韻的狀況；而王起六十五篇中，亦為四篇出現犯韻或落韻的狀況。若一併考察後起賦家，得出中唐律賦在犯韻與落韻上，應是後出轉精；且約於貞元中晚期在用韻上臻於成熟，而能避免落韻與犯韻。至於浩盧舟作為中唐末期之賦家，其賦作無落韻與犯韻，也是相當自然的事了。

（二）偷韻

依王良友之說，偷韻指「該押而未押之字」〔註28〕。浦銑《復小齋賦話》中談到：

> 唐律賦有偷一韻或兩韻，不可悉數。如王起〈披霧見青天賦〉偷可、不兩韻；裴度〈二氣合景星賦〉偷有、無兩韻；周鍼〈羿射九日賦〉偷控字一韻；陸贄〈月臨鏡湖賦〉偷動字一韻是也。……偷韻之法皆兩句換韻（上句同韻，下句官韻）或三句換韻，如關播〈日載中賦〉時字一韻；杜顏〈灞橋賦〉輝字一韻是也。或四句換韻，則第二句不用韻。如楊系〈通天臺賦〉在字一韻是也。〔註29〕

文中談及偷韻之例，唯依實際狀況來說，有些「數句換韻」的情況，實際上卻是解鐙韻，這一點在林景梅《裴度律賦研究》中有所觸及：

> 第四韻以「衢、無」為韻字，同屬《廣韻》「虞」韻；第五韻以「首、有」為韻字同屬《廣韻》「有韻」，可見並未偷韻。〔註30〕

林景梅與浦銑對裴度該賦有無偷韻有相反的理解，究其根本原因，乃是對偷韻一事有不同理解所致。而在《賦譜》重新問世之際，或者可依《賦譜》將解鐙獨立的狀況，另行考察，而非列於偷韻之中。因此以下僅據未押之字進行考察。另外上有添韻，即非題韻而押其韻者。王良友亦另立一「半偷韻」之例，以「限韻『本字』未出現於賦句韻腳，但事實上卻已實押該韻指是缺乏該『本字』而已」，〔註31〕唯目前可知實例甚少，故暫且表過不提。本文以若細究偷韻與添韻兩者，均屬韻數之多寡，故以九家之先後次序，一併整理羅列如下：

〔註28〕王良友：《中唐五大家律賦研究》，頁228。

〔註29〕〔清〕浦銑：《復小齋賦話》，何沛雄：《賦話六種》，頁52。

〔註30〕林景梅：《裴度律賦研究》，頁132。

〔註31〕王良友：《中唐五大家律賦研究》，頁230。

表 3-4-5　九家偷韻添韻表

賦　家	篇　目	偷韻韻目	添韻韻目
獨孤授	〈寅賓出日賦〉	恒韻	
	〈刺鐘無聲賦〉	為韻、用韻	
裴度			
李程			
王起	〈履霜堅冰至賦〉	而韻	
	〈燕王市駿骨賦〉	於韻	之韻
	〈黃目樽賦〉	治韻	先韻
張仲素			
白居易	〈大巧若拙賦〉	其韻	虞韻
白行簡			
蔣防			
浩虛舟			

製表人：江道一

觀察偷韻與添韻的狀況，結果大致與犯韻、落韻的狀況相同。這或許可以說明，在律賦用韻的技巧上，應當會是整體的發展與成熟，而非將之視為單一元素個別考察。若站在這樣的立場，浦銑《復小齋賦話》中全數歸為偷韻而不以個別特殊之用韻狀況進行分析，或許亦有其道理。

（三）解鐙韻

所謂解鐙，王昌齡《詩格・詩有六病例》中提到：

> 長解鐙病三：第一、第二字義相連，第三、第四字義相連。上官儀詩：「池牖風月清，閒居遊客情。」〔註32〕

而釋空海《文鏡秘府論・文二十八種病》中，針對上官儀該詩所犯之「解鐙病」則有更具體的描述：

> 第二十，長解鐙病者，第一、第二字意相連，第三、第四字意相連，第五單一字成其意，是解鐙；不與擷腰相間，是長解鐙病也。如上官儀詩曰：「池牖風月清，閒居遊客情，蘭泛樽中色，松吟弦上聲。」「池牖」二字意相連，「風月」二字意相連，「清」一字成四字之意，

〔註32〕〔唐〕王昌齡：《詩格》，張伯偉：《全唐五代詩格彙編》，頁 192。

以下三句，皆無有撷腰相間，故曰長解鐙之病也。〔註33〕

由《文鏡秘府論》之敘述可知，所謂「解鐙」具體而言即是「一字成四字之意」。這樣的詩律要求，原本於詩詞構句的方式，如五言者多為二三句，七言者多為四三句，解鐙病則成了四一句。解鐙在句式上過渡到用韻上，則誠如詹杭倫所言：

> 如同律詩「起承轉合」的結構規律一樣，「解鐙韻」所組成的隔句對，
> 在律賦中往往出現在束腰的部位，具有緊束與勾連賦體的作用，讓
> 整篇賦作在結構與聲律上靈動緊促、搖曳生姿。〔註34〕

《賦譜》作為唐代律賦之法式，對於用韻上雖有嚴格的要求，但也認為士子不必墨守成規，在正格之外仍允許有彈性的變格：

> 又有連數句為一對，即押官韻兩個盡者。若〈駟不及舌〉云：「嗟乎，
> 以駛駛之足，追言言之辱，豈能之而不欲。蓋室喋喋之喧，喻駿駿
> 之奔。在戒之而不言。」是則「言」與「欲」並官韻，而「欲」字故
> 以「足」、「辱」協，即與「言」為一對。如此之輩，賦之解鐙，時復
> 有之，必巧乃可。若不然者，恐職為亂階。〔註35〕

以陳忠師〈駟不及舌賦以「是故先聖予欲無言」為韻〉為例，題韻「欲」為去聲燭韻，而與「足」、「辱」等俱為燭韻；題韻「言」為上平聲元韻魂痕同用，而與「喧」元韻、「奔」魂韻等俱為韻腳。由該例可知，所謂解鐙韻即是於同段之中，分押不同之官韻，或依韻生段而使上下聯句分押之現象，並藉此解決窄韻的問題，同時展現士子優秀的創作技巧。《文鏡秘府論‧西卷‧文筆十病得失》中說：

> 賦頌有第一、第二、第三、第四，或至第六句相隨同類韻者，如此
> 文句，倘或有焉，但可時時解鐙耳，非是常式，五三文內，時一安
> 之，亦無傷也。〔註36〕

如是可知，士子在面對官韻出現窄韻時，可有限度的調度韻腳安排；尤有甚者，更是展現高超文采，獲得考官青睞的機會。所謂窄韻，歐陽修《六一詩話》中談到：

> 聖俞戲曰：「前史言退之為人木強，若寬韻可自足而輒傍出，窄韻難

〔註33〕（日）遍照金剛：《文鏡秘府論》（臺北：學海出版社，1974年），頁199。
〔註34〕詹杭倫：《唐代科舉與試賦》（武漢：武漢大學出版社，2015年），頁305。
〔註35〕〔唐〕佚名撰，張伯偉校考：《賦譜》，張伯偉：《全唐五代詩格彙考》（南京：鳳凰出版社，2002年），頁565。
〔註36〕（日）遍照金剛：《文鏡秘府論》，頁214。

　　獨用而反不出，豈非其拗強而然與？」坐客皆為之笑也。〔註37〕
在中唐諸家中，解鐙韻的使用確實並不常見，可見這種用韻方式的確不是常
態。而有關解鐙韻，目前現有專家研究成果羅列如下：

表 3-4-6　九家解鐙韻表

專　家	篇　目	解鐙韻腳（韻部）
獨孤授〔註38〕	〈放馴象賦〉	林、禽（侵韻）
	〈太史奉靈旗指蔡賦〉	怫、物（物韻）
裴度〔註39〕	〈漢宣帝冠帶單于賦〉	聽、定（徑韻）
	〈鑄劍戟為農器賦〉	徒、無（虞韻）
	〈古君子配玉賦〉	文、君（文韻）
	〈歲寒知松柏後彫賦〉	滋、時（之韻）
	〈二氣合景星賦〉	衢、無（虞韻）
	〈白鳥呈瑞賦〉	若（藥韻）、鶴（鐸韻）
李程		
王起	〈披霧見青天賦〉	可（智韻）、不（有韻）
	〈南蠻北狄同日朝見賦〉〔註40〕	闕（月韻）、咸（咸韻）
	〈懸土炭賦〉	參（談韻）、驗（豔韻）
	〈瞽者告協風賦〉	審（寢韻）、修（尤韻）
張仲素		
白居易		
白行簡〔註41〕	〈振木鐸賦〉	合、納（合韻）
	〈濾水羅賦〉	恕、濾（御韻）
	〈石韞玉賦〉	外、大（泰韻）
蔣防〔註42〕	〈螢光照字賦〉	大（泰韻）
浩虛舟		

製表人：江道一

〔註37〕〔宋〕歐陽修：《六一詩話》，〔清〕丁福保：《歷代詩話》（北京：中華書局，
　　　　2004 年），頁 272。
〔註38〕吳怡靜：《獨孤授律賦研究》，頁 104～106。
〔註39〕林景梅：《裴度律賦研究》，頁 143～144。
〔註40〕〈南蠻北狄同日朝見賦〉與〈懸土炭賦〉兩篇據黃雅琴《王起律賦研究》增補，
　　　　黃雅琴：《王起律賦研究》，頁 123～125。
〔註41〕黃佳鳳：《白行簡律賦研究》，頁 125～128。
〔註42〕方姵文：《蔣防律賦研究》，頁 98。

可從上表窺探賦家或遇到何韻部時，有可能需要運用解鐙韻。再觀察浩虛舟各篇可能運用解鐙韻之韻部：諸如〈行不由徑賦以「處心行道有如此焉」為韻〉一篇之第五韻段，以尋、身、心押侵韻；〈盆池賦以「積水盈器如望深池」為韻〉一篇之第七韻段，以沉、侵、深、心押侵韻；〈陶母截髮賦以「賓至情極無惜傷毀」為韻〉一篇之第五韻段，以隅、紆、濡、無押虞韻；〈木雞賦以「致此無敵故能先鳴」為韻〉一篇之第三韻段，以殊、無、株押虞韻；〈舒姑泉賦以「記云舒氏女化為泉」為韻〉一篇之第三韻段，以分、文、云等字押文韻；〈解議圍賦以「詞理精通釋然自潰」為韻〉一篇以時、詞、疑押之韻。上述諸篇用韻中其他專家或有使用解鐙韻，然浩虛舟均成獨立之韻段，或許可推知浩虛舟並非未曾面臨窄韻之困擾，而是以其妙筆迴避解鐙。

以下以出韻篇數為單位，以本文之出韻分類，考察各種出韻狀況之間的關聯，詳如下圖：

圖 3-4-4　九家出韻類型折線圖

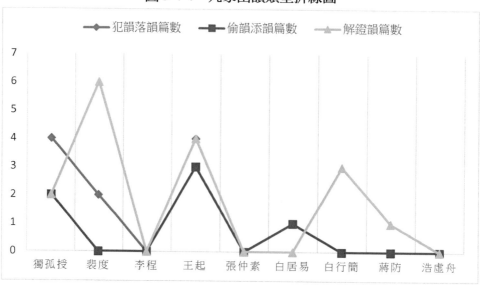

製圖人：江道一

就整體看來，解鐙韻與犯韻、落韻及偷韻、添韻之間的發展似乎有互補的關係，然而從裴度、白行簡、蔣防來看，解鐙韻或許是其避免其他出韻例的解套方式；相反的白居易則有偷韻或添韻而無解鐙韻的使用。或許大致上來說，可以認為解鐙韻的運用成熟，有助於其他出韻例的發生，進而提高上榜機會。賦家為求上榜，而致力於避免出韻；同時《賦譜》提出解鐙韻「必巧乃可」的觀

點，成為律賦用韻上的轉圜。賦家同時精進自身用韻技巧，使出韻狀況遞減；並且在搜索枯腸時，巧用解鐙，而使解鐙雖有減少的趨勢，但仍有大幅度的增加。或許從這一點可知，在律賦發展的過程中，解鐙與犯韻、落韻、偷韻、添韻等狀況，或許並不能一併列為出韻，兩者會隨著賦家用韻技巧的提升而減少，但解鐙卻對其他出韻狀況卻是互補的關係。同理，這或許也是在用韻頻率的觀察上，裴度以後諸家表現均相當靠近《賦譜》，但其根本的原因乃是在於浦銑所說「偷韻」的運用，而難認浩虛舟以外諸人接近典律的原因。

第四章　浩虛舟律賦之句式研究

　　唐朝律賦承襲自六朝駢賦而來，因此在句式上亦多屬對句。姚華《論文後編·目錄中》中說：

> 今賦試於所司，亦曰律賦。時必定限，作有程式，句常隔對，篇率八段，韻分於官，依韻為次，使肆者不得逞，而謹者亦可及。自唐迄清，幾一千年。〔註1〕

其中所謂「作有程式，句常隔對」，即是律賦有別於駢賦的一大特徵，這種「程式」的要求，促使中唐時期出現了一系列關於律賦創作要領的「賦格類著作」，諸如浩虛舟《賦門》、紇干俞《賦格》、范傳正《賦訣》、張仲素《賦樞》、白行簡《賦要》、何凝《賦格》，其中最為重要者，則當屬現今尚存之《賦譜》一書。然而不論何者，均足見律賦作為取士門徑，而衍生出許多「考用書籍」，也進一步的使律賦的創作程式形成定格，在句法上使士子互相競技的。

　　《賦譜》中談及句法：「凡賦句有壯、緊、長、隔、漫、發、送合織成，不可偏捨。」〔註2〕即言明律賦之賦句有「壯、緊、長、隔、漫、發、送」六種形式，且此六種形式均需使用，方可稱為合格之律賦。這種對句式的嚴格要求，是在駢賦以後對句式更加縝密的分析與實踐，也是律賦別於駢賦成為唐代代表賦體的原因之一。

〔註1〕　〔清〕姚華：《論文後編》，轉引自徐志嘯：《歷代賦論輯要》（上海：復旦大學出版社，1991年），頁119～120。

〔註2〕　〔唐〕佚名撰，張伯偉校考：《賦譜》，張伯偉：《全唐五代詩格彙考》（南京：鳳凰出版社，2002年），頁555。

是以本章便跟句《賦譜》對律賦的句式要求，針對浩虛舟的八篇律賦，進行句型之分析，並且考察其中和《賦譜》符合或有所出入之處，最後則根據此一結果進行統計與分析，說明浩虛舟律賦在唐代律賦典律化過程中的特殊地位與價值。

第一節　構句句型

句式指的是「句型之形構」，律賦嚴密的構句方式，則形成端莊穩重的風格。以下則根據《賦譜》，說明浩虛舟律賦創作上的句型及其特殊之處。

一、發、漫、送

發、漫、送三者，並非主要構成律賦的句式，但在律賦中卻具有「起頭」、「連接」、「轉折」、「收尾」或「補充」的作用，除了對句之外，發、漫、送的運用也關乎一篇律賦是否能夠連接一氣，語句靈動的關鍵，也消減了通篇對句可能造成的生硬與僵化。

（一）發

「發」即是「發語」，作為一段之開端，別於無意義的「發語詞」，所謂的「發」具有承接啟後的意義，而非單純的表達語氣或感嘆。《賦譜》中說：

> 發語有三種：原始、提引、起寓。若「原夫」、「若夫」、「觀夫」、「稽夫」、「伊昔」、「其始也」之類，是原始也。若「洎夫」、「且夫」、「然後」、「然則」、「豈徒」、「借如」、「則曰」、「僉曰」、「矧夫」、「於是」、「已而」、「故是」、「是故」、「故得」、「是以」、「爾乃」、「乃知」、「是從」、「觀夫」之類，是提引也。「觀其」、「稽其」等也，或通用之。如「士有」、「客有」、「儒有」、「我皇」、「國家」、「嗟乎」、「至矣哉」、「大矣哉」之類，是起寓也。原始發項，起寓發頭、尾，提引在中。〔註3〕

因此可知，三種發語分別運用在不同的段落，也說明作為單詞的發語，實際上具有起承轉合的功能。

1. 原始

根據《賦譜》所給予的範例可知，所謂原始當屬於「引起注意」、「提示正

文」的功能，因此在第一韻段結束之後，進行一次轉折或提示，並將全文正式引導至主題中。浩虛舟八篇律賦中共運用七次原始，除〈解議圍賦〉中並未使用原始之外，其他諸篇均有使用，其具體情形如下表所列：

表 4-1-1　原始使用一覽表

序號	篇　名	原始句	出現段落
1	〈王者父事天兄事日賦〉	當其萬邦作貢，四海為家。	項
2	〈行不由徑賦〉	想乎塵滿荊扉，草迷荒野。	項
3	〈陶母截髮賦〉	原夫蘭客方來，蕙心斯至。	項
4	〈盆池賦〉	原夫深淺隨心，方圓任器。	項
5	〈舒姑泉賦〉	原夫曠別幽室，暗悲韶年。	頭
6	〈射雉解顏賦〉	原夫他室是托，芳華正春。	項
7	〈木雞賦〉	初其教以自然，誘之不懼。	項

製表人：江道一

根據《賦譜》所說，所謂「原始」，是「原夫、若夫、觀夫、稽夫、伊昔、其始也之類」，因此可知並不僅限於所列舉之詞。浩虛舟八篇律賦中，多以「原夫」為其原始之詞，共計四篇；而「當其」、「想乎」、「初其」三者，雖非《賦譜》所列舉之詞，但究其目的則不外乎引導正文開始之目的。

「原始發項」，唯其中有一處例外，即〈舒姑泉賦〉其原始於頭段出現。若細究其出格於《賦譜》的原因，或為該賦頭段多達 72 字，遠多於《賦譜》對頭段 40 字之規範，因此於頭段三句對句，亦即 30 字之後即引導正文，如此除了能夠於頭段中分作兩個意義段，使文理更為通暢之外，也符合律賦「以韻分段」的要求。

　2. 提引

　　提引即是「提示下文」之意，其具有各段連接或轉折的功能，同時也能形成文意上層層遞進或回馬一槍的效果，是律賦創作時，士子吸引考官或讀者注意的重要創作工具。據《賦譜》所說「提引在中」，意即提引的使用位置當於項、胸、腹三段落中。《賦譜》對於提引詞則有羅列，而非如原始一般採示例的方式：「若洎夫、且夫、然後、然則、豈徒、借如、則曰、僉曰、矧夫、於是、已而、故是、是故、故得、是以、爾乃、乃知、是從、觀夫之類，是提引

也。觀其、稽其等也，或通用之。」浩虛舟八篇律賦，共計 40 個韻段，其中共有 46 處使用提引，茲以表格說明如下：

表 4-1-2　提引使用一覽表

序號	篇　名	提引句	出現段落
1	〈解議圍賦〉	既而謝婦側聆，翠帷潛至。	項
		然後以德而攻，當無向背。	上腹
		已而容勢相懸，抵摧莫前。	中腹
		觀夫忠甲不免，德藩何益。	下腹
		是以扞格斯闢，書文必同。	腰
		故得學海長清，言譁不起。	尾
2	〈王者父事天兄事日賦〉	所以化洽中原，祥臻上國。	胸
		且夫致敬唯精，傾心仰止。	中腹
		所以法前哲，規後嗣。	中腹
		又若卑己謙恭，端心愷悌。	下腹
		所謂扶枝葉，固根蒂。	下腹
		故得孝道日彰，休聲風靡。	尾
3	〈行不由徑賦〉	嘉夫礪志草茅，規行畎畝。	上腹
		至若草樹沈沈，幽芳阻尋。	中腹
		是以蕭索鄉閭，虛閒襟抱。	下腹
		且遵道如砥，持心若弦。	腰
		既而披蔓草之荒涼，見游人之邐迤。	尾
4	〈陶母截髮賦〉	於是搔首心亂，低眉恨生。	胸
		已而展轉增思，徘徊向隅。	中腹
		觀夫擢乃無遺，斂之斯積。	下腹
		及乎宴罷空館，閒成曉妝。	腰
5	〈盆池賦〉	觀夫影照高壁，光涵遠虛。	胸
		是則涯涘非遙，漪瀾酷似。	上腹
		想乎泥滓無染，泉源本清。	中腹
		及夫岸灧灧以初平，水汪汪而罷漲。	下腹
		至若煙靄沈沈，莓苔四侵。	腰
		遂使好勇之徒，暗起馮河之想；無厭之士，潛懷測海之心。	腰
		故得汲引無勞，泓澄斯積。	尾
6	〈舒姑泉賦〉	既而水府潛處，幽冥既分。	胸
		由是鱗甲與游，綺羅長阻。	上腹

		想夫 紈質已消，陰靈未謝。	下腹
		且靜 而清者水之宜，柔而順者女之為。	腰
		及夫 亂草豐茸，古墟荒毀。	尾
7	〈射雉解顏賦〉	爾乃 釋恨無方，從權有計。	胸
		已而 健馬蹄疾，中原草平。	上腹
		想袷 媞媞之未悅，聆鷕鷕之初鳴。	上腹
		由是 執轡情專，馳神望極。	中腹
		及夫 廣陌將暮，征途既還。	下腹
		向使 恨蓄兩心，功虧一箭。	腰
		終悄 兮而莫釋，寧其之可見。	腰
		是知 陋不足恥，藝誠可優。	尾
8	〈木雞賦〉	然則 飲啄必異，嬉游每殊。	胸
		已而 芥羽詎設，雕籠莫閉。	上腹
		是以 縱逸情絕，端良氣全。	中腹
		故能 進異激昂，處同虛寂。	下腹
		是則 語南國者未足與議，鬥東郊者無德而稱。	腰

製表人：江道一

3. 起寓

　　所謂起寓，指「所以、因此，而如何」的方式承接上文，並總起下文，通常下文包含道德訓誡，並且更具有「對話感」。所謂「起寓發頭、尾」即指起寓只會用於頭段和尾段，亦表明了起寓的功能別於原始和提引，更重要的是開啟或總結全文。起寓在浩虛舟的八篇律賦中所用不多，僅 2 處：

表 4-1-3　起寓使用一覽表

序號	篇　名	起寓句	出現段落
1	〈王者父事天兄事日賦〉	故王者 於天也，父事無怠；於日也，弟恭靡失。	頭
2	〈木雞賦〉	士有 特立自持，端然不倚。	尾

製表人：江道一

上述兩篇賦作，其中「故王者」、「士有」洽分別有「發端置詞」、「要會所歸總上義」之功能。其中「士有」為《賦譜》中所列示之起寓詞，而「故王者」，其義雖近於提引，但相較於《賦譜》所示例之提引僅為一連接詞，起寓則多具有主語，因此此處雖非《賦譜》之用法，亦當歸於發之起寓一類。

（二）漫

漫句指「不對和之句子」，在律賦重視對偶的文體中，漫句做為舒緩語氣的散句，能使過度僵硬的律賦在漫句中舒筋活骨。《賦譜》中說：

> 不對合，少則三四字，多則二三句。若「昔漢武」，「賢哉南容」，「我聖上之有國」，「甚哉言之出口也，電激風趨，過乎馳驅」，「守靜勝之深誠，冀一鳴而在此」，「歷歷游游，宜乎涼秋」，「誠哉性習之說，我將為教之先」等是也。漫之為體，或奇或俗。當時好句，施之尾可也，施之頭亦得也。項、腹不必用焉。〔註4〕

在字數和句數上可多可少，唯《賦譜》說「多則二三句」，亦即不可喧賓奪主，仍應注意律賦自身的創作法式，如是也使律賦和散體賦不致混淆。以下則根據《賦譜》，檢視浩虛舟八篇律賦的使用情形：

表4-1-4　漫句使用一覽表

序號	篇　名	漫　句	出現段落
1	〈解議圍賦〉	王子猷之延賓暇時，偶切磋於經史，遂交戰於言詞。 是使孤陋寡聞之徒，永願服膺而已	頭 尾
2	〈王者父事天兄事日賦〉	教天下之為人子。 教天下之為人弟。 由是海內無賊子奸臣，吾君如此。	中腹 下腹 尾
3	〈行不由徑賦〉	澹台滅明，幽棲武城。 苟非賢智之為心，孰能如是。	頭 尾
4	〈陶母截髮賦〉	昔三咸陶氏所以成大名，母賢如此。	尾
5	〈盆池賦〉	達士無羈，居閒創奇。 悠哉智者之為心，聊睹之而自適。	頭 尾
6	〈舒姑泉賦〉	至今閭里之人，空傳其名氏。	尾
7	〈射雉解顏賦〉	昔賈氏子，其容似鄙。 伊室家兮，中心莫喜。 然後知一笑之難得，豈止千金而是酬。	頭 頭 尾
8	〈木雞賦〉	惟昔有人，心至術精，得雞之情。 彼靜勝之深誠，冀一鳴而在此。	頭 尾

製表人：江道一

〔註4〕〔唐〕佚名撰，張伯偉校考：《賦譜》，張伯偉：《全唐五代詩格彙考》（南京：鳳凰出版社，2002年），頁561。

浩虛舟八篇律賦中，共運用了 16 句漫句，共 14 句落於頭尾，且均為頭段之首句與尾段之末句，具體表現了「破題」與「總結」的功能。唯其中〈王者父事天兄事日賦以「子弟誠賢國家靡失」為韻〉、〈陶母截髮賦以「賓至情極無惜傷毀」為韻〉、〈舒姑泉賦以「記云舒氏女化為泉」為韻〉等三篇，僅用漫句於尾段；而〈射雉解顏賦以「藝極神驚愁顏變喜」為韻〉則於頭段有兩句漫句。上述漫句的運用大抵不脫離《賦譜》「多則兩三句」、「施之尾可也，施之頭亦得」的規範。

　　然而〈王者父事天兄事日賦以「子弟誠賢國家靡失」為韻〉中，中腹和下腹卻分別出現兩句漫句，以《賦譜》之標準而言，是謂出格。然而若仔細審視該賦，可知中腹和下腹兩個韻段，實際上是分屬兩韻段的對句，試分析如下：

表 4-1-5　隔段對對照表

且夫 致敬唯精，傾心仰止◎。 誰嬰同席之亂，誰效攘羊之旨◎。 曾聞有闕，遠懷幾諫之心； 每懼曰明，寧有遠游之理◎。 所以 法前哲，規後嗣◎。 播洪猷，恢至美， 教天下之為人子◎ 者矣。	又若 卑己謙恭，端心愷悌◎。 同明無終鮮之嘆，可愛有既和之體◎。 桑榆未及，魯衛之道咸興； 葵藿皆傾，管蔡之讎不啟◎。 所謂 扶枝葉，固根蒂◎。 播仁風，匡大禮，◎ 教天下之為人弟◎ 者矣。

製表人：江道一

如是觀之，「所以法前哲，規後嗣。播洪猷，恢至美，教天下之為人子者矣。」、「所謂扶枝葉，固根蒂。播仁風，匡大禮，教天下之為人弟者矣。」等兩句，實難以歸類在《賦譜》中壯、緊、長、隔任何一類之中，卻符合《賦譜》所謂「或奇或俗」、「當時好句」、「項腹不必用焉」等條件，這種特殊例外的對句形式，當使「教天下之為人子」、「教天下之為人弟」仍應歸於漫句之中。

（三）送

　　「送」即是語尾助詞。《賦譜》中說：「送語，『者也』、『而已』、『哉』之類也。」〔註5〕誠如《賦譜》所說的「之類」，亦即送語並不限於例示，而舉凡具有收束該段功能之語助詞，等均如是。以下據浩虛舟八篇律賦，分析其送語：

〔註5〕〔唐〕佚名撰，張伯偉校考：《全唐五代詩格彙考》，頁 562。

表 4-1-6　送語使用一覽表

篇　名	送語句	出現段落
〈王者父事天兄事日賦〉	所以法前哲，規後嗣，播洪猷，恢至美教天下之為人子者矣。	中腹
	所謂扶枝葉，固根蔕，播仁風，匡大禮，教天下之為人弟者矣。	下腹

製表人：江道一

浩盧舟之八篇律賦中，僅兩處使用送語，且集中在〈王者父事天兄事日賦以「子弟誠賢國家靡失」為韻〉中，並出現在第六及第七韻段，而該兩段亦如上文所說，當為一特殊例外的對句，故兩處送語卻仍屬同一對句，使用頻率上相當稀少，難以分析其特色或何有殊勝之處。

二、壯、緊、長

「對句」即指「字數相同，意思相對的句子」。《文心雕龍・麗辭》中說：

張華詩稱：「遊雁比翼翔，歸鴻知接翮。」劉琨詩言：「宣尼悲獲麟，西狩泣孔丘。」若斯重出，即對句之駢枝也。……必使理圓事密，聯璧其章。迭用奇偶，節以雜佩，乃其貴耳。類此而思，理斯見也。〔註6〕

其中對句乃是律賦主要構成的句式，以下就浩盧舟八篇律賦中之壯句對、緊句對、長句對等三者進行討論與分析。

（一）壯

所謂壯句對，據《賦譜》所言：

三字句也。若「水流濕，火就燥」；「悅禮樂，敦《詩》《書》」；「萬國會，百工休」之類，綴發語之下為便，不要常用。〔註7〕

可知為三三言之對句，且適用於發語之下，切以量少為要。浩盧舟八篇律賦使用壯句對之情形如下表所示：

〔註6〕〔梁〕劉勰著；王更生注譯：《文心雕龍讀本》下篇，頁134。

〔註7〕〔唐〕佚名撰，張伯偉校考：《賦譜》，張伯偉：《全唐五代詩格彙考》（南京：鳳凰出版社，2002年），頁555。

表4-1-7　壯句對使用一覽表

篇　名	壯句對	出現段落
〈王者父事天兄事日賦〉	所以法前哲，規後嗣。播洪猷，恢至美，教天下之為人子。	中腹
	所謂扶枝葉，固根蒂。播仁風，匡大禮，教天下之為人弟。	下腹

製表人：江道一

誠如《賦譜》之要求「不要常用」，浩虛舟八篇律賦中，僅一篇使用壯句對，唯該篇壯句對使用頻率相當高，為四對，且兩兩相連使用，在文意上即語氣中多有強調之效果或作用。且該壯句對均起於發語之提引之後，合於《賦譜》之規範。

（二）緊

《賦譜》針對緊句對的說明與規範如下所言：

> 四字句也。若「方以類聚，物以群分」，「四海會同，六府孔修」，「銀車隆代，金鼎作國」之類，亦綴發語之下為便，至今所用也。〔註8〕

如上所述，緊句對即四四言之對句，且同壯句對一樣，適用於發語之下。至於其使用頻率，則沒有特別之要求。以下則根據浩虛舟八篇律賦62處緊句對，說明其緊句對使用之狀況與情形：

表4-1-8　緊句對使用一覽表

序號	篇　名	緊　句	出現段落
1	〈解議圍賦〉	既而謝婦側聆，翠帷潛至。	項
		是用自伐，期乎不爭。	胸
		然後以德而攻，當無向背。	上腹
		已而容勢相懸，抵摧莫前。	中腹
		觀夫忠甲不免，德藩何益。	下腹
		是以扞格斯闢，書文必同。	腰
		逆無不服，滯無不通。	腰
		故得學海長清，言讎不起。	尾
2	〈王者父事天兄事日賦〉	當其萬邦作貢，四海為家	項
		所以化洽中原，祥臻上國	胸

〔註8〕〔唐〕佚名撰，張伯偉校考：《賦譜》，張伯偉：《全唐五代詩格彙考》（南京：鳳凰出版社，2002年），頁556。

		愛敬無斁，恪恭盡虔	上腹
		且夫致敬唯精，傾心仰止	中腹
		又若卑己謙恭，端心惕悌	下腹
		故得孝道日彰，休聲風靡	尾
3	〈行不由徑賦〉	想乎塵滿荊扉，草迷荒野	項
		牢落幽居，交從日疏	胸
		嘉夫礪志草茅，規行畎畝	上腹
		至若草樹沈沈，幽芳阻尋	中腹
		是以蕭索鄉閭，虛閒襟抱	下腹
		且遵道如砥，持心若弦	腰
4	〈陶母截髮賦〉	原夫蘭客方來，蕙心斯至。	項
		於是搔首心亂，低眉恨生。	胸
		拂撮凝睇，抽簪注情。	胸
		喜乃有餘，慚無所極。	上腹
		已而展轉增思，徘徊向隅。	中腹
		觀夫擢乃無遺，斂之斯積。	下腹
		及乎宴罷空館，閒成曉妝。	腰
		纏換新髻，釵迷舊行。	腰
5	〈盆池賦〉	陷彼陶器，疏為曲池。	頭
		原夫深淺隨心，方圓任器。	項
		觀夫影照高壁，光涵遠虛。	胸
		是則涯涘非遙，漪瀾酷似。	上腹
		想乎泥滓無染，泉源本清。	中腹
		至若煙靄沈沈，莓苔四侵。	腰
		故得汲引無勞，泓澄斯積。	尾
6	〈舒姑泉賦〉	漂水之上，蓋山之前。	頭
		昔有處女，化為澄泉。	頭
		原夫曠別幽室，暗悲韶年	頭
		眷戀無心，淒涼故地	項
		俯視清流，托誠幽意	項
		既而水府潛處，幽冥既分	胸
		由是鱗甲與游，綺羅長阻	上腹
		淨色含虛，清輝皎如	中腹
		想夫紈質已消，陰靈未謝	下腹
		浮沫粉聚，懸流淚垂	腰
		及夫亂草豐茸，古墟荒毀	尾
7	〈射雉解顏賦〉	原夫他室是托，芳華正春。	項
		爾乃釋恨無方，從權有計。	胸
		已而健馬蹄疾，中原草平。	上腹
		由是執轡情專，馳神望極。	中腹
		星走白羽，綺張丹臆。	中腹

		及夫廣陌將暮，征途既還。 向使恨蓄兩心，功虧一箭。 是知陋不足恥，藝誠可優。	下腹 腰 尾
8	〈木雞賦〉	初其教以自然，誘之不懼。 然則飲啄必異，嬉游每殊。 已而芥羽詎設，雕籠莫閉。 是以縱逸情絕，端良氣全。 故能進異激昂，處同虛寂。 其喻斯在，其由可徵。 士有特立自持，端然不倚。	項 胸 上腹 中腹 下腹 腰 尾

製表人：江道一

上述共計 62 對長句對，其中有 16 對未在發語之後，約占 25%，《賦譜》說「亦綴發語之下為便」，可知長句對前不必接發語，唯若如此則最好。是故仍有75% 的長句對仍接於發語之後。

其中緊句對接緊句對的狀況共有 4 處：
〈解議圍賦〉：

> 是以扞格斯闢，書文必同。逆無不服，滯無不通。

〈陶母截髮賦〉：

> 及乎宴罷空館，閒成曉妝。纚換新鬌，釵迷舊行。

〈舒姑泉賦〉：

> 漂水之上，蓋山之前。昔有處女，化為澄泉。

〈射雉解顏賦〉：

> 由是執彎情專，馳神望極。星走白羽，綺張丹臆。

雖然第二對緊句對前並未接發語，然而其前一對緊句對均為該韻段之段首句，且除〈舒姑泉賦〉之外，第一對緊句對均接於發語之後。另外基於接於發語之後的原因，緊句對多起於該韻段之首，僅兩處非處於該韻段之段首，且均出現於〈陶母截髮賦〉中，分別為：

> 拂撮凝睇，抽簪注情。

> 象櫛重理，蘭膏舊濡。

上述兩句均接於長句之後。

綜合以上，或可知浩虛舟律賦的寫作中，緊句對主要用於韻段之開端，並結合發語使用，進行各篇律賦各個自然段的起頭；又職是之故，緊句對當可說是平均出現於各韻段之中。

（三）長

根據《賦譜》，長句對是指上二下三，或者上三下三的句型，其中卻不僅限於五言或六言，即至九言均有可能：

> 上二字下三字句也，其類又多上三字下三字。若「石以表其貞，變以彰其異」之類，是五也。「感上仁於孝道，合中瑞於祥經」，是六也。「因依而上下相遇，修分而貞剛失全」，是七也。「當白日而長空四朗，披青天而平雲中斷」，是八也。「笑我者謂量力而徒爾，見機者料成功之遠而」，是九也。六、七者堪常用，八次之，九次之。其者時有之得。但有似緊，體勢不堪成緊，則不得已而施之。必也不須綴緊，承發下可也。〔註9〕

然而若依《賦譜》所給的範例而言，不論幾言，其中均有虛字，諸如「以」、「於」、「而」等。又《賦譜》談到「但有似緊，體勢不堪成緊」、「必也不須綴緊，承發下可也」等關鍵，可知長句對當自緊句對所延伸而來，但「不得已而施之」，非必要之用。以下則據浩虛舟八篇律賦，分別討論：

表 4-1-9　長句對使用一覽表

序號	篇　名	長句對	出現段落
1	〈解議圍賦〉	偶切磋於經史，遂交戰於言詞。 出奇而彼力方壯，向敵而吾矛莫持。 察攻討之餘勢，知勝敗之有自。 因漁獵之近習，得籌謀之至精。 迎心石以奔北，望詞鋒而亂潰。 擊觸而剛腸已折，交侵而銳氣難全。 望風而堅勁不保，挫氣而秉持盡釋。 俄執訊於折角，將犒師於重席。 驗運輸而經笥不窮，察包裹而智囊猶積。 百家咸湊其軌轍，六籍各分其疆理。	頭 頭 項 胸 上腹 中腹 下腹 下腹 下腹 尾
2	〈王者父事天兄事日賦〉	仰元氣而晨昏靡隔，指陽精而伯仲非賒。 法寒暑觀從政之道，無薄蝕見相容之德。 窺一氣異歷山之泣，攀六龍為荀氏之賢。 誰嬰同席之亂，誰效攘羊之旨。 同明無終鮮之嘆，可愛有既和之體。 指圓蓋兮欽若，仰紅輪兮翼爾。	項 胸 上腹 中腹 下腹 尾

〔註9〕〔唐〕佚名撰，張伯偉校考：《賦譜》，張伯偉：《全唐五代詩格彙考》（南京：鳳凰出版社，2002年），頁556～557。

3	〈行不由徑賦〉	感樸直之風散，惡奸邪之徑生。	頭
		追游不慎其經歷，咫尺固難於出處。	項
		顧履危之若是，將苟且其焉如。	胸
		避幽隱以不到，視崎嶇而何有。	上腹
		絡野之茅陰自合，緣溪之苔色空深。	中腹
		優游多轍之窮巷，來往疏槐之古道。	下腹
		信無私以白首，將抱直以窮年。	腰
		披蔓草之荒涼，見游人之邐迤。	尾
		方檢身於邪正，寧系懷於遠邇。	尾
		當舉直以錯枉，冀風行而草靡。	尾
4	〈陶母截髮賦〉	斷鬢髮以將貿，庶珍饌而具陳。	頭
		顧巾橐而無取，俯杯盤而內愧。	項
		畏東閭之恩薄，歸北堂而計成。	胸
		解髮而鳳髻花折，發匣而金刀刃鳴。	胸
		窺在握而錯落，撫垂領而綢直。	上腹
		元鬢垂顱而散亂，青絲委簀而盤紆。	中腹
		傷翠鳳之全棄，駭盤龍之半無。	中腹
		凝光而粉黛難染，盈握而腥膻是易。	下腹
		將成特達之意，欲厚非常之客。	下腹
		重義者情莫違，厚慈者身可毀。	尾
		語其決同勉虞之一戰；思其仁逾訓孟之三徙。	尾
5	〈盆池賦〉	分玉甃之餘潤，寫蓮塘之遠思。	項
		潛窺而舊井無別，就飲而污樽不如。	胸
		沾濡才及於寸土，盈縮不過乎瓢水。	上腹
		蘭燈委照以珠動，紈扇搖風而浪起。	上腹
		盛之而細流不洩，鼓之而圓折長生。	中腹
		岸灩灩以初平，水汪汪而罷漲。	下腹
		韜雲分白璧之色，映竹寫圓荷之狀。	下腹
		方行潦而不濁，比坳堂而則深。	腰
		環纖草以彌澈，泛流萍而更碧。	尾
		沙洲連一畝之地，山翠接如拳之石。	尾
6	〈舒姑泉賦〉	瞻風而艷色如在，責實而寒流宛然。	頭
		顧容華之莫守，望世人而都捐。	頭
		念嬋娟之可惜，驚變化而殊異。	項
		陳觥斝而斯在，庶精魂之能記。	項
		凝情而激斂寒色，冶態而波生細文。	胸
		迷綠沼之回複，忘紅樓之處所。	上腹
		煙凝淚以香起，苔斓斑而錦舒。	中腹
		濯衣彩於花晝，洗鏡光於月夜。	下腹
		靜而清者水之宜，柔而順者女之為。	腰
		憶朱顏之婉娩，尋碧溜之迤邐。	腰
		雜泥沙之汨沒，蔽音容之妖靡。	尾

7	〈射雉解顏賦〉	將非匹以為念，懼無能而是恥。	頭
		謂妖容之可恃，顧陋質以難親。	項
		因如皋以肆望，逞若神之絕藝。	胸
		袷媞媞之未悅，聆驚驚之初鳴。	上腹
		花顏愒悅以徐駭，錦翼翩翩而忽驚。	上腹
		遲回而滿月將發，盼睞而橫波以清。	上腹
		陋容蹙縮以興憤，慢臉癖憔蹙改色。	中腹
		鳴弰勁挺以風響，澡翰毰毸而血殷。	下腹
		悄兮而莫釋，寧其之可見。	腰
		嘉五善之殊妙，解三年之積愁。	尾
8	〈木雞賦〉	情可馴而無小無大，術既盡而不飛不鳴。	頭
		希漸染而能化，將枯槁而是喻。	項
		竚棲心而自若，期顧敵而如無。	胸
		卓然之志全變，兀若之姿已致。	上腹
		臆離披而踵附，眸眩曜而節穿。	中腹
		驚被文而錦翼蔚矣，迷拏木而花冠爛然。	中腹
		郢工誤起乎心匠，邱氏徒驚乎目擊。	下腹
		馴致已忘乎力制，積習漸通乎性能。	腰
		語南國者未足與議，鬥東郊者無德而稱。	腰
		塊其形而與木無二，灰其心而顧雞若是。	尾

製表人：江道一

　　浩虛舟八篇律賦中，共計 78 個長對句，其中五言者 1 對，六言者 42 對，七言者 26 對，八言者 8 對，九言者 1 對。《賦譜》明言：「六、七者堪常用，八次之，九次之。」浩虛舟之律賦亦跟尋這樣的準則，以六言為最多，七言次之，五言、八言與九言居末。

　　《賦譜》中之例示，似已規範了長句對的構成方式，然而在「之」、「以」、「而」之外，仍應有增字或其他的虛詞選擇：

〈解議圍賦〉：

　　　　百家咸湊其軌轍，六籍各分其疆理。

〈王者父事天兄事日賦〉：

　　　　指圓蓋兮欽若，仰紅輪兮翼爾。

〈解議圍賦〉之長句對以「咸」、「各」作為增字，並使文意更為完整；而〈王者父事天兄事日賦〉則以「兮」為虛詞，進行句型之變化與延伸。

　　然而長句對為緊句對添加虛字之延伸，浩虛舟律賦中卻有兩處長句對中並無虛字，羅列如下：

〈陶母結髮賦〉：

重義者情莫違，厚慈者身可毀。

〈木雞賦〉：

語南國者未足與議，鬥東郊者無德而稱。

上述兩組長句對當可解作「重義者之情莫違，厚慈者之身可毀」，以及「語南國者而未足與議，鬥東郊者而無德而稱」，可知浩虛舟偶有刪減虛字之傾向，在加上刪減之虛字後，亦不難看出《賦譜》所謂「但有似緊」的痕跡。

三、隔

隔句對在律賦中最為重要，因此雖同為對句，故將之另為一小節，獨立於壯、緊、長等對句之外，特別討論之。《賦譜》中分隔句對為六：

隔句對者，其辭云：隔體有六：輕、重、疏、密、平、雜。……此六隔，皆為文之要，堪常用，但務量澹耳。就中輕、重為最。雜次之，疏、密次之，平為下。〔註10〕

是故可知，隔句對分為六種，其中這六種，又以輕隔和重隔最為重要，雜隔為其次，疏隔和密隔又再次之，平隔則應為最少使用者。以下則根據該六種隔句對，分別討論浩虛舟律賦中的使用情形。

（一）輕隔

所謂輕隔，即是上四下六的對句形式。

輕隔者，如上有四字，下六字。若「器將道志，五色發以成文；化盡歡心，百獸舞而葉曲」之類也。〔註11〕

浩虛舟律賦中，使用輕隔對的情形如下表所示：

表4-1-10 輕隔對使用一覽表

序號	篇 名	輕隔句	出現段落
1	〈解議圍賦〉	情甲遂闢，縱堂上之奇兵； 靈府忽開，出身中之利器。 去不可逃，顧咽喉之絕矣； 敗無相救，覺唇齒之茫然。	項 中腹

〔註10〕〔唐〕佚名撰，張伯偉校考：《賦譜》，張伯偉：《全唐五代詩格彙考》（南京：鳳凰出版社，2002年），頁557～560。

〔註11〕〔唐〕佚名撰，張伯偉校考：《賦譜》，張伯偉：《全唐五代詩格彙考》（南京：鳳凰出版社，2002年），頁557～558。

2	〈王者父事天兄事日賦〉	二儀覆載，德之廣者唯天； 三光照臨，明之大者唯日。	頭
		布和施令，將成不宰之功； 明目達聰，欲亞無私之質。	頭
		草色難窮，屢軫南陔之戀； 棠陰易匿，常思棣萼之華。	項
		登封泰嶽，猶疑陟岵之時； 展禮東郊，似望在原之力。	胸
		覆燾成功，且異靡瞻之義； 古今垂象，難窮以長之年。	上腹
		曾聞有闕，遠懷幾諫之心； 每懼曰明，寧有遠游之理。	中腹
		桑榆未及，魯衛之道咸興； 葵藿皆傾，管蔡之讎不啟。	下腹
		九服洽和，若嗣高於廣大； 萬機洞照，契承照於貞明。	腰
3	〈行不由徑賦〉	苟正其身，寧偏僻而是履； 不以其道，故斯須而不行。	頭
		鍾山石上，杖藜之意殊乖； 蔣氏庭中，攜手之期頓阻。	項
		蕪城獨賞，寧游舊井之間； 山館時歸，肯逐樵人之後。	上腹
		花間絕跡，念蹊樹之徒芳； 原上無人，惜皋蘭之暗老。	下腹
4	〈陶母截髮賦〉	啜菽飲水，念雞黍而何求； 舍己從人，雖髮膚而可棄。	項
		鋒鍔不礙，翻似雪之孤光； 倭墮徐分，散如雲之翠色。	上腹
5	〈盆池賦〉	小有可觀，本自挈瓶之注； 滿而不溢，寧逾鑿地之規。	頭
		雲鳥低臨，誤鏡鸞之縹緲； 庭槐俯映，迷月桂之扶疏。	胸
		光翻曉日，誰謂覆而不臨； 底露青天，孰假戴之而望。	下腹
		好勇之徒，暗起馮河之想； 無厭之士，潛懷測海之心。	腰
6	〈舒姑泉賦〉	素鱗楨尾，渾非舊日之容； 急管繁弦，徒盡生平之志。	項
		源通湘渚，寫幽恨於靈妃； 流達漢皋，導春心於游女。	上腹
		浦水光搖，似動橫波之末； 岸莎風靡，如存鬢髮之餘。	中腹

		泠泠不濁，殊畫地以俄成； 潝潝無窮，類拜井而潛化。	下腹
7	〈射雉解顏賦〉	自西自東，每棲棲而反目； 不言不笑，常脈脈以凝神。	項
		執弓挾矢，期應手以無遺； 果志愜心，冀回眸之一睇。	胸
		彩光迸落，初莞爾以難持； 飛鏃洞穿，遂嫣然而不息。	中腹
8	〈木雞賦〉	質殊樸斵，用明不競之由； 狀匪雕鎪，蓋取無情之故。	項
		首圓脛直，輪桷之狀俱呈； 觜利距跡，枳枸之鋩並利。	上腹
		澹然無撓，子綦之質方儔； 確爾不回，周勃之強未敵。	下腹

製表人：江道一

浩虛舟八篇律賦中，一共使用了 30 處的輕隔對，並且八篇律賦中均有使用輕隔對；該 30 處輕隔對均使用了上四下六的句式，合乎《賦譜》之規範。

（二）重隔

根據《賦譜》所言，重隔對當如是：

> 重隔，上六下四。如「化輕裾於五色，猶認羅衣；變繂手於一拳，以迷紈質」之類是也。〔註12〕

可知，上六下四即為重隔對的定義。浩虛舟八篇律賦中，其使用重隔對詳如下表：

表 4-1-11　重隔對使用一覽表

序號	篇　名	重隔句	出現段落
1	〈行不由徑賦〉	訪野徑以閒游，恐穿松竹； 出衡門而獨步，不繞園廬。	胸
		顏生負郭之田，有時窺矣； 謝氏登山之屐，無所用焉。	腰
2	〈陶母截髮賦〉	欲明理內之心，不求盡飾； 庶使趨庭之子，得以親仁。	頭
		誠伐木之可親，疏而是愧； 苟如珪之足慕，斷亦何傷。	腰

〔註12〕〔唐〕佚名撰，張伯偉校考：《賦譜》，張伯偉：《全唐五代詩格彙考》（南京：鳳凰出版社，2002 年），頁 558。

3	〈舒姑泉賦〉	儇弱質以徐來，顏猶灼灼； 委貞姿而色動，聲已涓涓。 泛浮影於中流，遙疑嬝嬝； 逗鳴湍於別派，遠若云云。	頭 胸
4	〈射雉解顏賦〉	盻么麼之凡姿，於焉改貌； 散低回之鬱志，由是開顏。	下腹
5	〈木雞賦〉	對勁敵以自持，堅如挺植； 登廣場而莫顧，混若削成。	頭

製表人：江道一

浩盧舟八篇律腹中，一共使用了 8 處的重隔對，八篇中唯〈解議圍賦〉、〈王者父事天兄事日賦〉、〈盆池賦〉等三篇，未使用重隔對，其他五篇則均有使用之。且均為上六下四之句式，符合《賦譜》所謂重隔對之要求。

（三）疏隔

所謂疏隔對，依《賦譜》所言，即是上三字，下則不限字數的隔句對形式。

> 疏隔，上三，下不限多少。若「酒之先，必資於麴糵；室之用，終在乎戶牖」。「倏而來，異綠蚖之宛轉；忽而往，同飛燕之輕盈」，「俯而察，煥乎呈科斗之文；靜而觀，炯爾見雕蟲之藝」等是也。〔註13〕

浩盧舟八篇律賦中，僅 1 處使用疏隔對：

表 4-1-12　疏格對使用一覽表

篇　名	疏隔句	出現段落
〈王者父事天兄事日賦〉	於天也，父事無怠； 於日也，弟恭靡失。	頭

製表人：江道一

浩盧舟之使用之疏隔對，為上三下四的句式，和《賦譜》之例示為上三下五以上的句式，較之更為簡短。

（四）密隔

《賦譜》中對密隔有如是說明：

> 密隔，上五以上，下六以上字。若「徵老聃之說，柔弱勝於剛強。

〔註13〕〔唐〕佚名撰，張伯偉校考：《賦譜》，張伯偉：《全唐五代詩格彙考》（南京：鳳凰出版社，2002 年），頁 558。

驗夫子之文，積善由乎馴致」，「詠〈團扇〉之見託，班姬恨起於長
門。履堅冰以是階，袁安嘆驚於陋巷」等是也。〔註14〕

亦即上五言以上，下六言以上，即是密隔，且根據《賦譜》之例示，所謂以上，
同時也包含該字數。浩虛舟八篇律賦中，僅1處使用密隔對：

表 4-1-13　密隔對使用一覽表

篇　名	密隔句	出現段落
〈盆池賦〉	蛙穿而別派潛通，想漏卮之難滿； 雨落而古痕全沒，知小器之易盈。	中腹

製表人：江道一

如上可知，〈盆池賦〉使用之密隔對，為上七下六之句式，合乎《賦譜》中對
密隔對的要求。

（五）平隔

所謂平隔對，若依照《賦譜》之說明，則應為上下均為四言或五言者：

> 平隔者，上下或四或五字等。若「小山桂樹，權奇可比。丘林桃花，
> 顏色相似」，「進寸而退尺，常一以貫之。日往而月來，則就其深矣」
> 等是也。〔註15〕

浩虛舟的八篇律賦中，並無使用平隔對之句式，因此無從討論其特色與使用上
和《賦譜》之出入。

（六）雜隔

雜隔較之其他隔句對而言相對複雜一些，《賦譜》有說明如下：

> 雜隔者，或上四，下五、七、八；或下四，上亦五、七、八字。若
> 「悔不可追，空勞於駟馬。行而無跡，豈繫於九衢」，「孤煙不散，
> 若襲香爐峰之前。圓月斜臨，似對鏡盧山之上」，「得用而行，將陳
> 力於休明之世。自強不息，必苦節於少壯之年」，「及素秋之節，信
> 謂逢時。當明德之年，何憂淹望」，「采大漢強幹之宜，裂地以爵。
> 法有周維城之制，分土而王」，「虛矯者懷不材之疑，安能自持。賈

〔註14〕〔唐〕佚名撰，張伯偉校考：《賦譜》，張伯偉：《全唐五代詩格彙考》（南京：
　　　　鳳凰出版社，2002年），頁559。
〔註15〕〔唐〕佚名撰，張伯偉校考：《賦譜》，張伯偉：《全唐五代詩格彙考》（南京：
　　　　鳳凰出版社，2002年），頁559。

勇者有攻堅之懼，豈敢爭先」等是也。〔註16〕

亦即上句或下句為四言，相對下句或上句則為五言、七言、八言之隔句對形態。考察浩虛舟之八篇律賦，使用雜隔對之情形如下：

表 4-1-14 雜隔對使用一覽表

序號	篇名	雜隔句	出現段落
1	〈解議圍賦〉	縱吟嘯為鼓鼙之雄，倍增其勇； 察顏色為風雲之候，暗識其情。	胸
		一來一往，環回於文苑之間； 或否或臧，蹂躪於儒林之內。	上腹
		義櫓罷持，倒載於德車之上； 仁實悉獲，橫行於王道之中。	腰
2	〈王者父事天兄事日賦〉	範人倫者，莫先於元首； 遵孝理者，在致乎精誠。	腰
3	〈行不由徑賦〉	以邀以游，見徇公滅私之志； 一動一息，有去邪崇正之心。	中腹
		楊朱悲道喪，事亦如斯； 阮籍哭途窮，意殊若此。	尾
4	〈陶母截髮賦〉	陶家客至兮，方此居貧； 母氏心恥兮，思無饌賓。	頭
		賓筵既備，空思一飯以無慚； 匣鏡重窺，豈念同心而可惜。	下腹
5	〈盆池賦〉	空庭欲曙，通宵之瑞露盈盤； 幽徑無風，一片之春冰在地。	項
		沈蛛絲為羨魚之網，深抵百尋； 浮芥葉為解纜之舟，遠同千里。	上腹
6	〈射雉解顏賦〉	自初笄之歲，終日低眉； 因獲雉之辰，有時見齒。	頭
7	〈木雞賦〉	虛憍者懷不才之虞，安能自恃； 賈勇者有攻堅之懼，莫敢爭先。	中腹
		日就月將，功盡而稍同顛柟； 不震不悚，性成而漸若朽株	胸

製表人：江道一

如上所示，浩虛舟八篇律賦中一共有 13 處雜隔對，除〈舒姑泉賦以「記云舒氏女化為泉」為韻〉之外，均有使用雜隔對；其中上四下五者 1 處，上四下七者 6

〔註16〕〔唐〕佚名撰，張伯偉校考：《賦譜》，張伯偉：《全唐五代詩格彙考》（南京：鳳凰出版社，2002 年），頁 559。

處，下四上五者3處，下四上八者3處，使用上均合乎《賦譜》之對雜隔對之句式要求。

（七）其他

據余丙照《增註賦學入門》中說：「賦貴琢句，律賦句法不一，唐人律賦，不必段段盡用四六句，亦有全不用者。」〔註17〕如是觀之，《賦譜》所說隔句對之句式，僅是一通用的範本，然而實際創作上，仍有一定的彈性和空間，因此本文仍將浩虛舟「其他隔對」類型之句式，另外於本小節進行討論。

表4-1-15　其他隔句對使用一覽表

序號	篇　名	其他對句	出現段落
1	〈王者父事天兄事日賦〉	必有尊也，天其父； 必有先也，日其兄。	腰
2	〈射雉解顏賦〉	委絲蘿之弱性，沒齒而難忘； 慘桃李之穠華，終天而不變。	腰

製表人：江道一

浩虛舟八篇律賦中一共有2處為是《賦譜》六種隔句對之外的隔對形式，以下分別說明之：

〈王者父事天兄事日賦以「子弟誠賢國家靡失」為韻〉：

　　　必有尊也，天其父；必有先也，日其兄。

該句為上四下三之句式，或可還原為「天其父必有尊也，日其兄必有先也」之長句對；而倒裝之後則使句式更富有變化。

〈射雉解顏賦以「藝極神驚愁顏變喜」為韻〉：

　　　委絲蘿之弱性，沒齒而難忘；慘桃李之穠華，終天而不變。

該句若將虛詞「之」、「而」省略，則為「委絲蘿弱性，沒齒難忘；慘桃李穠華，終天不變」，亦無礙於文意，可知為雜隔對之變化句式，而該變化則是基於文義更加通暢完整之需求而增加的。

第二節　句式之組合形態

　　上節已大致將浩虛舟八篇律賦中各句，依《賦譜》進行分類，本節則根據

〔註17〕余丙照：《增註賦學入門》（臺北：廣文書局，1979年），頁42。

上一節之分類結果，分析浩虛舟之八篇律賦，是否符合《賦譜》之標準句式，並進行說明。《賦譜》中說：

> 其頭初緊、次長、次隔，即項原始、緊。若〈大道不器〉云：「道自心得，器因物成。將守死以為善，豈隨時而易名。率性而行，舉莫知其小大。以學而致，受無見於滿盈。稽夫廣狹異宜，施張殊類」之類是也。次長、次隔。即胸，發、緊、長、隔至腰。如此，或有一兩個以壯代緊。若居緊上及兩長連續者，仇也。夫體相變互，相暈澹，是為清才。即尾起寓，若長、次隔、終漫一兩句。若〈蘇武不拜〉云：「使乎使乎，信安危之所重」之類是也。得全經為佳。〔註18〕

如是觀之，《賦譜》認為各段當有應具備之句式組合，依其說明，一篇標準的律賦，其五段中句式之構成，應當如下所示：

表4-2-1　《賦譜》建議各段句式組合表

段　落	建議句式	備　註
頭	緊、長、隔	
項	原始、緊、長、隔	
胸	發、緊、長、隔	一兩個以壯代緊
腰		
尾	起寓、長、隔、漫	

以下則根據《賦譜》所訂立之原則，考察浩虛舟八篇律賦是否符合各段句式之使用規範，其中各段之句式是否符合《賦譜》，則大致如下表所列：

表4-2-2　浩虛舟八篇律賦各段句式檢查表

篇　目	頭	項	胸	上腹	中腹	下腹	腰	尾
〈解議圍賦〉	×	○	○	○	○	×	×	×
〈王者父事天兄事日賦〉	×	○	○	○	×	×	×	×
〈行不由徑賦〉	×	○	○	○	○	○	○	×
〈陶母截髮賦〉	×	○	×	○	×	○	×	×
〈盆池賦〉	×	○	○	×	○	×	○	×

<hr>

〔註18〕〔唐〕佚名撰，張伯偉校考：《賦譜》，張伯偉：《全唐五代詩格彙考》（南京：鳳凰出版社，2002年），頁563～564。

〈舒姑泉賦〉	×	×	○	○	○	○	×	×
〈射稚解顏賦〉	×	○	○	×	○	×	×	×
〈木雞賦〉	×	○	○	○	×	×	×	×

合計八篇六十四段，其中「○」記號者為符合《賦譜》之句式，共計30處；「×」記號者為不符合《賦譜》之句式，共計34處。

一、符合《賦譜》之句式組合

　　以下根據浩虛舟之八篇律賦，討論各篇中符合《賦譜》「發緊長隔」或「緊長隔」要求之段落，共計如下30段：

　　（一）〈解議圍賦以「詞理精通釋然自潰」為韻〉

段落	內　　容
項	既而【提引】謝婦側聆，翠帷潛至。【緊】察攻討之餘勢，知勝敗之有自。【長】情甲遂鬮，縱堂上之奇兵；靈府忽開，出身中之利器。【輕隔】
	發、緊、長、隔
胸	是用自伐，期乎不爭。【緊】因漁獵之近習，得籌謀之至精。【長】縱吟嘯為鼓鼙之雄，倍增其勇；察顏色為風雲之候，暗識其情。【重隔】
	緊、長、隔
上腹	然後【提引】以德而攻，當無向背。【緊】迎心石以奔北，望詞鋒而亂潰。【長】一來一往，環回於文苑之間；或否或臧，蹂躪於儒林之內。【輕隔】
	發、緊、長、隔
中腹	已而【提引】容勢相懸，抵摧莫前。【緊】擊觸而剛腸已折，交侵而銳氣難全。【長】去不可逃，顧咽喉之絕矣；敗無相救，覺脣齒之茫然。【隔】
	發、緊、長、隔

據上表可知，〈解議圍賦以「詞理精通釋然自潰」為韻〉項、上腹、中腹等段之句式為「發、緊、長、隔」，而胸段為「緊、長、隔」。

　　（二）〈王者父事天兄事日賦以「子弟誠賢國家靡失」為韻〉

段落	內　　容
項	當其【原始】萬邦作貢，四海為家。【緊】仰元氣而晨昏靡隔，指陽精而伯仲非賒。【長】草色難窮，屢軫南陔之戀；棠陰易匿，常思棣萼之華。【輕隔】
	發、緊、長、隔
胸	所以【提引】化洽中原，祥臻上國。【緊】法寒暑觀從政之道，無薄蝕見相容之德。【長】登封泰嶽，猶疑陟岵之時；展禮東郊，似望在原之力。【輕隔】
	發、緊、長、隔

上腹	愛敬無斁，恪恭盡虔。【緊】窺一氣異歷山之泣，攀六龍為荀氏之賢。【長】覆燾成功，且異靡瞻之義；古今垂象，難窮以長之年。【輕隔】
	緊、長、隔

據上表可知，〈王者父事天兄事日賦以「子弟誠賢國家靡失」為韻〉項、胸等段為「發、緊、長、隔」，而上腹段為「緊、長、隔」。

（三）〈行不由徑賦以「處心行道有如此焉」為韻〉

段落	內　　容
項	想乎【原始】塵滿荊扉，草迷荒野。【緊】追游不慎其經歷，咫尺固難於出處。【長】鍾山石上，杖藜之意殊乖；蔣氏庭中，攜手之期頓阻。【輕隔】
	發、緊、長、隔
胸	牢落幽居，交從日疏。【緊】顧履危之若是，將苟且其焉如。【長】訪野徑以閒游，恐穿松竹；出衡門而獨步，不繞園廬。【重隔】
	緊、長、隔
上腹	嘉夫【提引】礪志草茅，規行畎畝。【緊】避幽隱以不到，視崎嶇而何有。【長】蕪城獨賞，寧游舊井之間；山館時歸，肯逐樵人之後。【輕隔】
	發、緊、長、隔
中腹	至若【提引】草樹沈沈，幽芳阻尋。【緊】絡野之茅陰自合，緣溪之苔色空深。【長】以遨以游，見徇公滅私之志；一動一息，有去邪崇正之心。【輕隔】
	發、緊、長、隔
下腹	是以【提引】蕭索鄉閭，虛閒襟抱。【緊】優游多轍之窮巷，來往疏槐之古道。【長】花間絕跡，念蹊樹之徒芳；原上無人，惜皋蘭之暗老。【輕隔】
	發、緊、長、隔
腰	且【提引】遵道如砥，持心若弦。【緊】信無私以白首，將抱直以窮年。【長】顏生負郭之田，有時窺矣；謝氏登山之屐，無所用焉。【重隔】
	發、緊、長、隔

據上表可知，〈行不由徑賦以「處心行道有如此焉」為韻〉項、上腹、中腹、下腹、腰等段為「發、緊、長、隔」，而胸段為「緊、長、隔」。

（四）〈陶母截髮賦以「賓至情極無惜傷毀」為韻〉

段落	內　　容
項	原夫【原始】蘭客方來，蕙心斯至。【緊】顧巾橐而無取，俯杯盤而內愧。【長】啜菽飲水，念難黍而何求；舍己從人，雖發膚而可棄。【輕隔】
	發、緊、長、隔

上腹	喜乃有餘，慚無所極。【緊】窺在握而錯落，撫垂領而綱直。【長】鋒鋩不礙，翻似雪之孤光；倭墮徐分，散如雲之翠色。【輕隔】
	緊、長、隔

據上表可知，〈陶母截髮賦以「賓至情極無惜傷毀」為韻〉項段之句式為「發、緊、長、隔」，而上腹段為「緊、長、隔」。

（五）〈**盆池賦**以「積水盈器如望深池」為韻〉

段落	內　　容
項	原夫【原始】深淺隨心，方圓任器。【緊】分玉甃之餘潤，寫蓮塘之遠思。【長】空庭欲曙，通宵之瑞露盈盤；幽徑無風，一片之春冰在地。【輕隔】
	發、緊、長、隔
胸	觀夫【提引】影照高壁，光涵遠虛。【緊】潛窺而舊井無別，就飲而污樽不如。【長】雲鳥低臨，誤鏡鸞之縹緲；庭槐俯映，迷月桂之扶疏。【輕隔】
	發、緊、長、隔
中腹	想乎【提引】泥滓無染，泉源本清。【緊】盛之而細流不洩，鼓之而圓折長生。【長】蛙穿而別派潛通，想漏卮之難滿；雨落而古痕全沒，知小器之易盈。【密隔】
	發、緊、長、隔
腰	至若【提引】煙靄沈沈，莓苔四侵。【緊】方行潦而不濁，比坳堂而則深。【長】遂使【提引】好勇之徒，暗起馮河之想；無厭之士，潛懷測海之心。【輕隔】
	發、緊、長、隔

據上表可知，〈盆池賦以「積水盈器如望深池」為韻〉項、胸、中腹、腰段之句式為「發、緊、長、隔」，本篇無「緊、長、隔」之句式段落。

（六）〈**舒姑泉賦**以「記云舒氏女化為泉」為韻〉

段落	內　　容
胸	既而【提引】水府潛處，幽冥既分。【緊】凝情而激斂寒色，冶態而波生細文。【長】泛浮影於中流，遙疑嫋嫋；逗鳴湍於別派，遠若云云。【重隔】
	發、緊、長、隔
上腹	由是【提引】鱗甲與游，綺羅長阻。【緊】迷綠沼之回複，忘紅樓之處所。【長】源通湘渚，寫幽恨於靈妃；流達漢皋，導春心於游女。【輕隔】
	發、緊、長、隔
中腹	淨色含虛，清輝皎如。【緊】煙凝淚以香起，苔斕斑而錦舒。【長】浦水光搖，似動橫波之末；岸莎風靡，如存鬢髮之餘。【輕隔】
	緊、長、隔

下腹	想夫【提引】紈質已消，陰靈未謝。【緊】濯衣彩於花晝，洗鏡光於月夜。【長】泠泠不濁，殊畫地以俄成；濔濔無窮，類拜井而潛化。【輕隔】
	發、緊、長、隔

據上表可知，〈舒姑泉賦以「記云舒氏女化為泉」為韻〉胸、上腹、下腹段之句式為「發、緊、長、隔」，而中腹段為「緊、長、隔」。

（七）〈射雉解顏賦以「藝極神驚愁顏變喜」為韻〉

段落	內　　容
項	原夫【原始】他室是托，芳華正春。【緊】謂妖容之可恃，顧陋質以難親。【長】自西自東，每棲棲而反目；不言不笑，常脈脈以凝神。【輕隔】
	發、緊、長、隔
胸	爾乃【提引】釋恨無方，從權有計。【緊】因如皋以肆望，逞若神之絕藝。【長】執弓挾矢，期應手以無遺；果志愜心，冀回眸之一睇。【輕隔】
	發、緊、長、隔
下腹	及夫【提引】廣陌將暮，征途既還。【緊】鳴弰勁挺以風響，澡翰髬髵而血殷。【長】盼么麼之凡姿，於焉改貌；散低回之鬱志，由是開顏。【重隔】
	發、緊、長、隔

據上表可知，〈射雉解顏賦以「藝極神驚愁顏變喜」為韻〉項、胸、下腹段之句式為「發、緊、長、隔」，本篇無「緊、長、隔」之句式。

（八）〈木雞賦以「至此無敵故能先鳴」為韻〉

段落	內　　容
項	初其【原始】教以自然，誘之不懼。【緊】希漸染而能化，將枯槁而是喻。【長】質殊樸斵，用明不競之由；狀匪雕鎪，蓋取無情之故。【輕隔】
	發、緊、長、隔
胸	然則【提引】飲啄必異，嬉游每殊。【緊】竚棲心而自若，期顧敵而如無。【長】日就月將，功盡而稍同顛梐；不震不悚，性成而漸若朽株。【輕隔】
	發、緊、長、隔
上腹	已而【提引】芥羽詎設，雕籠莫閉。【緊】卓然之志全變，兀若之姿已致。【長】首圓脛直，輪桷之狀俱呈；觜利距跡，枳枸之鋩並利。【輕隔】
	發、緊、長、隔
下腹	故能【提引】進異激昂，處同虛寂。【緊】郢工誤起乎心匠，邠氏徒驚乎目擊。【長】澹然無撓，子綦之質方儔；確爾不回，周勃之強未敵。【輕隔】
	發、緊、長、隔

據上表可知，〈木雞賦以「致此無敵故能先鳴」為韻〉項、胸、上腹、下腹段之句式
為「發、緊、長、隔」，本篇無「緊、長、隔」之句式。

二、不符合《賦譜》之句式組合

以下根據浩虛舟之八篇律賦，討論各篇中不符合《賦譜》要求之段落，共
計如下 34 段：

（一）〈解議圍賦以「詞理精通釋然自潰」為韻〉

段落	內　　容
頭	王子猷之延賓暇時，【漫】偶切磋於經史，遂交戰於言詞。【長】出奇而彼力方壯，向敵而吾矛莫持。【長】阻辯口而不通，去來都絕；閉赤城之深固，中外生疑。【重隔】
	漫、長、長、隔
下腹	觀夫【提引】忠甲不免，德藩何益。【緊】望風而堅勁不保，挫氣而秉持盡釋。【長】俄執訊於折角，將犒師於重席。【長】驗運輸而經笥不窮，察包裹而智囊猶積。【長】
	發、緊、長、長、長
腰	是以【提引】扞格斯闢，書文必同。【緊】逆無不服，滯無不通。【緊】義櫓罷持，倒載於德車之上；仁寶悉獲，橫行於王道之中。【輕隔】
	發、緊、緊、隔
尾	故得【提引】學海長清，言讎不起。【緊】百家咸湊其軌轍，六籍各分其疆理。【長】是使孤陋寡聞之徒，永願服膺而已。【漫】
	發、緊、長、漫

據上表可知，〈解議圍賦以「詞理精通釋然自潰」為韻〉頭段之句式為「漫、長、長、
隔」，而下腹段之句式為「發、緊、長、長、長」，腰段為「發、緊、緊、隔」，
尾段則為「發、緊、長、漫」。

（二）〈王者父事天兄事日賦以「子弟誠賢國家靡失」為韻〉

段落	內　　容
頭	二儀覆載，德之廣者唯天；三光照臨，明之大者唯日。【輕隔】故王者【起寓】於天也，父事無怠；於日也，弟恭靡失。【疏隔】布和施令，將成不宰之功；明目達聰，欲亞無私之質。【輕隔】
	隔、發、隔、隔
中腹	且夫【提引】致敬唯精，傾心仰止。【緊】誰嬰同席之亂，誰效攘羊之旨。【長】曾聞有闕，遠懷幾諫之心；每懼曰明，寧有遠游之理。【輕隔】

	所以【提引】法前哲，規後嗣。【壯】播洪猷，恢至美，【壯】教天下之為人子【漫】者矣。【送】
	發、緊、長、隔、發、壯、壯、漫、送
下腹	又若【提引】卑己謙恭，端心愷悌。【緊】同明無終鮮之嘆，可愛有既和之體。【長】桑榆未及，魯衛之道咸興；葵藿皆傾，管蔡之釁不啟。【輕隔】所謂【提引】扶枝葉，固根蒂。【壯】播仁風，匡大禮，【壯】教天下之為人弟【漫】者矣。【送】
	發、緊、長、隔、發、壯、壯、漫、送
腰	範人倫者，莫先於元首；遵孝理者，在致乎精誠。【輕隔】必有尊也，天其父；必有先也，日其兄。【其他隔對】九服洽和，若嗣高於廣大；萬機洞照，契承照於貞明。【輕隔】
	隔、隔、隔
尾	故得【提引】孝道日彰，休聲風靡。【緊】指圓蓋兮欽若，仰紅輪兮翼爾。【長】由是海內無賊子奸臣，吾君如此。【漫】
	發、緊、長、漫

據上表可知，〈王者父事天兄事日賦以「子弟誠賢國家靡失」為韻〉頭段之句式為「隔、發、隔、隔」，中腹、下腹段則為「發、緊、長、隔、發、壯、壯、漫、送」，而腰段之句式為「隔、隔、隔」，尾段則為「發、緊、長、漫」。

（三）〈行不由徑賦以「處心行道有如此焉」為韻〉

段落	內　　容
頭	澹台滅明，幽棲武城。【漫】感樸直之風散，惡奸邪之徑生。【長】苟正其身，寧偏僻而是履；不以其道，故斯須而不行。【輕隔】
	漫、長、隔
尾	既而【提引】披蔓草之荒涼，見游人之邐迤。【長】方檢身於邪正，寧系懷於遠邇。【長】楊朱悲道喪，事亦如斯；阮籍哭途窮，意殊若此。【重隔】當舉直以錯枉，冀風行而草靡。【長】苟非賢智之為心，孰能如是。【漫】
	發、長、長、隔、漫

據上表可知，〈行不由徑賦以「處心行道有如此焉」為韻〉頭段之句式為「漫、長、隔」，而尾段之句式為「發、長、長、隔、漫」。

（四）〈陶母截髮賦以「賓至情極無惜傷毀」為韻〉

段落	內　　容
頭	陶家客至兮，方此居貧；母氏心恥兮，思無饌賓。【重隔】斷鬒髮以將貿，庶珍饈而具陳。【長】欲明理內之心，不求盡飾；庶使趨庭之子，得以親仁。【重隔】
	隔、長、隔

胸	於是【提引】搔首心亂，低眉恨生。【緊】畏東閣之恩薄，歸北堂而計成。【長】拂撮凝睇，抽簪注情。【緊】解髮而鳳髻花折，發匣而金刀刃鳴。【長】
	發、緊、長、緊、長
中腹	已而【提引】展轉增思，徘徊向隅。【緊】元鬢垂顱而散亂，青絲委簪而盤紆。【長】象櫛重理，蘭膏舊濡。【緊】傷翠鳳之全棄，駭盤龍之半無。【長】
	發、緊、長、緊、長
下腹	觀夫【提引】擢乃無遺，斂之斯積。【緊】凝光而粉黛難染，盈握而腥膻是易。【長】將成特達之意，欲厚非常之客。【長】賓筵既備，空思一飯以無慚；匣鏡重窺，豈念同心而可惜。【輕隔】
	發、緊、長、長、隔
腰	及乎【提引】宴罷空館，閒成曉妝。【緊】纚換新髻，釵迷舊行。【緊】誠伐木之可親，疏而是愧；苟如珪之足慕，斷亦何傷。【重隔】
	發、緊、緊、隔
尾	重義者情莫違，厚慈者身可毀。【長】語其決同勉虞之一戰；思其仁逾訓孟之三徙。【長】昔三咸陶氏所以成大名，母賢如此。【漫】
	長、長、漫

據上表可知，〈陶母截髮賦以「賓至情極無惜傷毀」為韻〉頭段之句式為「隔、長、隔」，而胸、中腹段之句式為「發、緊、長、緊、長」，下腹段為「發、緊、長、長、隔」，腰段為「發，緊、緊、隔」，尾則為「長、長、漫」。

（五）〈**盆池賦**以「積水盈器如望深池」為韻〉

段落	內　　　　容
頭	達士無羈，居閒創奇。【漫】陷彼陶器，疏為曲池。【緊】小有可觀，本自挈瓶之注；滿而不溢，寧逾鑿地之規。【輕隔】
	漫、緊、隔
上腹	是則【提引】涯涘非遙，漪瀾酷似。【緊】沾濡才及於寸土，盈縮不過乎瓢水。【長】蘭燈委照以珠動，紈扇搖風而浪起。【長】沈蛛絲為羨魚之網，深抵百尋；浮芥葉為解纜之舟，遠同千里。【重隔】
	發、緊、長、長、隔
下腹	及夫【提引】岸灩灩以初平，水汪汪而罷漲。【長】韜雲分白璧之色，映竹寫圓荷之狀。【長】光翻曉日，誰謂覆而不臨；底露青天，孰假戴之而望。【輕隔】
	發、長、長、隔
尾	故得【提引】汲引無勞，泓澄斯積。【緊】環纖草以彌澈，泛流萍而更碧。【長】沙洲連一畝之地，山翠接如拳之石。【長】悠哉智者之為心，聊睇之而自適。【漫】
	發、緊、長、長、漫

據上表可知，〈盆池賦以「積水盈器如望深池」為韻〉頭段之句式為「漫、緊、隔」，而上腹段之句式為「發、緊、長、長、隔」，下腹段為「發、長、長、隔」，尾段則為「發、緊、長、長、漫」。

（六）〈**舒姑泉賦**以「記云舒氏女化為泉」為韻〉

段落	內　容
頭	漂水之上，蓋山之前。【緊】昔有處女，化為澄泉。【緊】瞻風而艷色如在，責實而寒流宛然。【長】原夫【發】曠別幽室，暗悲韶年。【緊】顧容華之莫守，望世人而都捐。【長】儼弱質以徐來，顏猶灼灼；委貞姿而色動，聲已涓涓。【重隔】
	緊、緊、長、發、緊、長、隔
項	眷戀無心，淒涼故地。【緊】念嬋娟之可惜，驚變化而殊異。【長】俯視清流，托誠幽意。【緊】陳靦覿而斯在，庶精魂之能記。【長】素鱗赬尾，渾非舊日之容；急管繁弦，徒盡生平之志。【輕隔】
	緊、長、長、隔
腰	且【提引】靜而清者水之宜，柔而順者女之為。【長】憶朱顏之婉娩，尋碧溜之逶迤。【長】浮沫粉聚，懸流淚垂。【緊】泛蘋藻而翠翹零落，動菰蒲而綠帶參差。【長】
	發、長、長、緊、長
尾	及夫【提引】亂草豐茸，古壚荒毀。【緊】雜泥沙之汩沒，蔽音容之妖麗。【長】至今閭里之人，空傳其名氏。【漫】
	發、緊、長、漫

據上表可知，〈舒姑泉賦以「記云舒氏女化為泉」為韻〉頭段之句式為「緊、緊、長、發、緊、長、隔」，項段之句式為「緊、長、長、隔」，而腰段之句式為「發、長、長、緊、長」，尾段則為「發、緊、長、漫」。

（七）〈**射雉解顏賦**以「藝極神驚愁顏變喜」為韻〉

段落	內　容
頭	昔賈氏子，其容似鄙。【漫】伊室家兮，中心莫喜。【漫】將非匹以為念，懼無能而是恥。【長】自初笄之歲，終日低眉；因獲雉之辰，有時見齒。【重隔】
	漫、漫、長、隔
上腹	已而【提引】健馬蹄疾，中原草平。【緊】想【提引】袷媞媞之未悅，聆鶯鶯之初鳴。【長】花顏怡悅以徐駭，錦翼翩翻而忽驚。【長】遲回而滿月將發，盼睞而橫波以清。【長】
	發、緊、發、長、長、長

中腹	由是【提引】執彎情專，馳神望極。【緊】星走白羽，綺張丹臆。【緊】陋容蹙縮以興憤，慢臉癖憔顰改色。【長】彩光迸落，初莞爾以難持；飛鏃洞穿，遂嫣然而不息。【輕隔】
	發、緊、緊、長、隔
腰	向使【提引】恨蓄兩心，功虧一箭。【緊】終【提引】悄兮而莫釋，寧其之可見。【長】委絲蘿之弱性，沒齒而難忘；慘桃李之穠華，終天而不變。【其他隔對】
	發、緊、發、長、隔
尾	是知【提引】陋不足恥，藝誠可優。【緊】嘉五善之殊妙，解三年之積愁。【長】然後知一笑之難得，豈止千金而是酬。【漫】
	發、緊、長、漫

據上表可知，〈射雉解顏賦以「藝極神驚愁顏變喜」為韻〉頭段之句式為「漫、漫、長、隔」，上腹段為「發、緊、發、長、長、長」，中腹段為「發、緊、緊、長、隔」，而腰段為「發、緊、發、長、隔」，尾段則為「發、緊、長、漫」。

（八）〈木雞賦以「至此無敵故能先鳴」為韻〉

段落	內　　　容
頭	惟昔有人，心至術精，得雞之情。【漫】情可馴而無小無大，術既盡而不飛不鳴。【長】對勁敵以自持，堅如挺植；登廣場而莫顧，混若削成。【重隔】
	漫、長、隔
中腹	是以【提引】縱逸情絕，端良氣全。【緊】臆離披而踵附，眸眩曜而節穿。【長】驚被文而錦翼蔚矣，迷賽木而花冠爛然。【長】虛憍者懷不才之虞，安能自恃；賈勇者有攻堅之懼，莫敢爭先。【重隔】
	發、緊、長、長、隔
腰	其喻斯在，其由可徵。【緊】馴致已忘乎力制，積習漸通乎性能。【長】是則【發】語南國者未足與議，鬥東郊者無德而稱。【長】
	緊、長、發、長
尾	士有【起寓】特立自持，端然不倚。【緊】塊其形而與木無二，灰其心而顧雞若是。【長】彼靜勝之深誠，冀一鳴而在此。【漫】
	發、緊、長、漫

據上表可知，〈木雞賦以「致此無敵故能先鳴」為韻〉頭段之句式為「漫、長、隔」，而中腹段之句式為「發、緊、長、長、隔」，腰段為「發、長、發、長」，尾段則為「發、緊、長、漫」。

第三節　句式分析

　　本節將以圖表、圖形化之方式，呈現浩虛舟律賦句式於句型、字數、句式等方面之個人特色，並以《賦譜》相比對照，呈現浩虛舟律賦與同時期律賦標準之出入。

一、句型分析

　　統計浩虛舟律賦句型如下表：

表 4-3-1　句型分析表

序號	題目	對句			隔句對						散句		
		壯	緊	長	輕隔	重隔	疏隔	密隔	平隔	雜隔	發	漫	送
1	〈解議圍賦〉	0	8	10	2	2	0	0	0	3	6	2	0
2	〈王者父事天兄事日賦〉	4	6	6	9	0	1	0	0	1	8	3	2
3	〈行不由徑賦〉	0	6	10	4	0	0	0	0	2	6	2	0
4	〈陶母截髮賦〉	0	8	11	2	2	0	0	0	2	5	1	0
5	〈盆池賦〉	0	8	10	4	0	0	1	0	2	8	2	0
6	〈舒姑泉賦〉	0	11	11	4	2	0	0	0	0	6	1	0
7	〈射雉解顏賦〉	0	8	10	3	1	0	0	0	1	9	3	0
8	〈木雞賦〉	0	7	10	3	1	0	0	0	2	7	2	0
總計		4	62	78	31	8	1	1	0	13	55	16	2
平均次／篇		0.5	7.75	9.75	3.875	1	0.125	0.125	0	1.625	6.875	2	0.25

製表人：江道一

　　根據本表可知，浩虛舟在句式使用上的情形，八篇律賦中：壯句對 4 組，緊句對 62 組，長句對 78 組；輕隔對 31 組，重隔對 8 組，疏隔對 1 組，密隔對 1 組，無平隔對，雜隔對 13 組；發語 55 個，漫句 16 句，送語 2 個。就八篇總段數四十段而言，每一段平均 1.38 個發語，1.55 對緊句對，1.95 對長句對，1.53 對隔句對。據《賦譜》之建議，緊句對、長句對、隔句對應為律賦中最常使用的三種句式，且其數量應旗鼓相當：

約略一賦內用六、七緊，八、九長，八隔，一壯，一漫，六、七發；
或四、五、六緊，十二、三長，五、六、七隔，三、四、五發，二、
三漫、壯；或八、九緊，八、九長，七、八隔，四、五發，二、三
漫、壯、長；或八、九隔，三漫、壯，或無壯；皆通。〔註19〕

若將《賦譜》的標準放置最寬來看，則一段中，緊句對應有 0.75～1.13 組，長
句對應有 1～1.63 組，隔句對應有 0.63～1.13 組。如是觀之，浩虛舟律賦中重
點句式之使用較《賦譜》建議為多，然而在運用上數量三者可謂相當，並無特
別超出《賦譜》規範之處。

圖 4-3-1　句式比例

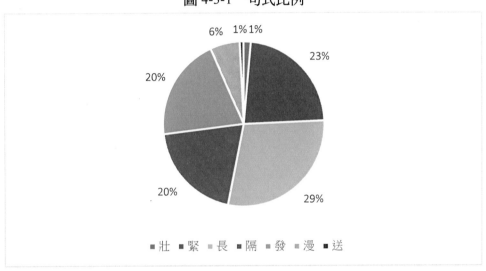

製圖人：江道一

據上圖可觀察到，浩虛舟律賦中長句對使用最多，其次為緊句對，再次為
隔句對，然而《賦譜》則有如是建議：

凡賦以隔為身體，緊為耳目，長為手足，發為唇舌，壯為粉黛，漫為
冠履。茍手足護其身，唇舌葉其度；身體在中而肥健，耳目在上而清
明；粉黛待其時而必施，冠履得其美而即用，則賦之神妙也。〔註20〕

如是觀之，在浩虛舟的八篇律賦中，緊句對占 23%，長句對占 29%，隔句對占

〔註19〕〔唐〕佚名撰，張伯偉校考：《賦譜》，張伯偉：《全唐五代詩格彙考》（南京：
鳳凰出版社，2002 年），頁 564。
〔註20〕〔唐〕佚名撰，張伯偉校考：《賦譜》，張伯偉：《全唐五代詩格彙考》（南京：
鳳凰出版社，2002 年），頁 563。

20%，合於「手足護其身」之緊句對與隔句對應占全文句式比最高的要求。至於所謂壯句對和漫句、送語，亦符合《賦譜》要求占比最低，可謂「待其時」，「得其美」。

圖 4-3-2　隔句對比例

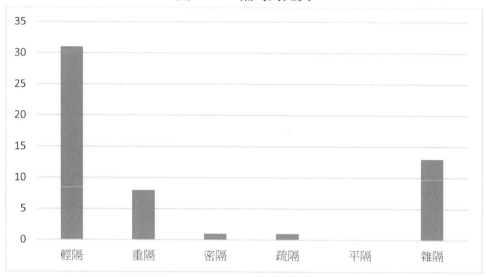

製圖人：江道一

又根據《賦譜》所言，隔句對當為最常用之句型：

此六隔，皆為文之要，堪常用，但務畢澹耳。就中輕、重為最。雜次之，疏、密次之，平為下。〔註21〕

可知賦譜認為輕隔、重隔兩者為最重要，而雜隔僅次輕隔與重隔，疏隔、密隔再次，平隔則應當最少用為上。如是觀之，浩虛舟律賦中輕隔與重隔占了超過一半的比例，而雜隔為次，疏隔與密隔又再次，而平隔甚至不見於八篇律賦之中。可知在隔句對的部分，浩虛舟之八篇律賦，完全合乎《賦譜》對隔句對之要求與規範。

《賦譜》中有所謂之基本句型，是謂：「緊、長、隔以次相隨。」因此根據下圖可更清楚的看見浩虛舟八篇律賦中，其主要句型的使用方式與差別。其中〈王者父事天兄事日賦〉單篇使用最多之隔句對，而〈陶母截髮賦〉、〈舒姑泉賦〉兩篇單篇則使用最多之長句對，至於緊句對，則以〈姑舒泉賦〉使

〔註21〕〔唐〕佚名撰，張伯偉校考：《賦譜》，張伯偉：《全唐五代詩格彙考》（南京：鳳凰出版社，2002 年），頁 560。

用最多。大底來說，浩虛舟八篇律賦中，其主要句型均有使用，唯使用上仍以長句對為主，其次為緊句對，最後才是隔句對。這樣的句型使用可知，浩虛舟律賦中以隔句對為主要句型之篇章並不多，僅〈王者父事天兄事日賦〉一篇。

圖 4-3-3　　基本句型（緊長隔）統計圖

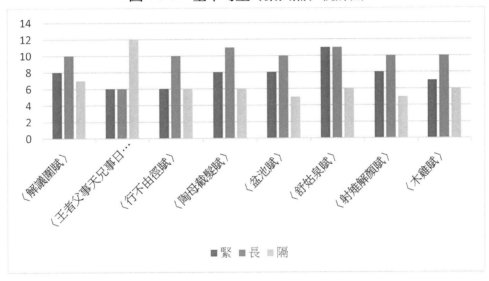

製圖人：江道一

二、字數分析

　　律賦雖無特別限定字數，然而根據《賦譜》，卻說「計首尾三百六十左右字」，亦即在創作上雖無特別限制，〔註22〕唯仍然建議一篇以 360 字左右為當。以下則根據浩虛舟八篇律賦之字數狀況，從而分析浩虛舟律賦之特色。其中每韻段之整理字數及押韻頻率整理如下表所示，並特別標注超過 60 字之單一段落：

────────────

〔註22〕唐德宗貞元十四年（西元 798 年）禮部以〈鑑止水賦〉為題試進士，據當時的進士呂溫《呂衡州集》注，此賦「以澄虛納照，遇象分形為韻，任不依次用，限三百五十字以上成」。同年所試〈青出藍詩〉，除規定「提中用韻」外，也「限四百字成」。用這一標準來衡量現存貞元前後的律賦，字數大致相差不多，可知是賦篇幅通常在三百五十字至四百字之間。曹明綱，《賦學概論》（上海：上海古籍出版社，1998 年），頁 91。

表 4-3-2　字數分析表

序號	韻段＼題目	第一韻	第二韻	第三韻	第四韻	第五韻	第六韻	第七韻	第八韻	總字數	平均	押韻頻率
1	〈解議圍賦〉	54	42	44	44	44	52	40	38	358	44.75	12.79
2	〈王者父事天兄事日賦〉	57	46	46	44	65	67	52	35	412	51.5	13.73
3	〈行不由徑賦〉	40	44	40	42	46	44	41	67	364	45.5	14
4	〈陶母截髮賦〉	50	42	44	40	44	58	38	44	360	43.5	12.86
5	〈盆池賦〉	36	44	44	62	50	48	44	49	376	46.5	13.43
6	〈舒姑泉賦〉	72	60	44	42	44	42	50	33	383	47.38	12.35
7	〈射雉解顏賦〉	46	42	42	51	52	44	42	37	356	44.5	12.71
8	〈木雞賦〉	48	42	44	42	62	44	40	38	360	45.13	14.4
總計平均		50.38	45.25	43.5	45.88	50.38	49.88	43.38	42.63	371.13	50.38	

製表人：江道一

根據本表可知，浩虛舟律賦整體來說平均合於《賦譜》建議之 360 字左右，然而〈王者父事天兄事日賦 以「子弟誠賢國家靡失」為韻〉則較為超出要求，達 412 字，至於其他七篇，則無特別少於 350 字或多於 400 字之情形。

至於各韻段之字數，《賦譜》中亦有給予建議：

> 至今新體，分為四段：初三、四對，約卅字為頭；次三對，約卅字為項；次二百餘字為腹；最末約卅字為尾。就腹中更分為五：初約卅字為胸；次約卅字為上腹，次約卅字為中腹；次約卅字為下腹；次約卅字為腰。都八段，段段轉韻發語為常體。

雖則浩虛舟之八篇律賦整體來說並不盡然符合各段以 30 字或 40 字左右為標準之要求，偶有多至 60 字左右甚至 70 字者，如〈王者父事天兄事日賦 以「子弟誠賢國家靡失」為韻〉之第五韻段、第六韻段，〈行不由徑賦 以「處心行道有如此焉」為韻〉之第八韻段，〈盆池賦 以「積水盈器如望深池」為韻〉之第四韻段，〈舒姑泉賦 以「記云舒氏女化為泉」為韻〉之第一、第二韻段，〈木雞賦 以「致此無敵故能先鳴」為韻〉之第五韻段等。然而若就總體平均字數來說，仍大約符合《賦譜》中平均一段 40 字左右之標準，並無特別出格的狀況。

唯其中《賦譜》稱「初三、四對，約卅字為頭」，而浩虛舟之八篇律賦中僅〈盆池賦 以「積水盈器如望深池」為韻〉一篇頭段 36 字；其他諸篇頭段多約 40

字，而〈舒姑泉賦以「記云舒氏女化為泉」為韻〉則為高達兩倍之多的 72 字。

另外浩虛舟八篇律賦字數之統計長條圖圖下所示：

圖 4-3-4　字數統計與《賦譜》比較圖

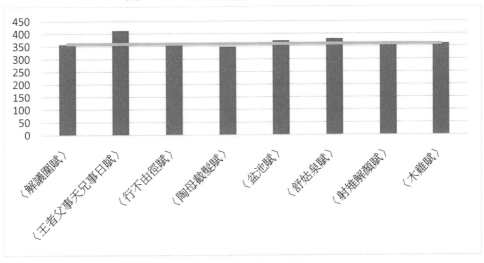

製圖人：江道一

根據該圖所示，浩虛舟律賦之字數多落於 340 字至 380 字之間，唯其中字數最少的一篇〈陶母截髮賦以「賓至情極無惜傷毀」為韻〉仍又 348 字，接近 350 字；而僅一篇〈王者父事天兄事日賦以「子弟誠賢國家靡失」為韻〉，多達 412 字，為一特殊之例外。

另外《白氏長慶集》中對於律賦的字數談到：

> 以「君子之所慎焉」為韻，依次用，限三百五十字已上成。〔註23〕

> 以「諸侯之誡眾士之訓」為韻，任不依次用韻，限三百五十字以上成。〔註24〕

是故可知律賦於中唐，甚或具體於貞元時，便以三百五十字為標準。如此可知浩虛舟律賦總字數多為 350 字，並非偶然，而是時代風氣與應試需求所造成的一種創作趨勢及典範。

三、句式組合分析

於討論浩虛舟律賦句式之特色前，先據符合《賦譜》之句式與不符合《賦

〔註23〕〔唐〕白居易：《白氏長慶集》，頁 988。

〔註24〕〔唐〕白居易：《白氏長慶集》，頁 386。

譜》之句式分門；其中再據各種句式之特徵，將其別類，是故可得如下表之
結果：

符合《賦譜》之句式

依「發、緊、長、隔」之次序行文者，編列代號為 A1。

依「緊、長、隔」之次序行文者，編列代號為 A2。

不符合《賦譜》之句式

順序：具緊、長、隔，次序中又有所增者，代號為 B1～B3。

錯序：具緊、長、隔，不依次序排列，代號為 C，唯浩虛舟律賦無此用法。

少緊：僅具長、隔，而無緊句，代號為 D1～D2。

少長：僅具緊、隔，而無長句，代號為 E1～E。

少隔：僅具緊、長，而無隔句，代號為 F1～F。

少緊長：僅具隔句，代號為 G1～G。

少緊隔：僅具長句，代號為 H1。

少長隔：僅具緊句，代號為 I，唯浩虛舟律賦無此用法。

表 4-3-3　句式組合分析代號表

序　號	代　號	句　　式	例　數
1	A1	發、緊、長、隔	25
2	A2	緊、長、隔	5
3	B1	發、緊、長、隔、發、壯、壯、漫、送	2
4	B2	發、緊、長、長、隔	3
5	B3	緊、長、長、隔	1
6	B4	發、長、長、隔	1
7	B5	發、長、長、隔、漫	1
8	B6	發、緊、緊、長、隔	1
9	B7	發、緊、發、長、隔	1
10	B8	緊、緊、長、發、緊、長、隔	1
11	D1	漫、長、隔	2
12	D2	漫、長、長、隔	1
13	D3	漫、漫、長、隔	1
14	D4	隔、長、隔	1
15	E1	漫、緊、隔	1

16	E2	發、緊、緊、隔	2
17	F1	發、緊、長、長、長	1
18	F2	發、緊、長、長、漫	1
19	F3	發、緊、長、漫	5
20	F4	發、緊、長、緊、長	2
21	F5	發、長、長、緊、長	1
22	F6	緊、長、發、長	1
23	F7	發、緊、發、長、長、長	1
24	G1	隔、隔、隔	1
25	G2	隔、發、隔、隔	1
26	H1	長、長、漫	1

製表人：江道一

根據上表可知，除符合《賦譜》「緊、長、隔」之基本 A 類句式，共計 30 段之外，其他 34 段尚可分作六類二十四種句式，其中以順序 B 類為種類最多者，共計八種句式 11 段；再次為少隔 F 類七種句式 12 段，B 類及 F 類兩者之比例占不符合《賦譜》句式之 68%。另有採「隔」、「長」單種句型構成之句式，為 G 類及 H 類，共計三種句式，一共 3 段，僅占 0.9%，為例外出格之現象，並不常見。

其中浩虛舟律賦各篇章之句式，表列如下：

表 4-3-4　句式組合分析表

序號	題目　　韻段	第一段	第二段	第三段	第四段	第五段	第六段	第七段	第八段	相符合計
1	〈解議圍賦〉	D2	A1	A2	A1	A1	F1	E2	F3	4
2	〈王者父事天兄事日賦〉	G2	A1	A1	A2	B1	B1	G1	F3	3
3	〈行不由徑賦〉	D1	A1	A2	A1	A1	A1	A1	B5	6
4	〈陶母截髮賦〉	D4	A1	F4	A2	F4	B2	E2	H1	2
5	〈盆池賦〉	E1	A1	A1	B2	A1	B4	A1	F2	4
6	〈舒姑泉賦〉	B8	B3	A1	A1	A2	A1	F5	F3	4
7	〈射雉解顏賦〉	D3	A1	A1	F7	B6	A1	B7	F3	3
8	〈木雞賦〉	D1	A1	A1	A1	B2	A1	F6	F3	4
A 類總計		0	7	7	6	4	4	2	0	30

製表人：江道一

據上表列可知，浩虛舟八篇律賦中，以〈行不由徑賦以「處心行道有如此焉」為韻〉合乎《賦譜》之句式比例最高，共計有 6 段；而〈陶母截髮賦以「賓至情極無惜傷毀」為韻〉則最少，僅有 2 段。而八篇中有四篇共 4 段符合，分別為〈解議圍賦以「詞理精通釋然自瀆」為韻〉、〈盆池賦以「積水盈器如望深池」為韻〉、〈舒姑泉賦以「記云舒氏女化為泉」為韻〉、〈木雞賦以「致此無敵故能先鳴」為韻〉等四篇。可知浩虛舟之律賦雖未完全符合《賦譜》之句式，但已十分接近。

另外該八篇律賦中，值得注意者有兩處：一、頭段全部不符合《賦譜》句式，這或許是律賦創作低比例符合《賦譜》建議的段落之一；二、尾段亦全部不符合《賦譜》句式，唯其中 F3 之句型共計 5 段，占八篇律賦之 63%，比例相當高。

雖然頭段均不符合《賦譜》之句式，但若將第一段分別拿出來看，則不難發現，浩虛舟之創作，有「以漫為緊」的傾向。

〈行不由徑賦以「處心行道有如此焉」為韻〉：

　　澹台滅明，幽棲武城。

該句非緊句，然仍為一組兩句四言之句型。

〈射雉解顏賦以「藝極神驚愁顏變喜」為韻〉：

　　昔賈氏子，其容似鄙。伊室家兮，中心莫喜。

該兩句非緊句，然仍為兩組四句四言之句型。

〈木雞賦以「致此無敵故能先鳴」為韻〉：

　　惟昔有人，心至術精，得雞之情。

該句非緊句，然為一組三句四言之句型，或為浩虛舟仿鼎足對而散為漫句的結果。可知浩虛舟律賦中，首段並不以《賦譜》所建議之「緊、長、隔」為主要句式，然而卻活用漫句，使朗讀時仍保有緊句對之節奏。

其次尾段多為 F3「發、緊、長、漫」集中於尾段，且經常運用之現象而言，可知隔句對在尾段中多被漫句所取代，相較於隔句，漫句更具有收束全文的功能，也合於《賦譜》中所說「當時好句，施之尾可也，施之頭亦得也」的標準，至於所謂的「當時好句」，則羅列如下。

〈解議圍賦以「詞理精通釋然自瀆」為韻〉：

　　是使孤陋寡聞之徒，永願服膺而已。

〈王者父事天兄事日賦以「子弟誠賢國家靡失」為韻〉：

　　由是海內無賊子奸臣，吾君如此。

〈舒姑泉賦以「記云舒氏女化為泉」為韻〉：

　　　　至今閭里之人，空傳其名氏。

〈射雉解顏賦以「藝極神驚愁顏變喜」為韻〉：

　　　　然後知一笑之難得，豈止千金而是酬。

〈木雞賦以「致此無敵故能先鳴」為韻〉：

　　　　彼靜勝之深誠，冀一鳴而在此。

　　最後將浩虛舟之律賦各段符合賦譜之句式，與《賦譜》建議之句式比對如下圖所示：

圖 4-3-5　浩虛舟律賦句式與《賦譜》比較圖一

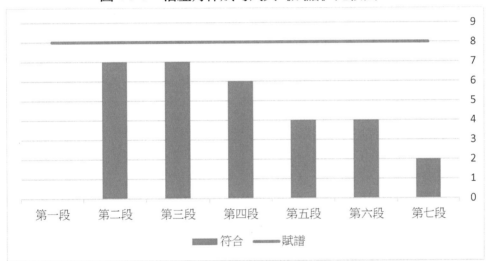

製圖人：江道一

　　由上圖可知，浩虛舟律賦中據《賦譜》之標準，於第二段、第三段、第四段較為符合《賦譜》句式之標準，而第一段、第七段則最不符合。然而若將原本不符合《賦譜》之句式加上句式變化之 B 類，以及上述「以漫為緊」、「以漫代隔」等超出部分規範，卻更能體現創作者用心又不致脫離《賦譜》過多的句式，則能夠呈現下圖 4-3-6 之現象。

　　如是則呈現第二段至第六段等五段均大量符合《賦譜》句式之建議，而第八段亦有此傾向。

　　如是可知，浩虛舟之律賦除在個人文采與自由的創作之外，亦開始具有典律化的傾向。終歸其柢，《賦譜》僅為試賦之範本與基本規範，是一種基本創作的技巧，卻不是唯一的圭臬，如此才符合《賦譜》中所謂「用意折衷」。

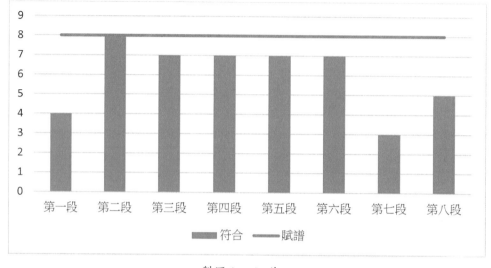

圖 4-3-6　浩虛舟律賦句式與《賦譜》比較圖二

製圖人：江道一

第四節　浩虛舟律賦句式之典律化傾向

一、句型

如前揭所述，緊、長、隔三種句型為律賦主要表現的形式，並酌以發、漫、送、壯等三種句型，使全文能有轉折、承接、收束等語氣上的多樣性與形成文意的跌宕。以下將中唐九家之律賦使用句型之情形，以表格呈現如下：

表 4-4-1　九家平均句型比較表

平均次／篇	發	漫	送	壯	緊	長	隔
獨孤授	4.9	6.5	0.6	1.1	5.1	13.5	4.6
裴度	10.0	1.5	0.3	1.6	7.1	13.8	4.6
李程	6.3	2.2	0.1	1.0	6.6	13.6	4.6
王起	8.2	1.5	0.2	2.0	7.5	12.6	5.5
張仲素	6.4	1.4	0.1	0.8	6.8	13.4	5.1
白居易	10.0	2.2	0.2	2.9	7.6	12.3	5.3
白行簡	8.6	2.4	0	1.3	7.3	11.7	8.4
蔣防	5.1	1.9	0.2	1.5	5.6	11.2	8.4
浩虛舟	6.9	2.0	0.3	0.5	7.8	9.8	6.8

製表人：江道一

在句式上，《賦譜》認為隔、緊、長各司其職，分別要居身體、耳目、手足等功能，因此此三者當是使用上最為頻繁者，這一點在浩虛舟律賦上可得印證；唯在白居易以前，隔句並沒有展現其作為「身體」的特色；所謂律賦之身體，當指文義中樞而言，顯見在貞元以前，隔句對的功能並未特別完整。

其次在長句上，以手足相稱，所謂手足，當指具有擘劃籌謀、推進與後退之概念，是律賦在行文上重要的文義堆疊句型。然而句本表觀之，長句卻逐步減少其比例，這樣的狀況或許和隔句漸增，律賦逐漸體式完備的過程有關，也突顯在貞元之前，長句和隔句可能有混用的情況。而緊句作為韻段之始，其以為耳目的形象則相當真切，在比例上同隔句，有逐步增加的趨勢，但比例變化不如隔句明顯。

至於其他句式，如壯句，《賦譜》中稱「或有一兩個以壯代緊」，可見在律賦典律化的過程中並非要角，也如上表所見，在使用上張仲素、浩虛舟兩人比例較低外，難以觀察出特殊的結果。唯基於《賦譜》亦有提及，且或有參考價值，故本文仍羅列於此。

如是觀之，各家或有篇好的句型，如裴度、白居易喜用發語，獨孤授偏愛漫句，也顯示出在貞元以前，律賦法式並為形成定格，而成為典範很可能是在元和以後不久的事。繪製成圖展示如下：

圖 4-4-1　九家平均句型比教圖

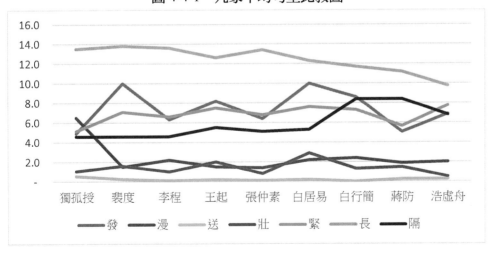

製圖人：江道一

各種句型中，又屬格句因其又於《賦譜》中占身體之位，為單篇律賦中字數比例最高者，且六種格句中又各有特色，同時也是律賦在駢賦的基礎上發展

又有別於駢賦的重要關鍵，因此特別值得另外列出比例，進行彼此的對照與參考：

表 4-4-2　九家平均隔對類型比較表

平均次／篇	輕　隔	重　隔	疏　隔	密　隔	平　隔	雜　隔
獨孤授	1.7	0.4	0.7	0.4	1.0	0.4
裴度	2.4	0.1	0.3	0.3	0.4	1.1
李程	2.2	0.6	0.2	0.2	0.3	1.1
王起	2.3	0.4	0.1	0.4	0.4	1.9
張仲素	2.6	0.4	0.2	0.2	0.3	1.4
白居易	2.1	0.5	0.5	0.5	0.4	1.3
白行簡	2.8	0.4	0.5	0.7	1.3	0.2
蔣防	2.5	0.4	0.3	4.0	0.2	1.0
浩虛舟	3.9	1.0	0.1	0.1	0	1.6

製表人：江道一

據本表，《賦譜》「輕重為主」的立場當無疑義，且其中各家又均以輕隔為使用最頻繁的隔句。值得注意的是，隔句的使用在大曆以後有增加的趨勢，或可間接證明《賦譜》的著呈時間，當是在律賦完成其典律化之後不久的事情。

　　若將上表之資料，繪製為折線圖如下：

圖 4-4-2　九家平均隔對類型比較圖

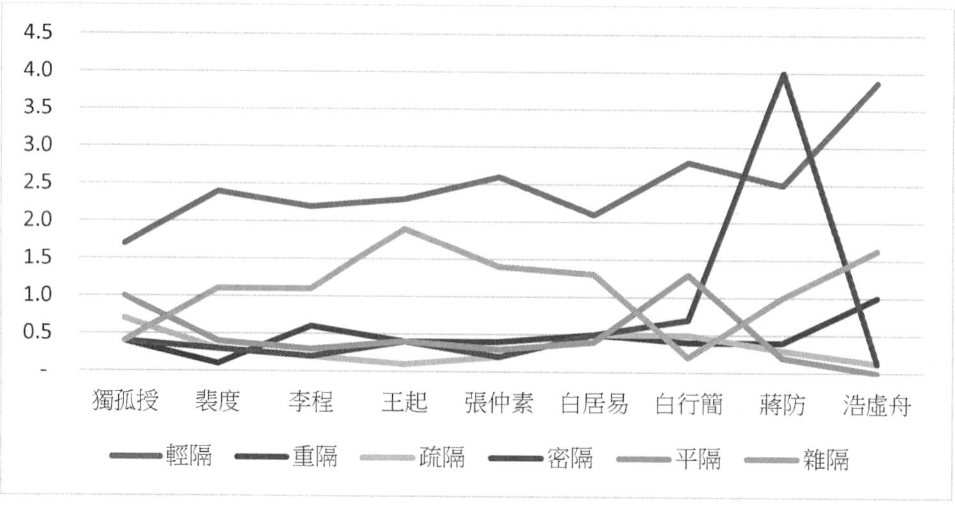

製圖人：江道一

其中王起、白居易、蔣防三人分別在雜隔、輕隔與密隔上有偏離《賦譜》即總體趨勢的傾向，或可推測在浩虛舟活動的時期，律賦典範建立的同時，也同時邁向晚唐的破體。兩者的時間推進上猶如江浪，或許這也更符合文學自身發展的實際情形，在破立的兩端方能看見各家諸公的將才，而文體發展也是連續性而非片段的銜接。

二、字數

　　《賦譜》中有針對各韻段為主的在字數上方面，早期的研究資料較不完整，而本文亦無從另立篇章加以分析，造成各韻段平均字數相關資料蒐集上有相當的困難；然而《賦譜》又針對各韻段有約略字數上的描述，難以表過不提。因此事從權宜，有資料可供佐證者，以八韻段為主要資料；無從分辨韻段數者，則以全數作平均；無具體數據者，僅能以該家中第之八韻段作品為基準。最後得出表格如下：

表 4-4-3　九家韻段平均字數比較表

	第一韻	第二韻	第三韻	第四韻	第五韻	第六韻	第七韻	第八韻
獨孤授	47	52	53	47	53	54	50	51
裴度	57	55	43	44	45	45	38	48
李程	45	50	65	62	44	29	27	36
王起	57	54	45	45	45	39	44	38
張仲素	69	45	40	71	42	36	22	34
白居易	45	25	51	37	42	100	73	65
白行簡	48	54	43	57	51	44	45	58
蔣防	48	48	50	46	47	41	40	42
浩虛舟	49	46	42	46	52	48	43	42
《賦譜》	30	40	40	40	40	40	40	40

製表人：江道一

表格呈現可發現，李程、張仲素、白居易各有數段平均字數明顯高於《賦譜》建議；而李程則又有數段遠低於此。具體繪製成圖如下表所示：

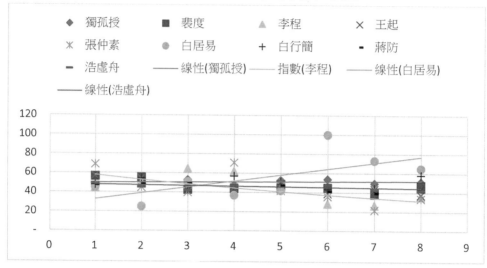

圖 4-4-3　九家韻段平均字數比較圖

製圖人：江道一

　　綜合觀之，相比其他諸家，浩虛舟各韻段較為接近《賦譜》，雖略多於《賦譜》的建議，但已是相當接近。另外以線性呈現其中較特別的幾家特別說明：從上圖可知本文考察範圍的起點與終點，即獨孤授與浩虛舟，兩者在各韻段的平均字數幾乎是維持一致的，並沒有特別的狀況。然而白居易與李程有別於此，又呈現相反的趨勢；白居易原則上韻段越往後平均字數越多，而李程恰好相反。這或許也能推估兩人實際創作時，創作性格或才思上的差異。

　　上述圖表係針對各韻韻段之平均字數而言，以下則考察單篇之平均字數，並以《賦譜》建議之總字數 360 字為考察基準，並藉此評估浩虛舟在律賦發展中的狀況，同時補足以韻段為據，數據過於繁瑣而不易觀察的缺點。羅列表格如下：

表 4-4-4　九家平均字數比較表

	獨孤授	裴　度	李　程	王　起	張仲素	白居易	白行簡	蔣　防	浩虛舟
平均字數／篇	360	371	356	369	363	405	381	353	371

製表人：江道一

上表以長條圖和折線圖呈現如下：

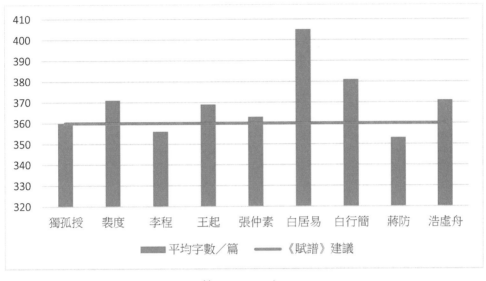

圖 4-4-4　九家單篇平均字數與《賦譜》比較圖

製圖人：江道一

如此觀之，除白居易、白行簡兩人之外，和《賦譜》的建議均相去不遠，雖或多或少，但以本圖觀之，應當還在合理的範圍之內，並無可稱之出格的特殊情形。畢竟《賦譜》不是宏教真理，而是上榜考生的致勝關鍵。而浩虛舟在各韻段上字數均可稱符合《賦譜》的規範，在總體字數表現上也是中規中矩，在各家之中允為法式，殆無疑問。

三、句式

　　同字數研究，在句式研究上，早期亦較少觸及句式和《賦譜》之關聯，又句式之符合與否，無有權充應對之數據，且本文仍以浩虛舟為主要研究對象，因此僅能暫且表過不提。而在是否符合《賦譜》以「緊、長、隔」為主要句式的部分，現有研究資料呈現表格如下：

表 4-4-5　各家段落句式符合比率比較表

賦　家	符合段落數	總段落數	符合比率
獨孤授	3	162	1.85%
裴度	22	96	22.92%
李程	無資料		
王起	無資料		

張仲素	無資料		
白居易	無資料		
白行簡	25	138	18.12%
蔣防	16	126	12.70%
浩虛舟	30	64	46.88%

製表人：江道一

句式為律賦之重要特徵，也是律賦和大賦、駢賦的區別關鍵：它不以散句為主，同時又較之駢賦更為精巧。因此在句式討論上，在律賦研究上則具有重要的意義。然而律賦之句式雖然有組合成段的方式，但在實際創作上卻並不能完全如《賦譜》一般安排。以獨孤授來說，據吳怡靜之研究：

> 可知獨孤授八段律賦的構篇方式顯然與《賦譜》迥異，《賦譜》所建
> 議的構篇模式並非當時普遍流行的範式。〔註25〕

或可推知律賦在獨孤授活動的時代以前仍未形成如《賦譜》固定的模式，至於其他諸家，則有裴度「隱隱可察有走向散體的痕跡」〔註26〕，抑或是白行簡「《賦譜》於白行簡時尚未成為律賦創作之範式」〔註27〕，以及蔣防「結構變化多端，尚未趨近《賦譜》所建議的結構」〔註28〕，均呈現紛亂的景象，但從整體趨勢而言，確實是在越靠近長慶則月趨近《賦譜》的。至於李程、王起、張仲素、白居易等人則礙於現有資料，無法詳盡羅列，僅能得知或者白居易有「馳騁才情」〔註29〕而不拘定格的特色。

具體繪製為相關之曲線圖，則呈現如圖 4-4-5。

綜合觀之，整體而言應當有往《賦譜》靠近的趨勢，如下圖線性預測之走勢。雖然浩虛舟律賦並未完美達成《賦譜》所建議的句式，但考察其他各家之資料，比例上已是相當之高了。或者仍應回到《賦譜》一書的性質，它應該只是一個建議，雖然能夠作為唐代律賦典律化的參考，但歸根結柢仍要考量各家

〔註25〕吳怡靜：《獨孤授律賦研究》，國立政治大學國文教學碩士在職專班碩士論文，2019 年，頁 193。

〔註26〕林景梅：《裴度律賦研究》，頁 180。

〔註27〕黃佳鳳：《白行簡律賦研究》，國立政治大學國文教學碩士在職專班碩士論文，2018 年，頁 191。

〔註28〕方姵文：《蔣防律賦研究》，國立政治大學國文教學碩士在職專班碩士論文，2018 年，頁 242。

〔註29〕王良友：《中唐五大家律賦研究》，頁 182。

在實際創作上的侷限；在這樣的前提之下，浩虛舟的律賦段落中仍能有近五成符合《賦譜》句式，可見在律賦典律化的過程中，扮演相當重要的角色，自然毫無疑問了。

圖 4-4-5　各家段落句式與《賦譜》比較圖

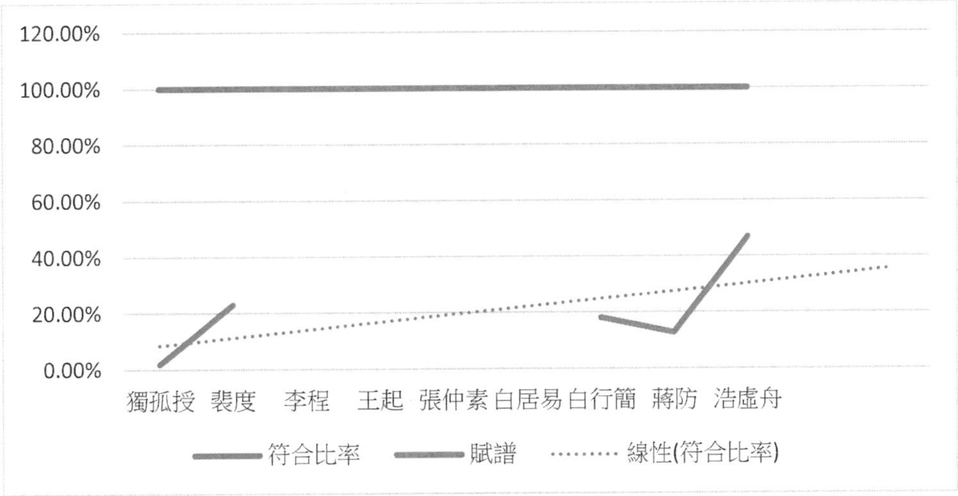

製圖人：江道一

第五章 結 論

根據上述的討論，可得以下四點結論：

一、透過題材內容的分析，論證浩虛舟律賦之典律價值

以曹明綱《賦學論稿》中分律賦內容為四類，除時事類的賦題之外，浩虛舟均有觸及，古事類有〈解議圍賦以「詞理精通釋然自潰」為韻〉、〈行不由徑賦以「處心行道有如此焉」為韻〉、〈陶母截髮賦以「賓至情極無惜傷毀」為韻〉、〈射雉解顏賦以「藝極神驚愁顏變喜」為韻〉、〈木雞賦以「致此無敵故能先鳴」為韻〉；事理類有〈王者父事天兄事日賦以「子弟誠賢國家靡失」為韻〉；景物類有〈盆池賦以「積水盈器如望深池」為韻〉、〈舒姑泉賦以「記云舒氏女化為泉」為韻〉。其中〈解議圍賦以「詞理精通釋然自潰」為韻〉、〈行不由徑賦以「處心行道有如此焉」為韻〉等兩篇說明經學義理的重要，是君子立身處世的根本，要能掌握正道，方能立於不敗，成為中流砥柱；〈陶母截髮賦以「賓至情極無惜傷毀」為韻〉、〈王者父事天兄事日賦以「子弟誠賢國家靡失」為韻〉、〈射雉解顏賦以「藝極神驚愁顏變喜」為韻〉、〈木雞賦以「致此無敵故能先鳴」為韻〉等四篇則說明孝道與人倫的關係，並藉由經權的辯證，最後闡述鞏固人倫為國家長治久安最有效的做法。〈盆池賦以「積水盈器如望深池」為韻〉、〈舒姑泉賦以「記云舒氏女化為泉」為韻〉等兩篇則延續體物的文學傳統，寄理趣於器物，發懷古之幽情於泉水。

若從跨篇章考查內容訴求，則可發現從〈盆池賦以「積水盈器如望深池」為韻〉、〈舒姑泉賦以「記云舒氏女化為泉」為韻〉開始，具有觀察物件，詳發事理之特性，除面對古往今來，物是人非的感慨之外，層層遞進分析的方式，更蘊含了佛學辯證法的概念。而在〈行不由徑賦以「處心行道有如此焉」為韻〉則說明君

子立身處世之道，表面上寫澹臺滅明的事蹟，實際上卻以《禮記・儒行》為根本；〈陶母截髮賦_{以「賓至情極無惜傷毀」為韻}〉、〈王者父事天兄事日賦_{以「子弟誠賢國家靡失」為韻}〉從孝道在經權的辯證開始，最後論及孝道乃是國家治理的基石，而配合〈射雉解顏賦_{以「藝極神驚愁顏變喜」為韻}〉、〈木雞賦_{以「致此無敵故能先鳴」為韻}〉等兩篇觀察，孝道為人倫之根本，而人倫乃是君王能夠無為而治的重要關鍵。這部分浩虛舟和中唐獨孤授等賦家相比，以道家思想作為經世濟民的方法，而非僅止於追求神仙境界；也少了仕宦之途的感懷，而更多以古事為本，重新詮釋，進而表達文學為載道之本的想法。

在命題與出典方面，浩虛舟律賦有別於前人，多從《論語》、《晉書》等方面命題，和過去多以《禮記》、《史》、《漢》等書出典的狀況大不相同；而過去流行以書志命題，陳述典章制度的風氣在浩虛舟律賦中亦為少見，取而代之的則是直指義理，切入核心，也反映了律賦創作風氣上的轉變。從出典的變化可知，律賦發展於唐代中晚期開始出現不同的創作風氣，似乎也昭示了晚唐律賦轉變的趨勢，而浩虛舟極力傳達經學「雅正」的立場，不論是孝悌仁義，抑或是君臣關係，均有意識的捍衛辭賦之「諷諫」本位。

二、透過用韻的分析，論證浩虛舟律賦之典律價值

考察浩虛舟律賦的用韻狀況，從依次用韻的狀況來說，僅一篇〈陶母截髮賦_{以「賓至情極無惜傷毀」為韻}〉屬於平仄相協的依次用韻，其餘諸篇均為求平仄相協而未依次用韻；其中浩虛舟的八篇律賦中，僅有一篇〈王者父事天兄事日賦_{以「子弟誠賢國家靡失」為韻}〉非四平四仄，從「仄仄平平仄平仄仄」調整為「仄平仄平仄仄平仄」這一點可發現，浩虛舟仍盡可能以平仄相協的方式安排韻腳，這也表示了律賦發展至此，平仄相協的重要性相對來說更高，也是考官考評試賦的重點。或者也能說，律賦在題韻的安排上，也會有意識的四平四仄納為考量。

其次在韻腳的安排來說，浩虛舟律賦的韻腳絕大多數都安排在各對句之末，相當具有規律性，顯示律賦之「律」在韻腳安排上的特色。其中則有少數幾句首句押韻，這部分和其他中唐其他諸家相比，並未觀察到特別的意義；或者這部分和律詩首句韻腳的安排，和韻腳平仄相協一樣，且韻腳多安排在對句之末，都是詩與賦在形制上合流的現象。

將浩虛舟和其他中唐現有之律賦研究成果相比，浩虛舟各篇均為八字題

韻，顯見八字題韻在中晚唐之交已是定格，也呼應《賦譜》至今新體的韻段說明，這一部分或可作為《賦譜》著成時間上蠡測的方式之一。在韻腳的安排上，浩虛舟雖然接近於《賦譜》的建議，但這一點在裴度以後，押韻的頻率似乎幾成定格，並沒有特別的之處，僅能說單純在這方面觀察，浩虛舟沒有破格的現象；然而若是考察特殊押韻的狀況並加以比較，則可發現，浩虛舟並無運用解證韻作為避免出韻的手段，表示賦家的押韻技巧是越趨成熟的。相較於其他中唐諸家，仍或多或少有浦銑所謂「偷韻」之例，顯見押韻頻率雖然在裴度時就相當接近《賦譜》的建議，但實際上卻因為出韻的狀況，仍難以認定於裴度時律賦用韻已告成熟，相反的卻能藉此確立浩虛舟在律賦用韻上典律化的貢獻。

　　律賦在《賦譜》中稱之為「至今新體」，實際上便已標誌了律賦體式完備的形制特徵。在浩虛舟律賦中，用韻精巧，以平仄相協為工。李調元稱其為「八韻中作手」，這樣的觀點實無疑問，除具有高明的用韻技巧之外，更以八韻為宗，這樣的用韻限制，莫不對於以「八韻為常體」的特色更為鮮明，也間接促成了律賦作為異例在士人階層的接受，進而形成新典範。

　　從本文的研究觀之，浩虛舟的用韻在律賦發展上，或者至少中唐律賦發展，有一定的指標意義。不論是在題韻、題韻平仄安排，均超越前人的合乎律賦法式。姜子龍與詹杭倫於〈唐代律賦的「雅」與「麗」〉一文中以「雅」、「麗」定為律賦正宗，或許該文在「雅」、「麗」一辭的詮釋上尚且有討論空間，但「聲律諧和」的要求卻是無庸置疑的。或者與其說是「正宗」，毋寧說是辭賦之「新典範」更為妥貼。

　　倘若以這樣的角度切入浩虛舟的律賦作品，則其為律賦之正宗，雅正之一端自然毫無疑問。本文當然無法觸及浩虛舟在律賦發展史上扮演何種角色，甚至是在文體流變中又有什麼貢獻；但以本文研究的結果觀察，浩虛舟確實在律賦的正典路途上扮演樞紐的位置：大曆以來的法式確立，又在黃滔、徐寅等人於晚唐的破體之前。或者可以推測，浩虛舟極有可能是唐代律賦中，對「典律因子」完成度最高的一位。

三、透過句式分析，論證浩虛舟律賦之典律價值

　　除了用韻上，句型高度契合《賦譜》也是浩虛舟律賦的重要特徵。在浩虛舟以前，律賦句式搖擺不定，或可推測可能《賦譜》亦尚未問世，因此不論是

士人或文體自身，都仍處於摸索的階段，這一點從獨孤授的句式和《賦譜》有高度落差可見。然而浩虛舟在句式上卻能有三成的符合比率，比例頗高。考生除了要面對彌封的考題之外，同時也要應對各種考場上的突發狀況，於是現今的補習班發展出各自的一套應試對策，讓考生能夠進場照本宣科；現在如此，過去亦如是，《賦譜》的產生和私試的運作，不外乎是這樣的狀況而產生的。因此在唐人大量的官試與私試作品中，便能夠取得所需的資料，進而印證浩虛舟律賦在句式上有其殊勝之處。彭紅衛〈論律賦的基本特徵〉中以「《賦譜》近於新批評」的觀點說明律賦的寫作法則；而從浩虛舟對句法、句式的操作上來看，彭紅衛此言甚是。事實上「可操作性」對於考用書的確是相當重要的，《賦譜》作為一本考用書，是否能一指迷津，便成了當時能否暢銷最重要的關鍵。在可操作性上，以浩虛舟的律賦而言，確實能看到具體的操作，雖然很難定論是浩虛舟和《賦譜》兩者之間的關係究竟為何，但根據本文之研究，卻可以定論《賦譜》當出現於浩虛舟活動文壇的不久之後，其間隔甚或不足十年；以浩虛舟長慶二年中進士來看，幾可算是中唐末期，接下來如徐寅、黃滔，於昭宗乾寧時中進士的時間來看，兩人在律賦上的破體當可印證此觀點。

　　《賦譜》頗重句型，這一點也是律賦典律化的重要因子，因此在浩虛舟的律賦上不難發現，大量運用對句為其特色，且在對句使用上，又以隔句對為多，隔句對中又以輕隔為最多，這部分的表現方式，和《賦譜》的建議一致自無待言。同理，中唐諸家也都有以隔句對為要的傾向，但表現上卻或多有雜隔者如王起；或多有平隔者如蔣防，均不具備如浩虛舟特別以輕重隔為主的傾向。綜合觀察，自獨孤授開始，輕隔的使用頻率是越來越高的，這部分或可說明《賦譜》實際上乃是文學創作風氣之下的產物，也印證了它參考書的性質。

　　在字數上，《賦譜》對各段和總字數均有建議，並有一定的彈性和空間。以浩虛舟而言，除〈王者父事天兄事日賦以「子弟誠賢國家靡失」為韻〉多達 412 字之外，大致上均在《賦譜》所要求的字數以內。從各韻段上來說，〈舒姑泉賦以「記云舒氏女化為泉」為韻〉第一韻段多達 72 字以外，其於諸篇超出之字數均不多於 70 字，造成這樣的原因，實際上是因為浩虛舟在第一韻段中囊括了一般頭段和項段的內容，這一點可從「原始」的出現上得到印證。或者可以說，浩虛舟的律賦雖然是律賦的典律化標準，雖不明顯，但實際上卻也開始出現破格的跡象。若納入其他的研究成果一併考察，則可發現整體來說，李程韻段越次，字數越少；白居易則反之。從這一點觀察，浩虛舟律賦各韻段字數幾乎相

當，或可推知對於各段字數與總字數的要求，浩虛舟其實是有意識在進行典律的建立或維護的。

　　浩虛舟的律賦可稱之嚴守《賦譜》以「緊、長、隔」為主的基本句型，雖稱之為嚴守，但實際上合乎此標準的段落數亦不過約 48%。然而若將這個數字和中唐其他各家做比較，卻是相當高的；以現有的研究成果來看，次高者為裴度，符合之段落數僅約 23%，兩者之間的差距不可不謂懸殊。但即便如此，浩虛舟之律賦中，卻也沒有一篇是完全符合《賦譜》建議之句式的。這部分或者可說是作家自由創作的空間，也可能是《賦譜》僅是提供一個好的選擇，而非規定了只有一種可能。總之從句式這部分觀察，不僅可知浩虛舟在句式的使用上足堪典律，也能間接討論《賦譜》的成書當與浩虛舟同時，而兩者的關係似乎如同賦格與辭賦選本，形成有趣的對照。

四、透過整體觀照浩虛舟之律賦創作，完成中唐律賦研究的重要拼圖

　　浩虛舟在律賦發展上如前揭所示，具有相當重要的指標性，或者至少是目前研究成果中最具有代表性的人物，其立足於律賦典律化的重要里程碑，進而在律賦研究上取得重要的地位，這個部分當是過去研究所缺乏的結果，也是在律賦研究中應當補足的一環。其實浩虛舟在簡宗梧先生〈唐律賦典律之研究〉一文中便以〈盆池賦以「積水盈器如望深池」為韻〉一篇為律賦典律之一。據本文之研究結果，〈盆池賦〉確實具備各項律賦典律因子應有的特徵，綜合審視浩虛舟其他諸篇，也同樣較之他家更具有典範性。

　　於是浩虛舟從過去因律賦被忽視，所造成的文學史邊陲中，因簡宗梧先生而一躍進入典範視野；這樣的評價方能彰顯在律賦作為賦體之重要體類，由賦體自身客觀的角度，結合當時的時代背景，而為公正的批評。賦體的發展一直是綜合時代條件與各種文學思想雜揉的產物，因此很難以單一要件規定律賦之肇始時域，但也因為如此，卻能夠從多個層次考察律賦各項形式特徵，並歸納出律賦最有可能形制完備的時間點。以本文的研究來看，極有可能律賦是在穆宗長慶時完成的體例，這一點從本文各章的比較與歸納可加以印證。因此浩虛舟在文學史上的缺席，乃至於律賦的評價，當有一具體的改變。這部分的改變，以及如何改變，即是接續討論的重點了。

　　綜觀唐代律賦之發展，便可以發現，以試賦等同律賦的觀點並不正確；以

及從科舉的角度研究律賦也有失允當，或者律賦可以是史料，但它並非只是史料。因此在研究上仍應注意到律賦作為文體之一的特色和文學意義，方能基於文學史的立場上進行客觀批評。簡宗梧〈賦體之典律作品及其因子〉中談到賦體中「異中求同、同中求異」，這一點當是辭賦研究上都會面對到的問題，因此簡宗梧以賦的充分條件與必要條件等層次著手，並從而掌握「賦的義界」。以本文觀之，浩虛舟的出現使律賦的形制特徵更為具體的表現，而非僅是《賦譜》紙上談兵，這一點在浩虛舟以前是沒有出現過的現象。

倘若能夠將律賦舉出為「平仄相協」與「句式」等兩個律賦最具代表層次，並和《賦譜》進行兩相對照，考察各家偏離程度，則能夠繪圖如下：

圖 5-1　賦家偏離《賦譜》散佈圖

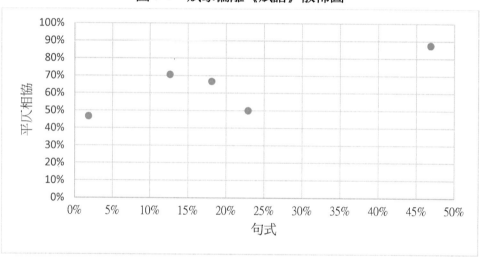

製圖人：江道一

上圖之點，由左至右分別為獨孤授、白行簡、蔣防、裴度、浩虛舟，不難發現其發展確實是逐漸趨於《賦譜》對句式的要求和後世對律賦用韻觀察的結論。或者在中唐諸家資料不全的情況下，仍能大致推論，從獨孤授開始，一直到浩虛舟，律賦發展整體來說是越趨於典律化的。

參考文獻

一、古籍（依朝代先後排序）

1. 〔周〕左丘明傳，〔晉〕杜預注，〔唐〕孔穎達正義，李學勤主編：《春秋左傳正義》，臺北：臺灣古籍出版社，2002 年。

2. 〔周〕莊周著，〔清〕王先謙集解：《莊子集解》，宣統元年刻本。

3. 〔漢〕焦延壽著，徐芹庭，徐耀環註解：《焦氏易林解譯》，新北：聖環圖書公司，2013 年。

4. 〔漢〕董仲舒著，〔清〕蘇輿撰，鍾哲點校：《春秋繁露義證》，北京市：中華書局，1992 年。

5. 〔漢〕葛洪著，成林，程章燦譯注：《西京雜記》，貴陽：貴州人民出版社，1997 年。

6. 〔漢〕司馬遷著，〔日〕瀧川資言考證，楊海崢整理：《史記會注考證》，上海：上海古籍出版社，2015 年。

7. 〔漢〕班固著，〔唐〕顏師古注，〔清〕王先謙校刊：《漢書補注》，清光緒二十六年王氏虛受堂刻本。

8. 〔漢〕袁康：《越絕書》，龍溪精舍叢書本。

9. 〔漢〕蔡邕：《獨斷》，臺北：臺灣商務印書館，1981 年。

10. 〔魏〕王肅：《孔子家語》，光緒六年掃葉山房藏刻本。

11. 〔晉〕陳壽撰；〔南朝宋〕裴松之注；盧弼集解；錢劍夫整理：《三國志》，上海：上海古籍出版社，2009 年。

12. 〔晉〕范曄，〔唐〕李賢注：《新校後漢書注》，臺北：世界書局，1972 年。

13. 〔梁〕真諦譯，〔唐〕法藏等疏譯：《大乘起信論義記》，光緒戊戌年金陵經刻處本。

14. 〔梁〕任昉：《述異記》，臺北：新文豐出版社影印叢書集成新編，1985 年。

15. 〔梁〕劉勰著，王更生注譯：《文心雕龍讀本》，臺北：文史哲出版社，1986年。

16. 〔梁〕蕭統編，〔唐〕李善等注：《增補六臣註文選》，臺北：華正書局，1980 年。

17. 〔北魏〕酈道元著，陳橋驛校證：《水經注校證》，北京：中華書局，2007年。

18. 〔唐〕房玄齡撰，王雲五主編：《晉書》，臺北：臺灣商務印書館影印百衲本廿四史，2010 年。

19. 〔唐〕林寶撰，岑仲勉校記：《元和姓纂四校記》，臺北：台聯國風出版社，1975 年。

20. 〔唐〕成玄英疏，嚴靈峯編輯：《南華真經注疏》，臺北：藝文印書館，1972年。

21. 〔唐〕白居易：《白氏長慶集》，臺北：藝文印書館，1971 年。

22. 〔唐〕李匡乂：《資暇集》，北京：中華書局，1985 年。

23. 〔唐〕王昌齡撰，張伯偉校考：《詩格》，張伯偉：《全唐五代詩格彙考》，南京：鳳凰出版社，2002 年。

24. 〔唐〕佚名撰，張伯偉校考：《賦譜》，張伯偉：《全唐五代詩格彙考》，南京：鳳凰出版社，2002 年。

25. 〔五代〕王定保著，陽羨生校點：《唐摭言》，上海：上海古籍出版社，2012年。

26. 〔宋〕李昉等編：《太平御覽》，臺北：臺灣商務印書館，1983 年。

27. 〔宋〕陳彭年：《新校正切宋本廣韻》，臺北：黎明文化事業股份有限公司，2008 年。

28. 〔宋〕孫光憲著，林艾園校點：《北夢瑣言》，上海：上海古籍出版社，2003 年。

29. 〔宋〕歐陽修、宋祁：《新唐書》，臺北：臺灣商務印書館，2010 年。

30. 〔宋〕洪邁：《容齋續筆》，《全宋筆記》第五編三，鄭州：大象出版社，2012 年。

31. 〔宋〕吳曾：《能改齋漫錄》，收於朱易安、傅璇琮等主編：《全宋筆記》，鄭州：大象出版社，2012 年。

32. 〔宋〕王應麟撰，武秀成、趙庶洋校證：《玉海》，浙江：浙江書局光緒九年重刊本，1983 年。

33. 〔宋〕釋普濟：《五燈會元》，臺北：新文豐出版社，1989 年。

34. 〔宋〕朱熹：《四書集注》，臺北：頂淵文化事業有限公司，2005 年。

35. 〔宋〕吉天保：《孫子集注》，江南圖書館藏明嘉靖乙卯刊本。

36. 〔明〕李夢陽：《空同集》，臺北：臺灣商務印書館影四庫全書，冊 1262。

37. 〔明〕徐師曾：《文體明辨》，北京：人民文學出版社，1998 年。

38. 〔清〕彭定求等：《全唐詩》，北京：中華書局，2003 年。

39. 〔清〕董誥：《全唐文》，北京：中華書局，1983 年。

40. 〔清〕陳元龍：《御定歷代賦彙》，臺北：臺灣商務印書館，1986 年。

41. 〔清〕陳鴻墀：《全唐文紀事》，臺北：世界書局，1967 年。

42. 〔清〕胡文英著、徐復校議：《吳下方言考校議》，南京：鳳凰出版社，2012 年。

43. 〔清〕覺羅石麟監修，儲大文編纂：《山西通志》，臺北：臺灣商務印書館影印四庫全書，冊 544。

44. 〔清〕徐松：《登科記考》，道光十八年刻本。

45. 〔清〕譚宗浚：《希古堂集》，光緒十六年刻本。

46. 〔清〕李調元：《賦話》，臺北：廣文書局，1971 年。

47. 〔清〕余丙照，《增註賦學入門》，臺北：廣文書局，1979 年。

48. 〔清〕王芑孫：《讀賦卮言‧官韻例》，韓泉欣、孫福軒編輯點校：《歷代賦論彙編》上編，北京：人民文學出版社，2016 年。

49. 〔清〕浦銑：《復小齋賦話》，何沛雄編：《賦話六種》，香港：三聯書店，1982 年。

50. 〔清〕嚴可均：《全上古三代秦漢六朝文》，上海：上海古籍出版社，影印光緒二十年黃岡王氏刻本。

51. 〔清〕皮錫瑞撰，吳仰湘點校：《孝經鄭注疏》，收於吳仰湘編：《皮錫瑞全集》，北京：中華，2016 年。

52. 〔清〕釋印光重修：《九華山志》，光緒二十年官修化城寺藏影印本。

53. 〔清〕褚人穫：《堅瓠集》，杭州：浙江人民出版社，1986 年。

54. 〔清〕陸心源：《唐文拾遺》，北京：中華書局，1983 年。

55. （日）遍照金剛：《文鏡秘府論》，臺北：學海出版社，1974 年。

二、近人著作（依姓氏筆畫排序）

1. 尹占華：《律賦論稿》，成都：巴蜀書社，2001 年。

2. 王士祥：《唐代試賦研究》，上海：上海古籍出版社，2012 年。

3. 王兆鵬：《唐代科舉考試詩賦用韻研究》，山東：山東齊魯書社，2004 年。

4. 王良友：《中唐五大家律賦研究》，臺北：文津出版社，2008 年。

5. 王國維：《宋元戲曲考》，臺北：藝文印書館，1975 年。

6. 任繼愈：《中國道教史》，北京：中國社會科學出版社，2001 年。

7. 祁立峰：《相似與差異：論南朝文學集團的書寫策略》，臺北：政大出版社，2014 年。

8. 何沛雄：《賦話六種》，香港：三聯書店，1982 年。

9. 吳宗國：《唐代科舉制度研究》，北京：北京大學出版社，2010 年。

10. 吳庚舜、董乃斌主編：《唐代文學史》，北京：人民文學出版社，2000 年。

11. 吳儀鳳：《賦寫帝國：唐賦創作的文化情境與書寫意涵》，臺北：萬卷樓圖書公司，2012 年。

12. 吳汝鈞：《中國佛學的現代詮釋》，臺北：文津出版社，1995 年。

13. 周祖謨：《唐五代韻書集存》，臺北：臺灣學生書局，1994 年。

14. 周誠明：《唐人生命思想之多元探討》，臺北：元華文創股份有限公司，2017 年。

15. 林富士，《小歷史——歷史的邊陲》，臺北：三民書局，2018 年。

16. 徐志嘯：《歷代賦彙輯要》，上海：復旦大學出版社，1991 年。

17. 馬積高：《歷代辭賦研究史料概述》，北京：中華書局，2005 年。

18. 馬積高：《賦史》，上海：上海古籍出版社，1987 年。

19. 馬積高：《歷代辭賦研究史料》，北京：中華書局出版，2001 年。

20. 曹明綱：《賦學論稿》，上海：上海古籍出版社出版社，2012 年。

21. 陳秀宏：《唐代科舉制度研究》，北京：北京師範大學出版社，2012 年。

22. 許結、郭維森：《中國辭賦發展史》，南京：江蘇教育出版社，1996 年。

23. 廖小東：《政治儀式與權力秩序——古代中國「國家祭祀」的分析》，北京：中國社會科學出版社，2014 年。

24. 鄭競編：《全漢賦》，臺北：之江出版社，1994 年。

25. P. G. Zimbardo 原著；游恆山編譯，黃榮村校訂：《心理學》，臺北：五南書局，1990 年。

三、學位論文（依姓氏筆畫排序）

1. 于亞飛：《唐代軍旅賦研究》，桂林：廣西師範大學中國古代文學所碩士論文，2017 年。

2. 方靜瑛：《徐寅律賦研究》，臺北：中國文化大學中國文學研究所碩士論文，2012 年。

3. 王賤琴：《唐代典禮賦研究》，南昌：江西師範大學古代文學所碩士論文，2014 年。

4. 付靜：《初盛唐律賦格律研究》，濟南：山東師範大學漢語言文字學碩士論文，2010 年。

5. 左燦麗：《黃滔詩研究》，北京：北京人民大學文學院碩士論文，2004 年。

6. 江之陵：《蔣防辭賦之研究》，臺北：中國文化大學中國文研究所碩士論文，2014 年。

7. 呂海波：《中唐試賦研究》，呼和浩特：內蒙古師範大學古代文學研究所碩士論文，2010 年。

8. 汪欣：《蔣防律賦之研究》，武漢：華中科技大學中國古代文學研究所碩士論文，2013 年。

9. 胡淑貞：《白居易賦研究》，臺中：逢甲大學中國文學研究所碩士論文，2003 年。

10. 馬麗：《唐代應試詩賦研究》，西安：陝西師範大學中國古代文學研究所碩士論文，2009 年。

11. 馬寶蓮：《唐律賦研究》，臺北：中國文化大學中國文學研究所博士論文，2003 年。

12. 張凱：《晚唐律賦三大家用韻研究》，濟南：山東師範大學漢語言文字學研究所碩士論文，2007 年。

13. 陳成文：《唐代古賦研究》，臺北：政治大學中國文學系博士論文，1998 年。

14. 陳鈴美：《王棨律賦研究》，臺中：逢甲大學中國文學研究所碩士論文，2005 年。

15. 陳漢鄂：《黃滔律賦研究》，臺中：逢甲大學中國文學研究所碩士論文，2009 年。

16. 彭紅衛：《唐代律賦的演進及其特徵考論》，武漢：華中師範大學中國古典文獻學博士論文，2008 年。

17. 游適宏：《由拒唐到學唐：元明清賦論趨向之考察》，臺北：政治大學中國文學系博士論文，2001 年。

18. 黃雅琴：《王起律賦研究》，臺中：逢甲大學中國文學研究所碩士論文，2006 年。

19. 趙成林：《唐賦分體研究》，武漢：武漢大學中國古代文學博士論文，2005 年。

20. 趙俊波：《中晚唐賦研究》，成都：四川大學文學與新聞學院碩士論文，2004 年。

21. 鄧偉月：《唐代詩歌引黃金臺典故研究》，桂林：廣西師範大學文學院碩士論文，2016 年。

22. 鄭真先：《唐代治道賦研究》，桂林：廣西師範大學中國古典文獻學研究所碩士論文，2015 年。

23. 鄭艷：《李程律賦研究》，武漢：華中科技大學中國古代文學研究所碩士論文，2012 年。

24. 龐國雄：《黃滔律賦研究》，桂林：廣西師範大學中國古代文學研究所碩士論文，2010 年。

25. 方颯文：《蔣防律賦研究》，臺北：政治大學國文教學碩士在職專班碩士論文，2018 年。

26. 黃佳鳳：《白行簡律賦研究》，臺北：政治大學國文教學碩士在職專班碩士論文，2018 年。

27. 林景梅：《裴度律賦研究》，臺北：政治大學國文教學碩士在職專班碩士論文，2018 年。

28. 吳怡靜：《獨孤授律賦研究》，臺北：政治大學國文教學碩士在職專班碩士論文，2019 年。

四、期刊及學術會議論文（依出版年排序）

1. 王成勉：〈明末士人的抉擇：論近年明清轉接時期之研究〉，《食貨月刊》第 15 卷第 9／10 期（1986 年 4 月），頁 65～75。

2. 羅聯添：〈唐代進士科試詩賦的開始及其相關問題〉，收入《唐代文學論集》（下），臺北：臺灣學生書局，1989 年；又收入《中國歷史學會史學集刊》第 17 期，1985 年 5 月，頁 9～20。

3. 魏仲祐：〈近體詩之一端〉，《東海中文學報》第 10 期，1992 年 8 月，頁 39～49。

4. （美）柏夷（S. Bokenkamp）：《賦譜略述》，《中華文史叢論》第 49 輯，1992 年，頁 149～161。

5. 張端穗，〈《春秋公羊傳》經權觀念的緣起〉，《東海中文學報》，1992 年 8 月第 10 期，頁 61～79。

6. 詹杭倫：〈唐鈔本《賦譜》初探〉，收入詹杭倫、李立信、廖國棟合著《唐宋賦學新探》（臺北：萬卷樓圖書公司，2005 年），頁 37～58。《四川師範大學學報》增刊總第 7 期，1993 年 9 月。

7. 簡宗梧：〈試論唐賦之發展及其特色〉，收入《第二屆國際唐代學術會議論文集》（臺北：文津出版社，1993 年），頁 109～127。

8. 李立信：〈「辭」、「賦」關係新證〉，《新亞學術集刊・賦學專輯》第 13 期，1994 年，頁 51～63。

9. 曹明綱：〈唐代律賦的形成、發展和程式特點〉，《學術研究》第 4 期，1994 年，頁 115～119。

10. 葉樹仁：《讀全唐文補遺（四）》，《首都師範大學學報》（社會科學版），1994 年第 1 期），頁 67～71。

11. 許結：〈中國辭賦流變全程考察〉，《學術月刊》第 6 期，1994 年，頁 86～94。

12. 許結：〈明代「唐無賦」說辨析——兼論明賦創作與復古思潮〉，《中國古代近代文學研究》第 11 期，1994 年，頁 77～85。

13. 許結：〈論唐代賦學的歷史形態〉，《南京大學學報》第 1 期，1996 年，頁 43～52。

14. 何新文：〈晚唐律賦的藝術變化〉，《湖北大學學報》第 1 期，1995 年，頁 110～118。

15. 許結：〈古律之辨與賦體之爭：論後期賦學嬗變之理論軌跡〉，收入政治大學文學院編《第三屆國際辭賦學學術研討會論文集》（臺北：國立政治大學，1996 年），頁 69～88。

16. 蔡鍾翔：〈賦論流變考略〉，收入政治大學文學院編《第三屆國際辭賦學學術研討會論文集》（臺北：國立政治大學，1996 年），頁 533～547。

17. 王基倫：〈中晚唐賦體創作趨向新議〉，收入政治大學文學院編《第三屆國際辭賦學學術研討會論文集》（臺北：國立政治大學，1996 年），頁 889～905。

18. 何新文：〈浦銑及其賦話考述〉，《文獻》第 3 期，1997 年，頁 50～63。

19. 陳美朱：〈論唐賦的兩極評價〉，《中國文化月刊》第 218 期，1998 年，頁 97～116。

20. 簡宗梧：〈生鏽的文學主環：賦〉，《國文天地》第 6 期，1998 年，頁 7～11。

21. 王兆鵬：〈試論唐代科舉考試的詩賦限韻與早期韻圖〉，《漢字文化》，1999 年，頁 11～14。

22. 陳萬成：〈《賦譜》與唐賦的演變〉，收入南京大學中文系主編，《辭賦文學論集：第四屆國際辭賦學學術研討會論文集》，南京：江蘇教育出版社，1999 年，頁 559～573。

23. 簡宗梧：〈1991～1995 年中外賦學研究述評〉，收入南京大學中文系主編，《辭賦文學論集：第四屆國際辭賦學學術研討會論文集》（南京：江蘇教育出版社，1999 年）。

24. 簡宗梧：〈唐文辭賦化之考察〉，收入國立成功大學中國文學系主編《第四屆唐代文化學術研討會論文集》（臺南：國立成功大學教務處出版，1999 年），頁 69～91。

25. 簡宗梧、游適宏：〈律賦在唐代「典律化」之考察〉，《逢甲人文社會學報》第 1 期，2000 年 11 月，頁 1～16。

26. 王成勉：〈清史中的洪承疇〉，收於王成勉：《明清文化新論》（臺北：文津出版社，2000 年），頁 477～499。

27. 彭萬隆：〈《登科記考》訂補八則〉，《阜陽師範學院學報》第 1 期，2001 年。

28. 詹杭倫：〈清代賦格著作《賦學指南》考論〉，《成大中文學報》第 10 期，2001 年。

29. 簡宗梧：〈賦與類書關係之考察〉，收入《第五屆國際辭賦學學術研討會論文》（漳州：漳州師範學院，2001 年）。

30. 王士祥：〈唐代省試賦用韻考述〉，《中國古典文學與文獻學研究》第二輯，2002 年，頁 111～123。

31. 簡宗梧、游適宏：〈清人選唐律賦之考察〉，《逢甲人文社會學報》第 5 期，2002 年 11 月，頁 21～35。

32. 廖芮茵：〈成仙與養生──唐代文士的服食分析〉，國立台中技術學院《人文社會學報》第 1 期（2002 年 12 月），頁 16～32。

33. 余恕誠：〈唐代律賦與詩歌在押韻方面的相互影響〉，《江淮論壇》第四期，2003 年，頁 105～112。

34. 簡宗梧：〈唐律賦典律研究〉，收入逢甲大學中文系編《六朝隋唐學術研討會論文》，臺北：文史哲出版社，2004 年。

35. 汪小洋、孔慶茂：〈論律賦的文學性〉，《江蘇廣播電視大學學報》，2003 年 2 月，頁 45～49。

36. 簡宗梧：〈賦體典律因子及其因子〉，《逢甲人文社會學報》第 6 期，2003 年 5 月，頁 1～28。

37. 林天祥：《論北宋詠物賦的借物言理》，《北京化工大學學報》（社會科學版），2004 年第 3 期，頁 33～39。

38. 趙俊波：〈晚唐律賦的散體化傾向〉，《江海學刊》第 2 期，2004 年 4 月，頁 165～170。

39. 趙俊波：〈窺陳編以盜竊論唐代律賦語言雅正特點的形成〉，《社會科學研究》第 3 期，2004 年 5 月，頁 146～149。

40. 蹤凡：〈《歷代賦彙》的漢賦編錄與分類〉，《國學術史研究》，2004 年第 4 期，頁 137～140。

41. 吳在慶：〈科舉試賦及其對唐賦創作影響的幾個問題〉，《廣西師範大學學報》（哲學社會科學版）第 40 卷第 2 期，2004 年 4 月，頁 34～39。

42. 趙俊波：〈論晚唐律賦三大家的詠史懷古之作──兼論閩地律賦創作興盛的原因〉，《蘭州大學學報》（社會科學版）第 32 卷第 6 期，2004 年 11 月，頁 61～65。

43. 尹占華：〈論賦的文體特徵的無規範性以及唐賦形式的兩極分化〉，《濟南大學學報》第 15 卷第 6 期，2005 年，頁 27～32。

44. 游適宏：〈一個賦體分類論述的形成──賦分為古賦、俳賦、律賦、文賦〉，《國立臺灣科技大學人文社會學報》第 1 卷，2005 年 3 月，頁 75～89。

45. 鄺健行：〈律賦論體〉，《四川師範大學學報》第 32 卷第 1 期，2005 年 1 月，頁 68～74。

46. 吳儀鳳：〈唐賦的帝國書寫特質探討〉，《東華漢學》第 4 期，2006 年 9 月，頁 67～111。

47. 孫福軒：〈唐宋賦學論議〉，《濟南大學學報》（社會科學版）第 17 卷第 3 期，2007 年 5 月，頁 38～44。

48. 何曉園：〈中唐文人的政治自覺與詩歌創作〉，《深圳大學學報》（社會科學版）第 24 卷第 3 期，2007 年 5 月，頁 102～106。

49. 林俊宏：〈成玄英的重玄思想與政治論述——以《南華真經注疏》為核心〉，《政治科學論叢》第 32 期，2007 年 6 月，頁 145～202。

50. 郭建勳、毛錦群：〈論律賦的文體特徵〉，《中國文化研究》冬之卷，2007 年，頁 61～68。

51. 簡宗梧：〈試論唐賦在文學史上的地位〉，收入謝海平主編《唐代學術研討會論文集》，頁 1～9。

52. 陳成文：〈從「唐無賦」到「賦莫盛於唐」——唐賦評價變遷之考察〉，《臺北教育大學語文集刊》第 14 期，2008 年 7 月，頁 115～148。

53. 李冰：〈《賦譜》探微〉，《安徽文學》第 11 期，2008 年，頁 189～190。

54. 姜子龍、詹杭倫：〈唐代律賦的「雅」與「麗」〉，《中州學刊》第 1 期（總第 169 期），2009 年 1 月，頁 200～204。

55. 吳儀鳳：〈唐代典禮賦創作之文化情境探討〉，《政大中文學報》第 12 期，2009 年 12 月 1 日，頁 195～229。

56. 劉怡君：〈《唐律疏議・名例律》「天」與「刑」關係之探析——兼論經學與律學的交涉〉，《東吳中文學報》第 19 期，2010 年 5 月，頁 153～178。

57. 趙俊波：〈唐代試賦的命題研究——以試賦題目與九經的關系為中心〉，《四川師範大學學報》（社會科學版）第 38 卷第 1 期，2011 年 1 月，頁 127～131。

58. 何易展：〈論初唐四傑賦之「祖騷」〉，《四川師範大學學報》（社會科學版）第 38 卷第 3 期，2011 年 5 月，頁 163～170。

59. 謝琰，《盆池中的理學》，《文史知識》第 8 期，2012 年，頁 113～117。

60. 黃水雲：〈唐賦節日活動書寫——以《中和節百辟獻農書賦》為主的考察〉，《南京大學學報》（哲學・人文科學・社會科學版）第 4 期，2013 年，

頁 95～105。

61. 秦金：〈浩虛舟賦研究〉，《河南廣播電是大學學報》第 26 卷第 1 期，2013 年 1 月，頁 29～31。

62. 張興田：〈隋唐科舉試賦制度的歷史考察〉，《國學》，2013 年 6 月，頁 9 ～10。

63. 李雨鍾：〈從人「性」論到共「同」體：孟子與荀子的方案〉，《臺大中文學報》第 61 期，2018 年 6 月，頁 49～86。

64. 張彥：〈新世紀以來唐代律賦研究綜述（2000～2014）〉，《成都師范學院學報》第 31 卷第 8 期，2015 年 8 月，頁 85～90。

65. 陳弱水：〈中晚唐文人與經學〉，《中央研究院歷史語言研究所集刊》第 86 本第 3 分，2015 年 9 月，頁 553～606。

66. 董就雄：〈試論唐代八韻試賦的用韻〉，《饒宗頤國學院院刊》第 2 期，2015 年 5 月，頁 239～275。

67. 張巍：〈《賦譜》釋要〉，《南京大學學報（哲學‧人文科學‧社會科學）》第 1 期，2016 年，頁 127～160。

68. 程維：〈從律賦格到文章學〉，《中國韻文學刊》第 31 卷第 1 期，2017 年 1 月，頁 104～111。

五、西文著作

1. Kuhn, T. S., *The Structure of Scientific Revolutions*. Chicago: University of Chicago Press, 1996.

2. Easton, D., *A System Analysis of Political Life* (New York: John Wiley & Sons, 1965).

3. Watson, J. B., *Behaviorism* (Chicago: University of Chicago Press, 1930).

附錄：浩虛舟律賦表格化整理

一、〈**解議圍賦**以「詞理精通釋然自潰」為韻〉

內　文	賦譜術語	段落	韻　部	字數
王子猷之延賓暇時◎， 偶切磋於經史◎， 遂交戰於言詞◎。 出奇而彼力方壯，向敵而吾矛莫持◎。 阻辯口而不通，去來都絕； 閉赤城之深固，中外生疑◎。	漫 長 長 隔（重隔）	頭	之韻（上平） 止韻（上） 之韻（上平） 之韻（上平） 之韻（上平） 平上通押	54
既而 謝婦側聆，翠帷潛至◎。 察攻討之餘勢，知勝敗之有自◎。 情甲遂闘，縱堂上之奇兵； 靈府忽開，出身中之利器◎。	發 緊 長 隔（輕隔）	項	 至韻（去） 至韻（去） 至韻（去） 至韻獨用	42
是用自伐，期乎不爭◎。 因漁獵之近習，得籌謀之至精〔註1〕◎。 縱吟嘯為鼓鼙之雄，倍增其勇； 察顏色為風雲之候，暗識其情◎。	緊 長 隔（雜隔）	胸	耕韻（下平） 清韻（下平） 清韻（下平） 耕清同用	44

〔註1〕「精」字有二讀音：一、子盈切，清韻。明也，正也，善也，好也。《說文》
　　　　曰：「擇也。」《易》曰：「純粹，精也。」子盈切十五。二、子姓切，勁韻。
　　　　強也。子姓切，又音旌一。依文意及押韻判斷此應為子盈切。

然後 以德而攻，當無向背〔註2〕◎。 迎心石以奔北，望詞鋒而亂潰◎。 一來一往，環回於文苑之間； 或否或臧，蹂躙於儒林之內◎。	發 緊 長 隔（雜隔）	上腹	隊韻（去） 隊韻（去） 隊韻（去） 隊韻獨用	44
已而 容勢相懸◎， 抵摧莫前◎。 擊觸而剛腸已折，交侵而銳氣難全◎。 去不可逃，顧咽喉之絕矣； 敗無相救，覺脣齒之茫然◎。	發 緊 長 隔（輕隔）	中腹	先韻（下平） 先韻（下平） 仙韻（下平） 仙韻（下平） 先仙同用	44
觀夫 忠甲不免，德藩何益◎。 望風而堅勁不保，挫氣而秉持盡釋◎。 俄執訊於折角，將犒師於重席◎。 驗運輸而經笥不窮， 察包裹而智囊猶積〔註3〕◎。	發 緊 長 長 隔（疏隔）	下腹	昔韻（入） 昔韻（入） 昔韻（入） 昔韻（入） 昔韻獨用	52
是以 扞格斯闢，書文必同◎。 逆無不服，滯無不通◎。 義櫓罷持，倒載於德車之上； 仁寶悉獲，橫行於王道之中〔註4〕◎。	發 緊 緊 隔（雜隔）	腰	東韻（上平） 東韻（上平） 東韻（上平） 東韻獨用	40
故得 學海長清，言讎不起◎。 百家咸湊其軌轍，六籍各分其疆理◎。 是使孤陋寡聞之徒，永願服膺而已◎。	發 緊 長 漫	尾	止韻（上） 止韻（上） 止韻（上） 止韻獨用	38

〔註2〕「背」字有二讀音：一、蒲昧切，隊韻。弃背，又姓也。又補妹切。二、補妹切，隊韻。脊背。補妹切三。依文意及押韻判斷此應為補妹切。

〔註3〕「積」字有二讀音：一、子智切，寘韻。委，積也。又子昔切四。二、資昔切，昔韻。聚也。資昔切，又資賜切十八。依文意及押韻判斷此應為資昔切。

〔註4〕「中」字有二讀音：一、陟弓切，東韻。平也，成也，宜也，堪也，任也，和也，半也，又姓。漢少府卿中京出。《風俗通》又漢複姓，有七氏。漢有諫議大夫中行彪，晉中行偃之後，虞有五英之樂掌中英者，因以為氏。古有隱者中梁子。《漢書・藝文志》有室中周，著書十篇。賈執《英賢傳》云：「路中大夫之後，以路中為氏」張晏云：「姓路為中大夫。」何氏《姓苑》：「有中壘氏、中野氏。」陟弓切，又陟仲切四。二、陟仲切，送韻。當也。陟仲切，又陟沖切二。依文意及押韻判斷此應為陟弓切。

二、〈王者父事天兄事日賦以「子弟誠賢國家靡失」為韻〉

內　　文	賦譜術語	段落	韻　　部	字數
二儀覆載，德之廣者唯天； 三光照臨，明之大者唯日◎。 故王者 於天也，父事無怠； 於日也，弟恭靡失◎。 布和施令，將成不宰之功； 明目達聰，欲亞無私之質〔註5〕◎。	隔（輕隔） 發 隔（疏隔） 隔（輕隔）	頭	質韻（入） 質韻（入） 質韻（入） 質韻獨用	57
當其 萬邦作貢，四海為家◎。 仰元氣而晨昏靡隔， 指陽精而伯仲非賒◎。 草色難窮，屢軫南陔之戀； 棠陰易匿，常思棣萼之華〔註6〕◎。	發 緊 長 隔（輕隔）	項	麻韻（下平） 麻韻（下平） 麻韻（下平） 麻韻獨用	46
所以 化洽中原，祥臻上國◎。 法寒暑觀從政之道， 無薄蝕見相容之德◎。 登封泰嶽，猶疑陟岵之時； 展禮東郊，似望在原之力◎。	發 緊 長 隔（輕隔）	胸	德韻（入） 德韻（入） 職韻（入） 德職同用	46
愛敬無斁，恪恭盡虔◎。 窺一氣異歷山之泣， 攀六龍為荀氏之賢◎。 覆燾成功，且異靡瞻之義； 古今垂象，難窮以長之年◎。	緊 長 隔（輕隔）	上腹	仙韻（下平） 先韻（下平） 先韻（下平） 仙先同用	44

〔註5〕「質」字有二讀音：一、陟利切，至韻。交質，又物相贄。又之日切。二、之日切，質韻。朴也，主也，信也，平也，謹也，正也，又姓。《漢書‧貨殖傳》云：「質氏以洒削而鼎食。」《注》云：「理刀劍也。」之日切又音致十五。依文意及押韻判斷此應為之日切。

〔註6〕「華」字有三讀音：一、戶花切，麻韻。草盛也，色也。《說文》作蕐榮也。崔豹《古今注》曰：「堯設誹謗木，今之華表也。」《西京記》謂交午柱。戶花切，又呼瓜、戶化二切十。二、呼瓜切，麻韻。《爾雅》云：「華，荂也。」呼瓜切四。三、胡化切，禡韻。崋山西嶽，亦州名，春秋時秦晉之分境，後魏置東雍州改為崋州，又姓。出平原殷湯之後，宋戴公考父食采於崋後氏焉。依文意及押韻判斷此應為戶花切。

且夫		中腹		65
致敬唯精，傾心仰止◎。	發緊		止韻（上）	
誰嬰同席之亂，誰效攘羊之旨◎。	長		旨韻（上）	
曾聞有闕，遠懷幾諫之心；				
每懼曰明，寧有遠游之理◎。	隔（輕隔）		止韻（上）	
所以	發			
法前哲，規後嗣◎。	壯		止韻（上）	
播洪猷，恢至美◎，	壯		旨韻（上）	
教天下之為人[子]者矣◎。	漫送		止韻（上） 止旨同用	
又若	發緊	下腹		67
卑己謙恭，端心愷悌〔註7〕◎。			薺韻（上）	
同明無終鮮之嘆，可愛有既和之體◎。	長		薺韻（上）	
桑榆未及，魯衛之道咸興；				
葵藿皆傾，管蔡之釁不啟◎。	隔（輕隔）		薺韻（上）	
所謂	發			
扶枝葉，固根蒂〔註8〕◎。	壯		霽韻（去）	
播仁風，匡大禮◎，	壯		薺韻（上）	
教天下之為人[弟]〔註9〕者矣◎。	漫送		薺韻（上） 上去通押	
範人倫者，莫先於元首；		腰		52
遵孝理者，在致乎精誠◎。	隔（輕隔）		清韻（下平）	
必有尊也，天其父；				
必有先也，日其兄◎。	隔（其他）		庚韻（下平）	
九服洽和，若嗣高於廣大；				
萬機洞照，契承照於貞明◎。	隔（輕隔）		庚韻（下平） 清庚同用	
故得	發緊	尾		35
孝道日彰，休聲風靡◎。			紙韻（上）	
指圓蓋兮欽若，仰紅輪兮翼爾◎。	長		紙韻（上）	
由是海內無賊子奸臣，吾君如此◎。	漫		紙韻（上） 紙韻獨用	

〔註7〕「悌」字讀音有二：一、徒禮切，薺韻。愷悌，《詩》作豈弟。毛萇云：「豈，樂也；弟，易也。」二、特計切，霽韻。孝悌。又音上聲。依文意及押韻判斷此應為徒禮切。

〔註8〕蔕之今字。「蒂」：都計切，霽韻。草木綴實。

〔註9〕「弟」字讀音有二：一、徒禮切，薺韻。兄弟。《爾雅》曰：「男子先生為兄，後生為弟。」徒禮切，又特計切七。二、特計切，霽韻。見上注，又音上聲。

三、〈行不由徑賦以「處心行道有如此焉」為韻〉

內　文	賦譜術語	段落	韻　部	字數
澹台滅明，幽棲武城◎。 感樸直之風散，惡奸邪之徑生〔註10〕◎。 苟正其身，寧偏僻而是履； 不以其道，故斯須而不行〔註11〕◎。	漫 長 隔（輕隔）	頭	清韻（下平） 庚韻（下平） 庚韻（下平） 清庚同用	40
想乎 塵滿荊扉，草迷荒野〔註12〕◎。 追游不慎其經歷， 咫尺固難於出處〔註13〕◎。 鍾山石上，杖藜之意殊乖； 蔣氏庭中，攜手之期頓阻〔註14〕◎。	發 緊 長 隔（輕隔）	項	語韻（上） 語韻（上） 語韻（上） 語韻獨用	44
牢落幽居，交從日疏〔註15〕◎。 顧履危之若是，將苟且其焉如〔註16〕◎。	緊 長	胸	魚韻（上平） 魚韻（上平）	40

〔註10〕「生」字讀音有二：一、所庚切，庚韻。生長也，《易》曰：「天地之大德曰生。」又姓，出《姓苑》。所庚切十。二、所敬切，映韻。又所京切三。依文意及押韻判斷此應為所庚切。

〔註11〕「行」字讀音有四：一、胡郎切，唐韻。伍也，列也。又戶庚、戶浪、戶孟三切。二、戶庚切，庚韻。行步也，適也，往也，去也，又姓。周有大行人之官，其後氏焉。戶庚切，又戶剛、戶浪、下孟三切十。三、下浪切，宕韻。次第。四、下更切，映韻。景迹，又事也，言也。下更切，又胡郎、胡浪、胡庚三切。依文意及押韻判斷此應為匣戶切。

〔註12〕「野」字讀音有二：一、承與切，語韻。田野。承與切，又與者切二。二、羊者切，馬韻。田野，《說文》云：「郊外也。」羊者切五。依文意及押韻判斷此應為承與切。

〔註13〕「處」字讀音有二：一、昌與切，語韻。居也，止也，制也，息也，留也，定也。《說文》又作処，亦姓。《風俗通》云：「漢有北海太守處興。」二、昌據切，御韻。處所也。昌據切，又音杵二。依文意及押韻判斷此應為昌與切。

〔註14〕「阻」字讀音有二：一、側呂切，語韻。隔也，憂也。側呂切二。二、莊助切，御韻。馬阻蹄。又莊所切。依文意及押韻判斷此應為側呂切。

〔註15〕疏之今字。「疏」字讀音有二：一、所菹切，魚韻。通也，除也，分也，遠也，窗也，又姓。漢有太子太傅東海疏廣，或作疎，俗作踈。所菹切，又所助切十一。二、所去切，御韻。記也，亦作疎。所去切三。依文意及押韻判斷此應為所菹切。

〔註16〕「如」字有二讀音：一、人諸切，魚韻。而也，均也，似也，謀也，往也，若也，又姓。晉中經部魏有陳郡丞馮翊、如淳注《漢書》。又虜姓。《後魏書》如羅氏，後改為如氏。人諸切八。二、人恕切，御韻。又介諸切。依文意及押韻判斷此應為人諸切。

訪野徑以閒游，恐穿松竹； 出衡門而獨步，不繞園廬◎。	隔（重隔）		模韻（上平） 魚模合用	
嘉夫 礪志草茅，規行畎畝〔註17〕◎。 避幽隱以不到，視崎嶇而何**有**◎。 蕪城獨賞，寧游舊井之間； 山館時歸，肯逐樵人之後〔註18〕◎。	發 緊 長 隔（輕隔）	上腹	厚韻（上） 有韻（上） 厚韻（上） 厚有同用	42
至若 草樹沈沈，幽芳阻尋◎。 絡野之茅陰自合， 緣溪之苔色空深〔註19〕◎。 以遨以游，見徇公滅私之**志**； 一動一息，有去邪崇正之心◎。	發 緊 長 隔（輕隔）	中腹	侵韻（下平） 侵韻（下平） 侵韻（下平） 侵韻獨用	46
是以 蕭索鄉閭，虛閒襟抱◎。 優游多轍之窮巷， 來往疏槐之古**道**◎。 花間絕跡，念蹊樹之徒芳； 原上無人，惜皋蘭之暗老◎。	發 緊 長 隔（輕隔）	下腹	晧韻（上） 晧韻（上） 晧韻（上） 晧韻獨用	44
且 遵道如砥，持心若弦◎。 信無私以白首，將抱直以窮年◎。 顏生負郭之田，有時窺矣； 謝氏登山之屐，無所用**焉**〔註20〕◎。	發 緊 長 隔（重隔）	腰	先韻（下平） 先韻（下平） 仙韻（下平） 先仙同用	41

〔註17〕畝之今字。「畝」：莫厚切，厚韻。《司馬法》六尺為步，步百為畝。秦孝公之制，二百四十步為畝也。畮、畎，並古文。

〔註18〕「後」字讀音有二：一、胡口切，後韻。先後。《說文》：「遲也。」又胡豆切。二、胡遘切，候韻。《方言》云：「先後，猶娣姒。」依文意及押韻判斷此應為胡口切。

〔註19〕「深」字讀音有二：一、式針切，侵韻。遠也。又水名，出桂陽南平。式針切二。二、式禁切，沁韻。不淺也，式禁切，又式今切二。依文意及押韻判斷此應為式針切。

〔註20〕「焉」字讀音有三：一、謁言切，元韻。安也，又不言也。二、於乾切，仙韻。何也，又鳥雜毛。《說文》曰：「鳥黃色出江淮間。」於乾切五。三、有乾切，仙韻。語助也。又於乾切。依文意及押韻判斷此應為有乾切。

內　文	賦譜術語	段落	韻　部	字數
既而 披蔓草之荒涼，見游人之邐迤〔註21〕◎。 方檢身於邪正，寧系懷於遠邇◎。 楊朱悲道喪，事亦如斯； 阮籍哭途窮，意殊若此◎。 當舉直以錯枉，冀風行而草靡◎。 苟非賢智之為心，孰能如是◎。	發 長 長 隔（雜隔） 長 漫	尾	紙韻（上） 紙韻（上） 紙韻（上） 紙韻（上） 紙韻（上） 紙韻（上） 紙韻獨用	67

四、〈陶母截髮賦 以「賓至情極無惜傷毀」為韻〉

內　文	賦譜術語	段落	韻　部	字數
陶家客至兮，方此居貧◎； 母氏心恥兮，思無饌賓◎。 斷鬒髮以將貿，庶珍饈而具陳〔註22〕◎。 欲明理內之心，不求盡飾； 庶使趨庭之子，得以親仁◎。	隔（雜隔） 長 隔（重隔）	頭	真韻（上平） 真韻（上平） 真韻（上平） 真韻（上平） 真韻獨用	42
原夫 蘭客方來，蕙心斯至◎。 顧巾囊而無取，俯杯盤而內愧◎。 啜菽飲水，念雞黍而何求； 舍己從人，雖發膚而可棄◎。	發 緊 長 隔（輕隔）	項	至（去） 至（去） 至（去） 至韻獨用	44
於是 搔首心亂，低眉恨生〔註23〕◎。 畏東閣之恩薄，歸北堂而計成◎。 拂撮凝睇，抽簪注悁◎。 解髮而鳳髻花折，發匣而金刀刃鳴◎。	發 緊 長 緊 長	胸	庚韻（下平） 清韻（下平） 清韻（下平） 庚韻（下平） 耕清同用	40
喜乃有餘，慚無所極◎。 窺在握而錯落，撫垂領而綢直◎。	緊 長	上腹	職韻（入） 職韻（入）	44

〔註21〕《正字通‧辵部》：「迤，同迤。」「迤」字讀音有二：一、弋支切，支韻。逶迤。又移爾切。二、移爾切，紙韻。邐迤連接。依文意及押韻判斷此應為移爾切。
〔註22〕「陳」字讀音有二：一、直珍切，真韻。陳列也，張也，眾也，布也，故也。亦州名。本太昊之墟畫八卦之所，周武王封舜後胡公滿於陳，楚滅陳為縣，漢為淮陽國，隋為陳州。又姓。胡公滿之後子孫以國為氏，出潁川、汝南、下邳、廣陵、東海、河南六望。又虜三字姓。《後魏書》有侯莫陳氏。直珍切，又直刃切五。二、直刃切，震韻。上同（敶‧列也直刃切五），見經典。依文意及押韻判斷此應為直珍切。
〔註23〕見上「生」字註。

文	句法	部位	韻	字數
鋒鋩不礙，翻似雪之孤光； 倭墮徐分，散如雲之翠色◎。	隔（輕隔）		職韻（入） 職韻獨用	
已而 展轉增思，徘徊向隅◎。 元鬢垂顱而散亂，青絲委簪而盤紆◎。 象櫛重理，蘭膏舊濡〔註24〕◎。 傷翠鳳之全棄，駭盤龍之半無〔註25〕◎。	發 緊 長 緊 長	中腹	虞韻（上平） 虞韻（上平） 虞韻（上平） 虞韻（上平） 虞韻獨用	58
觀夫 擢乃無遺，斂之斯積〔註26〕◎。 凝光而粉黛難染， 盈握而腥羶是易〔註27〕◎。 將成特達之意，欲厚非常之客◎。 賓筵既備，空思一飯以無慚； 匳鏡重窺，豈念同心而可惜◎。	發 緊 長 長 隔（輕隔）	下腹	昔韻（入） 昔韻（入） 陌韻（入） 昔韻（入） 昔陌同用	38
及乎 宴罷空館，閒成曉妝◎。 纔換新髻，釵迷舊行〔註28〕◎。 誠伐木之可親，疏而是愧； 苟如珪之足慕，斷亦何傷〔註29〕◎。	發 緊 緊 隔（重隔）	腰	陽韻（下平） 唐韻（下平） 陽韻（下平） 陽唐同用	38
重義者情莫違，厚慈者身可毀〔註30〕◎。 語其決同勉虞之一戰；	長	尾	紙韻（上）	44

〔註24〕「濡」字讀音有二：一、人朱切，虞韻。水名，出涿郡。又霑濡。二、乃官切，桓韻。水名，出涿郡。乃官切一。依文意及押韻判斷此應為人朱切。

〔註25〕「無」字讀音有二：一、武夫切，虞韻。有無也。亦漢複姓，二氏楚熊渠之後，號無庸，其後為氏。又有無鉤氏，出自楚姓。武夫切二十一。二、莫胡切，模韻。南无，出釋典，又音無。依文意及押韻判斷此應為武夫切。

〔註26〕見上「積」字註。

〔註27〕「易」字讀音有二：一、以豉切，寘韻。難易也，簡易也。又《禮》云：「易，墓非古也；易，謂芟除草木。」以豉切，又以益切六。二、羊益切，昔韻。變易，又始也，改也，奪也，轉也。亦水名，出涿郡安閤山，見《水經》。亦州名，《漢書》趙分晉得中山，秦為上谷郡，漢置涿郡，隋為易州，因水名之。又姓。齊大夫易牙。又盈義切。依文意及押韻判斷此應為羊益切。

〔註28〕見上「行」字註。依文意及押韻判斷此應為胡郎切。

〔註29〕「傷」字讀音有二：一、式羊切，陽韻。傷損。二、式亮切，漾韻，未成人或作殤，又因商。依文意及押韻判斷此應為式羊切。

〔註30〕「毀」字讀音有二：一、許委切，紙韻。壞也，破也，缺也，虧也。許委切十。二、況偽切，寘韻。壞也，破也，缺也，虧也。許委切十。依文意及押韻判斷此應為許委切。

內　文	賦譜術語	段落	韻　部	字數
思其仁逾訓孟之三徙◎。	長		紙韻（上）	
昔三咸陶氏所以成大名，母賢如此◎。	漫		紙韻（上） 紙韻獨用	

五、〈盆池賦以「積水盈器如望深池」為韻〉

內　文	賦譜術語	段落	韻　部	字數
達士無羈◎，	漫	頭	支韻（上平）	36
居閒創奇〔註31〕◎。			支韻（上平）	
陷彼陶器，疏為曲池〔註32〕◎。	緊		支韻（上平）	
小有可觀，本自挈瓶之注；				
滿而不溢，寧逾鑿地之規◎。	隔（輕隔）		支韻（上平） 支韻獨用	
原夫	發	項		44
深淺隨心，方圓任器◎。	緊		至韻（去）	
分玉甃之餘潤，寫蓮塘之遠思〔註33〕◎。	長		志韻（去）	
空庭欲曙，通宵之瑞露盈盤；				
幽徑無風，一片之春冰在地◎。	隔（輕隔）		至韻（去） 至志同用	
觀夫	發	胸		44
影照高壁，光涵遠虛◎。	緊		魚韻（上平）	
潛窺而舊井無別，				
就飲而污樽不如〔註34〕◎。	長		魚韻（上平）	
雲鳥低臨，誤鏡鸞之縹緲；				
庭槐俯映，迷月桂之扶疏〔註35〕◎。	隔（輕隔）		魚韻（上平） 魚韻獨用	
是則	發	上腹		62
涯涘非遙，漪瀾酷似◎。	緊		止韻（上）	
沾濡才及於寸土，盈縮不過乎瓢水◎。	長		旨韻（上）	
蘭燈委照以珠動，紈扇搖風而浪起◎。	長		止韻（上）	

〔註31〕奇之今字。「奇」字讀音有二：一、渠羈切，之韻。異也。《說文》作奇。又虜複姓。《後魏書》奇斤氏，後改為奇氏。渠羈切，又居宜切十。二、居宜切，支韻。不偶也，又虧也。又渠羈切。依文意及押韻判斷此應為渠羈切。

〔註32〕「池」字讀音有二：一、直離切，支韻。停水曰池。《廣雅》曰：「沼也。」又姓。漢有中牟令池瑗，出《風俗通》。又有池仲魚，城門失火，仲魚燒死，故諺曰：『城門失火，殃及池魚』」。二、徒河切，歌韻。虖池水名，在并州界，出《周禮》。又音馳。依文意及押韻判斷此應為直離切。

〔註33〕「思」字讀音有二：一、息茲切，之韻。思念也。息茲切，又息吏切十五。二、相吏切，志韻。念也，又音司。依文意及押韻判斷此應為相吏切。

〔註34〕見上「如」字註。

〔註35〕見上「疏」字註。

沈蛛絲為羨魚之網，深抵百尋； 浮芥葉為解纜之舟，遠同千里◎。	隔（雜隔）		止韻（上） 止旨同用	
想乎 泥滓無染，泉源本清◎。 盛之而細流不洩， 鼓之而圓折長生〔註36〕◎。 蛙穿而別派潛通，想漏巵之難滿； 雨落而古痕全沒，知小器之易盈◎。	發 緊 長 隔（密隔）	中腹	清韻（下平） 庚韻（下平） 清韻（下平） 清庚同用	50
及夫 岸灩灩以初平，水汪汪而罷漲〔註37〕◎。 韜雲分白璧之色，映竹寫圓荷之狀◎。 光翻曉日，誰謂覆而不臨； 底露青天，孰假戴之而望〔註38〕◎。	發 長 長 隔（輕隔）	下腹	漾韻（去） 漾韻（去） 漾韻（去） 漾韻獨用	48
至若 煙靄沈沈◎， 莓苔四侵◎。 方行潦而不濁，比坳堂而則深〔註39〕◎。 遂使 好勇之徒，暗起馮河之想； 無厭之士，潛懷測海之心◎。	發 緊 長 發 隔（輕隔）	腰	侵韻（下平） 侵韻（下平） 侵韻（下平） 侵韻（下平） 侵韻獨用	44
故得 汲引無勞，泓澄斯積〔註40〕◎。 環纖草以彌澈，泛流萍而更碧◎。 沙洲連一畝之地，山翠接如拳之石◎。 悠哉智者之為心，聊睹之而自適〔註41〕◎。	發 緊 長 長 漫	尾	昔韻（入） 昔韻（入） 昔韻（入） 昔韻（入） 昔韻獨用	44

〔註36〕見上「生」字註。

〔註37〕「漲」字讀音有二：一、陟良切，陽韻。水大皃，又音帳。二、知亮切，漾韻。大水，又陟良切。依文意及押韻判斷此應為知亮切。

〔註38〕「望」字讀音有二：一、武方切，陽韻。看望，又音妄。二、巫放切，漾韻。看望。《說文》曰：「出亡在外，望其還也。」亦祭名。又姓。何氏《姓苑》云：「魏興人。」又音亡。依文意及押韻判斷此應為巫放切。

〔註39〕見上「深」字註。

〔註40〕見上「積」字註。

〔註41〕「適」字讀音有三：一、施隻切，昔韻。樂也，善也，悟也，往也。又姓。二、之石切，昔韻。往也，又施隻切，又都歷切。三、都歷切，錫韻。從也，又之石、始石二切。依文意及押韻判斷此應為施隻切。

六、〈舒姑泉賦以「記云舒氏女化為泉」為韻〉

內　　文	賦譜術語	段落	韻　　部	字數
漂水之上，蓋山之前◎。 昔有處女，化為澄泉◎。 瞻風而艷色如在，責實而寒流宛然◎。 原夫 曠別幽室，暗悲韶年◎。 顧容華之莫守，望世人而都捐◎。 儷弱質以徐來，顏猶灼灼； 委貞姿而色動，聲已涓涓◎。	緊 緊 長 發 緊 長 隔（重隔）	頭	先韻（下平） 仙韻（下平） 仙韻（下平） 先韻（下平） 仙韻（下平） 先韻（下平） 先仙同用	72
眷戀無心，淒涼故地◎。 念嬋娟之可惜，驚變化而殊異◎。 俯視清流，托誠幽意◎。 陳翫習而斯在，庶精魂之能記◎。 素鱗積尾，渾非舊日之容； 急管繁弦，徒盡生平之志◎。	緊 長 緊 長 隔（輕隔）	項	至韻（去） 志韻（去） 志韻（去） 志韻（去） 志韻（去） 至志同用	60
既而 水府潛處，幽冥既分〔註42〕◎。 凝情而澂斂寒色，冶態而波生細文◎。 泛浮影於中流，遙疑嫋嫋； 逗鳴湍於別派，遠若云云◎。	發 緊 長 隔（重隔）	胸	 文韻（上平） 文韻（上平） 文韻（上平） 文韻獨用	40
由是 鱗甲與游，綺羅長阻〔註43〕◎。 迷綠沼之回複，忘紅樓之處所◎。 源通湘渚，寫幽恨於靈妃； 流達漢皋，導春心於游女〔註44〕◎。	發 緊 長 隔（輕隔）	上腹	 語（上） 語（上） 語（上） 語韻獨用	42
淨色含虛〔註45〕◎，		中腹	魚韻（上平）	40

〔註42〕「分」字讀音有二：一、府文切，文韻。賦也，施也，與也。《說文》：「別也。」府文切六。二、扶問切，問韻。分劑。扶問切，又方、文切五。依文意及押韻判斷此應為府文切。

〔註43〕見上「阻」字註。

〔註44〕「女」字讀音有二：一、尼呂切，語韻。《禮記》曰：「女者，如也，如男子之教。」尼呂切，又尼慮切二。二、尼據切，御韻。以女妻人也。尼據切二。依文意及押韻判斷此應為尼呂切。

〔註45〕「虛」字讀音有二：一、朽居切，魚韻。空虛也。亦姓，出何氏《姓苑》朽居切，又音袪六。二、去魚切，魚韻。《說文》曰：「大丘也。」去魚切，又許魚切十二。依文意及押韻判斷此應為朽居切。

清輝皎如〔註46〕◎。	緊		魚韻（上平）	
煙凝淚以香起，苔斕斑而錦舒◎。	長		魚韻（上平）	
浦水光搖，似動橫波之末；				
岸莎風靡，如存鬢髮之餘◎。	隔（輕隔）		魚韻（上平） 魚韻獨用	
想夫 紈質已消，陰靈未謝◎。	發 緊	下腹	禡（去）	42
濯衣彩於花畫，洗鏡光於月夜◎。	長		禡（去）	
泠泠不濁，殊畫地以俄成；				
潏潏無窮，類拜井而潛化◎。	隔（輕隔）		禡（去） 禡韻獨用	
且 靜而清者水之宜，	發	腰		50
柔而順者女之為〔註47〕◎。	長		支韻（上平）	
憶朱顏之婉娩，尋碧溜之逶迤〔註48〕◎。	長		支韻（上平）	
浮沫粉聚，懸流淚垂◎。	緊		支韻（上平）	
泛蘋藻而翠翹零落，				
動菰蒲而綠帶參差〔註49〕◎。	長		支韻（上平） 支韻獨用	
及夫 亂草豐茸，古壚荒毀〔註50〕◎。	發 緊	尾	紙韻（上）	33
雜泥沙之汩沒，蔽音容之妖靡◎。	長		紙韻（上）	
至今閭里之人，空傳其名氏〔註51〕◎。	漫		紙韻（上） 紙韻獨用	

〔註46〕見上「如」字註。

〔註47〕為之俗字。「為」字讀音有二：一、薳支切，支韻。《爾雅》曰：「作造，為也。」《說文》曰：「母猴也。」又姓。《風俗通》云：「漢有南郡太守為昆」。薳支切，又王偽切六。二、于偽切，寘韻。助也。于偽切，又允危切一。依文意及押韻判斷此應為薳支切。

〔註48〕見上「迤」字註。依文意及押韻判斷此應為弋支切。

〔註49〕「差」字讀音有五：一、楚宜切，支韻。次也，不齊等也。楚宜切，又楚佳、楚懈二切四。二、楚佳切，佳韻。差殊又不齊。三、楚皆切，皆韻。簡也，楚皆切，又楚宜、楚牙、楚懈三切二。四、初牙切，麻韻。擇也，又差舛也。五、楚懈切，卦韻。病除也，楚懈切，又楚宜、楚皆、初牙三切七。依文意及押韻判斷此應為楚宜切。

〔註50〕見上「毀」字註。

〔註51〕「氏」字讀音有三：一、章移切，支韻。月氏國名。又閼氏，匈奴皇后也。又精、是二音。二、子盈切，清韻。狋氏，縣名，狋音權。三、承紙切，紙韻。氏族。又支、指二音。依文意及押韻判斷此應為承紙切。

七、〈射雉解顏賦以「藝極神驚愁顏變喜」為韻〉

內　文	賦譜術語	段落	韻　部	字數
昔賈氏子◎， 其容似鄙◎。 伊室家兮，中心莫喜◎。 將非匹以為念，懼無能而是恥◎。 自初笄之歲，終日低眉； 因獲雉之辰，有時見齒◎。	漫 漫 長 隔（雜隔）	頭	止韻（上） 旨韻（上） 止韻（上） 止韻（上） 止韻（上） 旨止同用	46
原夫 他室是托，芳華正春◎。 謂妖容之可恃，顧陋質以難親〔註52〕◎。 自西自東，每棲棲而反目； 不言不笑，常脈脈以凝神◎。	發 緊 長 隔（輕隔）	項	諄韻（上平） 真韻（上平） 真韻（上平） 諄真同用	42
爾乃 釋恨無方，從權有計◎。 因如皋以肆望，逞若神之絕藝◎。 執弓挾矢，期應手以無遺； 果志愜心，冀回眸之一睇〔註53〕◎。	發 緊 長 隔（輕隔）	胸	霽韻（去） 祭韻（去） 霽韻（去） 霽祭同用	42
已而 健馬蹄疾，中原草平〔註54〕◎。 想 袷媞媞之未悅，聆嚶嚶之初鳴◎。 花顏怡悅以徐駭，錦翼翩翩而忽驚◎。 遲回而滿月將發，盼睞而橫波以清◎。	發 緊 發 長 長 長	上腹	庚韻（下平） 庚韻（下平） 庚韻（下平） 清韻（下平） 庚清同用	51

〔註52〕「親」字讀音有二：一、七人切，真韻。愛也，近也。《說文》：「至也。」七人切三。二、七遴切，震韻。親家。七遴切，又七鄰切四。依文意及押韻判斷此應為七人切。

〔註53〕「睇」字讀音有二：一、土雞切，齊韻。視也。又徒計切。二、特計切，霽韻。睇視。依文意及押韻判斷此應為特計切。

〔註54〕「平」字讀音有二：一、房連切，仙韻。《書傳》云：「平平，辨治也。」又皮明切。二、符兵切，庚韻。正也，和也，易也。亦州名，古山戎孤竹白狄肥子二國之地，秦為遼西郡，隋為北平郡，武德初為平州，有盧龍塞。又姓。齊相晏平仲之後，漢有丞相平當。又漢複姓。何氏《姓苑》云：「有平陵、平寧二氏。」符兵切八。依文意及押韻判斷此應為符兵切。

由是 執轡情專，馳神望[極]◎。 星走白羽，綺張丹臆◎。 陋容壓縮以興憤， 慢臉癬憔壁改色◎。 彩光逬落，初莞爾以難持； 飛鏃洞穿，遂嫣然而不息◎。	發 緊 緊 長 隔（輕隔）	中腹 職韻（入） 職韻（入） 職韻（入） 職韻（入） 職韻獨用	52
及夫 廣陌將暮，征途既還〔註55〕◎。 鳴弰勁挺以風響， 澡翰毸毵而血殷〔註56〕◎。 盼么麼之凡姿，於焉改貌； 散低回之鬱志，由是開[顏]◎。	發 緊 長 隔（重隔）	下腹 刪韻（上平） 山韻（上平） 刪韻（上平） 山刪同用	44
向使 恨蓄兩心，功虧一箭◎。 終 悄兮而莫釋，寧其之可見〔註57〕◎。 委絲蘿之弱性，沒齒而難忘； 慘桃李之穠華，終天而不[變]◎。	發 緊 發 長 隔（平隔）	腰 線韻（去） 霰韻（去） 線韻（去） 線霰同用	42
是知 陋不足恥，藝誠可優◎。 嘉五善之殊妙，解三年之積[愁]◎。 然後知 一笑之難得， 豈止 千金而是酬◎。	發 緊 長 發 發 長	尾 尤韻（下平） 尤韻（下平） 尤韻（下平） 尤韻獨用	37

〔註55〕「還」字讀音有二：一、戶關切，刪韻。反也，退也，顧也，復也。戶關切，又音旋二十。二、似宣切，仙韻。還返。依文意及押韻判斷此應為似宣切。

〔註56〕「殷」字讀音有二：一、於斤切，欣韻。眾也，正也，大也，中也。《說文》從月殳作樂之盛稱殷。亦姓。武王剋紂，子孫分散，以殷為氏，出陳郡。於斤切四。二、烏閑切，山韻。赤黑色也。《左傳》云：「左輪朱殷」。依文意及押韻判斷此應為烏閑切。

〔註57〕「見」字讀音有二：一、古電切，霰韻。視也。又姓。出《姓苑》。古電切，又胡電切二。二、胡甸切，霰韻。露也。胡甸切四。依文意及押韻判斷此應為古電切。

八、〈木雞賦 以「致此無敵故能先鳴」為韻〉

內　　文	賦譜術語	段落	韻　　部	字數
惟昔有人，心至術精，得雞之情◎。 情可馴而無小無大， 術既盡而不飛不鳴◎。 對勁敵以自持，堅如挺植； 登廣場而莫顧，混若削成◎。	漫 長 隔（重隔）	頭	清韻（下平） 庚韻（下平） 清韻（下平） 清庚同用	48
初其 教以自然，誘之不懼◎。 希漸染而能化，將枯槁而是喻◎。 質殊樸斫，用明不競之由； 狀匪雕鏤，蓋取無情之故◎。	發 緊 長 隔（輕隔）	項	遇韻（去） 遇韻（去） 暮韻（去） 遇暮同用	42
然則 飲啄必異，嬉游每殊◎。 竚棲心而自若，期顧敵而如無〔註58〕◎。 日就月將，功盡而稍同顛柎； 不震不悚，性成而漸若朽株◎。	發 緊 長 隔（輕隔）	胸	虞韻（上平） 虞韻（上平） 虞韻（上平） 虞韻獨用	43
已而 芥羽詎設，雕籠莫閉〔註59〕◎。 卓然之志全變，兀若之姿已致◎。 首圓脛直，輪桷之狀俱呈； 觜利距跡，枳枸之鎝並利◎。	發 緊 長 隔（輕隔）	上腹	霽韻（去） 至韻（去） 至韻（去） 霽至同用	42
是以 縱逸情絕，端良氣全◎。 臆離披而踵附，眸眩曜而節穿〔註60〕◎。 驚被文而錦翼蔚矣， 迷寊木而花冠爛然◎。 虛憍者懷不才之虞，安能自恃； 賈勇者有攻堅之懼，莫敢爭先◎。	發 緊 長 長 隔（雜隔）	中腹	仙韻（下平） 仙韻（下平） 仙韻（下平） 先韻（下平） 仙先同用	62

〔註58〕見上「無」字註。

〔註59〕「閉」字讀音有二：一、博計切，霽韻。掩閉。《說文》曰：「闔門也。」博計切五。二、方結切，屑韻。闔也，塞也，俗作閇。又博計切。依文意及押韻判斷此應為博計切。

〔註60〕「穿」字讀音有二：一、昌緣切，仙韻。通也，孔也。昌緣切三。二、尺絹切，線韻。貫也。又音川。依文意及押韻判斷此應為昌緣切。

故能 進異激昂，處同虛寂◎。 郢工誤起乎心匠，邱氏徒驚乎目擊◎。 澹然無撓，子綦之質方儔； 確爾不回，周勃之強未敵◎。	發 緊 長 隔（輕隔）	下腹	錫韻（入） 錫韻（入） 錫韻（入） 錫韻獨用	46
其喻斯在，其由可徵〔註61〕◎。 馴致已忘乎力制， 積習漸通乎性能〔註62〕◎。 是則 語南國者未足與議， 鬥東郊者無德而稱〔註63〕◎。	緊 長 發 長	腰	蒸韻（下平） 登韻（下平） 蒸韻（下平） 蒸登同用	40
士有 特立自持◎， 端然不倚〔註64〕◎。 塊其形而與木無二， 灰其心而顧雞若是◎。 彼靜勝之深誠，冀一鳴而在此◎。	發 緊 長 漫	尾	 之韻（上平） 紙韻（上） 紙韻（上） 紙韻（上） 平上通押	38

〔註61〕「徵」字讀音有二：一、陟陵切，蒸韻。召也，明也，成也，證也。《經典》省作徵。又姓。吳太子率更令河南徵崇。陟陵切四。二、陟里切，止韻。五音配夏，亦作徵，見《經典》。省陟里切，又竹凌切三。依文意及押韻判斷此應為陟陵切。

〔註62〕「能」字讀音有四：一、奴來切，咍韻。《爾雅》謂：「三足鼈也」又獸名，禹父所化也。奴來切，又奴登切二。二、奴登切，登韻。工善也。又獸名。熊屬，足似鹿。亦賢能也。奴登切，又奴代、奴來二切一。三、奴等切，等韻。夷人語。奴等切，本又奴登切一。四、奴代切，代韻。技能。又姓。何氏《姓苑》云：「長廣人」。依文意及押韻判斷此應為奴登切。

〔註63〕「稱」字讀音有二：一、處陵切，蒸韻。知輕重也。《說文》曰：「銓也。」又姓。漢〈功臣表〉有新山侯稱忠。處陵切，又昌證切三。二、昌孕切，證韻。愜意，又是也，等也，銓也，度也。俗作秤，云正斤兩也。昌孕切，又昌陵切二。依文意及押韻判斷此應為處陵切。

〔註64〕「倚」字讀音有二：一、於綺切，紙韻。依倚也。又姓。楚左史倚相。於綺切五。二、於義切，寘韻。恃也，因也，加也。於義切，又於蟻切三。依文意及押韻判斷此應為於綺切。